Martin Trageser

Der lächelnde Engel

Weihnachtsgeschichten

Martin Trageser

Der lächelnde Engel

Weihnachtsgeschichten

iteraturWELTEN Band 45

TRIGA
Der Verlag

Bibliografische Information der Deutschen Nationalbibliothek
Die Deutsche Nationalbibliothek verzeichnet diese Publikation in der Deutschen Nationalbibliografie; detaillierte bibliografische Daten sind im Internet über http://dnb.d-nb.de abrufbar.

1. Auflage 2022

Herstellung: TRIGA – Der Verlag UG (haftungsbeschränkt),
GF: Christina Schmitt
Leipziger Straße 2, 63571 Gelnhausen-Roth
www.triga-der-verlag.de, E-Mail: triga@triga-der-verlag.de

Druck: Druckservice Spengler, 63486 Bruchköbel
Printed in Germany

ISBN 978-3-95828-306-0 (Print-Ausgabe)
ISBN 978-3-95828-307-7 (eBook-Ausgabe)

Inhalt

Vorwort

Als Kind fragte ich mich immer wieder, was es mit diesem Begriff »Weihnachten« auf sich hat. Natürlich wusste ich, dass die Geburt von Jesus Christus vor über zweitausend Jahren am 25. Dezember von Millionen von Christen, aber auch vielen Nichtchristen, gefeiert wird. In Deutschland wird bereits am 24. Dezember, dem Heiligabend, der Geburt Christi gedacht. In vielen anderen Ländern finden die Feiern einen Tag später statt. In Armenien, dem ältesten christlichen Land der Welt, gar erst am 5. und 6. Januar. Jahre später recherchierte ich und las, dass am 25. Dezember in alten Zeiten ein heidnisches Fest stattgefunden hatte, das den Sonnengott »Sol Invictus« feierte. Mit dem Sonnengott mussten sich die Römer gutstellen, denn er wusste alles. Was im Dunkeln der Nacht vielleicht noch an Freveltaten verborgen blieb, das brachte die Sonne an den Tag. Kein Wunder also, dass die römischen Kaiser, die sich vieler grausamer Taten schuldig gemacht hatten, diesem Gott besonders huldigten. Die Sonne galt auch als ein Symbol der Ewigkeit. Die Kaiser wollten der Herrschaft ihrer Dynastie einen Anschein von Ewigkeit geben, weshalb sie dieses Symbol gerne aufgriffen. Kaiser Aurelian, der meinte mit Hilfe des Sonnengottes eine Schlacht gewonnen zu haben, ließ 274 im ganzen Reich Sol Invictus anbeten und ihm zu Ehren alle vier Jahre Wettkämpfe abhalten. Als Geburtstag des Sonnengottes legte Kaiser Aurelian den 25. Dezember, die Wintersonnenwende, fest. Noch Konstantin der Große war ein Verehrer des Sonnengottes. Doch mit ihm erreichte dieser Kult zugleich seinen Höhe- und Wendepunkt. Konstantin bekannte sich am Ende seines Lebens zum Christentum und ließ seine Söhne christlich taufen. Sie bereiteten dem Götterkult allmählich ein Ende. Kaiser Theodosius I. erklärte den Sol-Invictus-Kult 392 für illegal. Zwar gab es weiterhin Anhänger des Kultes, doch es wurden weniger. Immer weiter wurden sie zurückgedrängt. 336 wurde der 25. Dezember als Geburtstag von Jesus Christus festgelegt und entsprechend gefeiert. Möglicherweise, weil Christus in der Bibel immer wieder mit der Sonne verglichen wird. Vielleicht auch, weil Christen das Sol-Invictus-Fest oft mitgefeiert hatten und in der Verbindung von alten Traditionen mit dem Geburtstag von Jesus Christus eine Möglichkeit sahen, neue Anhänger für ihre Religion zu gewinnen und den heidnischen Glauben zurückzudrängen.

Aber zurück zu dem Wort »Weihnachten«. Als Kind hatte ich mir überlegt, was es wohl bedeuten könnte. Ich leitete es von »weinen« her. Eine Nacht des Weinens, eine Nacht der Tränen also. Aber das erschien mir sehr unpassend. Warum sollte man dieses freudige Ereignis, die Geburt des Erlösers Jesus Christus, mit Tränen in Verbindung bringen? Freudentränen wären eine Erklärung gewesen, aber so richtig passte das nicht. Schließlich kam ich auf eine andere Möglichkeit. Ich lernte das Wort »weihen« kennen, als eine Priesterweihe stattfand. Dieses Wort bedeutet unter anderem auch etwas »Heiliges« und das erschien mir passend. Eine »heilige Nacht«, eine geweihte Nacht, war die Nacht der Geburt von Gottes Sohn. Später erfuhr ich, dass der Begriff um 1170 tatsächlich zum ersten Mal genau in diesem Sinne auftauchte, nämlich in der Predigtsammlung »Spaeculum ecclesia«. Luther sollte später von »Wygenachten« sprechen und leitete dies vom Wort »wiegen« ab, denn man wiegte schließlich das Jesuskindlein in den Schlaf.

Wie sieht es nun mit den Traditionen aus, die man mit Weihnachten verbindet und die in verschiedenen Ländern doch so unterschiedlich sind? Zu Weihnachten in Deutschland gehören Krippen, Weihnachtsbäume, Geschenke, Weihnachtsmärkte und auch Adventskalender. Adventskalender gibt es seit ungefähr 1850. Mal hängte man jeden Tag ein Bild auf, bis Weihnachten da war, oder man wählte das umgekehrte Vorgehen, nämlich einen Abreißkalen-

der. Zwar gab es bereits Anfang des 20. Jahrhunderts Adventskalender, in die man kleine Gebäckstücke hineinlegen konnte, als Massenphänomen entstanden diese Art der Kalender aber erst in den 1950er-Jahren. Sie erfreuen sich in vielfältigen Variationen bis heute großer Beliebtheit.

Weihnachtsmärkte sind dagegen viel älter. Im Spätmittelalter gab es bereits Märkte, auf denen man Fleisch und anderes für die Wintermonate einkaufen konnte. Irgendwann kamen Stände von Spielzeugmachern hinzu und es wurden Süßigkeiten wie gebrannte Mandeln verkauft. 1310 wird ein erster Nikolausmarkt in München erwähnt. Diese Märkte breiteten sich immer mehr aus und heute hat wohl jeder noch so kleine Ort in Deutschland einen Weihnachtsmarkt.

Der Weihnachtsbaum ist ein weiteres Symbol für Weihnachten. Zwar hatte man schon zur Römerzeit und auch später im Mittelalter Bäume zu verschiedenen Anlässen geschmückt, den ersten urkundlich belegten Weihnachtsbaum gab es jedoch erst 1527 in Stockstadt am Main. Im 18. Jahrhundert wird der Brauch populärer, selbst Goethe erwähnt ihn in den »Leiden des jungen Werther«. Christbaumkugeln gab es ab ca. 1830, Lametta, das Eiszapfen symbolisieren sollte, ab 1878. Der ursprünglich protestantische Brauch erfreute sich schon bald auch bei Katholiken großer Beliebtheit. 1870/71 wurden sogar den Soldaten an der Front des Deutsch-Französischen Krieges kleine Tannenbäume an die Gefechtsstände geliefert. Auch im Ersten Weltkrieg sollte dieser Brauch beibehalten werden.

Ein wichtiger Bestandteil des Brauchtums rund um Weihnachten ist auch die Weihnachtskrippe. 1223 stellte Franz von Assisi bei einer Predigt die Krippe in Bethlehem mit Menschen und Tieren nach. 1562 errichteten Jesuiten in Prag die erste Krippe im heutigen Sinne, aber auch zuvor gab es immer wieder Darstellungen der Geburt Jesu. Kaiserin Maria Theresia ließ Krippen aus öffentlichen Gebäuden verbannen, was dazu führte, dass sie seither im Privaten aufgebaut wurden. Im 19. Jahrhundert konnten sich auch weniger wohlhabende Menschen eine Krippe leisten, weshalb sie wie der Weihnachtsbaum zum Repertoire des Heiligabends gehört.

Warum schenkt man sich aber zu Weihnachten etwas? Schon in heidnischer Zeit gab es den Brauch, im Winter Menschen zu beschenken, um Götter und Dämonen milde zu stimmen. Auch in der Bibel wird erwähnt, dass nach der Geburt von Jesus Christus drei Könige aus dem Morgenland zu ihm kamen und ihm wertvolle Gaben brachten: Weihrauch, Myrrhe und Gold. Somit erinnert das Schenken an diese Geschichte aus der Bibel. Es soll die Freude über die Geburt des Erlösers ausdrücken. Doch denken daran heute wirklich noch viele Menschen? November und Dezember sind für Einzelhändler die umsatzstärksten Monate des Jahres. Allein in den USA werden im Weihnachtsgeschäft über 60 Milliarden Dollar umgesetzt.

Eine Tradition muss noch erwähnt werden – das Weihnachtsessen. Die beiden typischen Gerichte zu Weihnachten sind in Deutschland die Weihnachtsgans und der Weihnachtskarpfen, wobei es in vielen Familien am Ende auf ein weniger aufwendiges Essen hinausläuft, nämlich Würstchen mit Kartoffelsalat. Ein aufwendiges Festtagsessen gibt es meist erst am ersten Feiertag. Die Adventszeit war ursprünglich Fastenzeit. Der Heiligabend war Höhe- und Schlusspunkt dieser Fastenzeit und sollte mit einem besonderen Gericht gefeiert werden – dem Karpfen. Natürlich hat auch der Karpfen eine religiöse Bedeutung. Im Mittelalter glaubte man, dass sich im Kopf des Fisches die Marterwerkzeuge Jesu Christi befanden und dass man aus den Kopfknochen eine Gestalt zusammensetzten konnte, die dem Heiligen Geist entsprach. Wer über den Augen des Karpfens an Weihnachten ein mondförmiges Steinchen fand, dem sollte es Glück bringen. Nebenbei: Die Schuppen des Karpfens sollten angeblich Geldsegen bringen, weshalb man sie aufbewahrte. In manchen Regionen wurden auch die Gräten unter Obstbäumen vergraben, weil diese dann angeblich besonders fruchtbar werden sollten. Auch die Weihnachtsgans wurde traditionell am 25. Dezember gegessen. Schnatternde Gänse sollen 390 vor Christus Rom vor einem Angriff der Senonen gewarnt haben, weshalb die Tiere besonders verehrt wurden. Angeblich haben Christen dies übernommen. Wobei es natürlich ein eigenartiger Dank ist, die Tiere zu verspeisen. Die weiße Farbe galt zudem als Symbol für Reinheit und konnte so mit dem Christuskind in Verbindung gebracht werden. Angeblich war es Königin Elizabeth I., der man den Brauch des Weihnachtsgansessens zu verdanken hat. Sie soll eine Gans verspeist haben, als sie die Nachricht erhielt, dass ihre Flotte die spanische Armada besiegt hat. Aus Freude darüber ernannte sie den Gänsebraten zur Festspeise. Der Brauch verbreitete sich auf dem Kontinent, wobei die Briten inzwischen davon abweichen und stattdessen einen Truthahn an Weihnachten verspeisen. Neben diesem deftigen Mahl gehören zu Weihnachten auch Lebkuchen, Plätzchen und zumindest in Deutschland Stollen. Stollen werden schon 1329 als Speise am Heiligabend in Naumburg erwähnt, doch diese waren wohl mehr Brote und hatten mit dem heutigen Christstollen noch wenig zu tun, der erst im 18. Jahrhundert seinen Siegeszug antrat. Lebkuchen wurden ursprünglich von Mönchen gebacken. Man aß sie nicht nur zu Weihnachten, sondern im ganzen Jahr. Vorteil war, dass sie sich lange aufheben ließen und dass sie nahrhaft sind. Perfekt für schlechte Zeiten. Auch die heute so beliebten Weihnachtsplätzchen in ihren vielen Variationen entstanden in Klosterküchen. Im 18. Jahrhundert waren sie dann Teegebäck für die feine Gesellschaft, bevor sie alle Gesellschaftsschichten erreichten.

Es gibt wohl kaum einen Autor von Charles Dickens bis Agatha Christie, von Theodor Storm bis Stephen King, der keine Weihnachtsgeschichte geschrieben hat. Die Bandbreite ist groß. Das Fest der Geburt Christi verzaubert die Menschen bis heute. Ob sie nun religiös sind oder nicht. Das »Fest der Liebe«, wie Weihnachten auch genannt wird, inspiriert immer wieder zu neuen Geschichten, denen eines gemeinsam ist: Menschliche Werte wie Mitleid, Vergebung oder die Kraft der Liebe stehen im Mittelpunkt. Ein glückliches Ende einer Weihnachtsgeschichte ist fast schon Pflicht. Alles andere würde dem Gedanken des Festes nicht entsprechen.

Seit vielen Jahren ist es bei mir Tradition, meinen Eltern und meinen Freunden eine Kurzgeschichte zu Weihnachten zu schenken. Bereits mein erstes Buch hatte den Titel »Die gestohlenen Weihnachtsgeschenke« (1997). Seit dem Erscheinen sind 25 Jahre vergan-

gen. Das Thema Weihnachten hat mich jedoch nicht losgelassen. Die Bandbreite der in dieser Sammlung enthaltenen 19 Geschichten ist daher auch groß. Die ersten Erzählungen zeigen verschiedene Menschen, die Weihnachten und die Adventszeit mit dem Nikolausabend sehr unterschiedlich erleben. Von einem Kind, das Angst vor dem Nikolaus hat, über Menschen, die mehr oder weniger freiwillig in die Rolle des Weihnachtsmannes schlüpfen, bis hin zu einem verzweifelten jungen Mann, der in der Weihnachtsnacht Selbstmord begehen will. Es folgen Ausflüge in die Welt der Mythen und Märchen, bevor es um Erinnerungen an Weihnachten im Ersten Weltkrieg oder der Zeit nach dem Zweiten Weltkrieg geht. In den letzten Geschichten kommt man in der Gegenwart und sogar der Zukunft an. Ein Ich-Erzähler reist an den Ort, an dem alles begann – nach Bethlehem. Und es wird ein Blick auf das ungewöhnliche Weihnachtsfest des Jahres 2020 geworfen. Ganz gleich, ob nun realistisch oder fantastisch, immer geht es um den Geist von Weihnachten. An den Tagen zwischen den Jahren kommt man zum Nachdenken, beschließt vielleicht sogar, sich etwas zu ändern und durch sein eigenes Verhalten die Welt ein bisschen besser zu machen. Die folgenden Geschichten sollen unterhalten, aber vielleicht auch den einen oder anderen Denkanstoß geben. Viel Vergnügen beim Lesen!

Helena und der Nikolaus

Schon Wochen vor dem Nikolausabend befand sich die fünfjährige Helena in furchtbarer Aufregung. Sie wusste, dass der Nikolaus die Kinder fragte, ob sie auch immer brav gewesen sind, und wenn dies nicht der Fall war, dann gab es eine Strafe. Helena musste sich eingestehen, dass sie weit davon entfernt war, immer brav gewesen zu sein. Manchmal hatte sie ihre Eltern bis zur Weißglut gereizt. Das wusste der Nikolaus und Helena musste wohl damit rechnen, dass er schrecklich schimpfen würde.

In den letzten Tagen fühlte sie sich regelrecht vom Nikolaus verfolgt. Als sie am Abend mit ihren Eltern zum Essen in ein Lokal gehen wollte, stand er plötzlich an der Tür. Mit einem entsetzten Aufschrei versteckte sich Helena hinter ihrem Vater. Es dauerte sehr lange, bis sie merkte, dass es sich bei diesem Nikolaus nur um eine Plastikfigur handelte. Mürrisch ertrug sie das Lachen ihrer Eltern. Wenige Tage vor dem Nikolausabend konnte sie sich keinen Wutausbruch erlauben. Jetzt hieß es, Zähne zusammenbeißen und durch.

Schon am nächsten Tag folgte eine weitere Begegnung der unheimlichen Art. Helena bereitete ihrer Babypuppe gerade ein köstliches Abendessen in ihrer kleinen Spielzeugküche, als sie bei einem Blick aus dem Fenster die rote Mütze des Nikolaus entdeckte. Was wollte er nur hier? Er war drei Tage zu früh. Das konnte nichts Gutes bedeuten. Helena erstarrte regelrecht vor Angst. Sie konnte sich nicht einmal mehr verstecken. Die Augen vor Furcht geweitet, starrte sie auf die Tür. Sie hörte einige Geräusche hinter der Zimmertür, die sie keine Sekunde aus den Augen ließ. Ihre Hände waren eiskalt, als sich der Türgriff bewegte. Ganz langsam öffnete sich die Tür und herein kam – Mama! Was für eine Erleichterung! Helena hatte tatsächlich die roten Haare ihrer Mutter für die Mütze des Nikolaus gehalten. Die Fünfjährige wandte sich demonstrativ wieder ihrer Babypuppe zu und verlor kein Wort über ihr Missverständnis. Dennoch sah sie von Zeit zu Zeit vorsichtig zum Fenster. Wer weiß, vielleicht hatte sich der Nikolaus doch irgendwo versteckt und lauerte auf die kleine Helena.

Je näher der Nikolausabend kam, desto aufgeregter wurde Helena. Längst hieß der Nikolaus in ihren Gedanken »Nikigraus«, wie in einem Film, den sie vor einiger Zeit gesehen hatte. Ja, es grauste ihr vor dem Gedanken, dem dicken alten Herrn mit seinem weißen Bart gegenübertreten zu müssen. Zu allem Überfluss verlangte er auch noch, dass Kinder Gedichte vor ihm aufsagen oder ein Lied singen. Eine furchtbare Vorstellung, denn wie leicht konnte man in der Aufregung seinen Text vergessen und sich schrecklich blamieren. Tag und Nacht übte Helena das Gedicht. Ihr Auftritt vor dem alten Herrn musste perfekt sein, kein Wort durfte falsch ausgesprochen werden.

»Von draus vom Walde komm ich her …«, so begann das Gedicht. Sie sah aus dem Fenster zum nahen Wald. Schneeflocken fielen vereinzelt aus den grauen Wolken. Die Erde war bereits von einer hauchdünnen weißen Schicht bedeckt. Helena war nie in den Wald hineingegangen, weil sie fürchtete, dass sich der Nikolaus dort befand. In dem Gedicht sagte er ja, dass er vom Walde herkomme, in ihm wohne. Manchmal am Abend hatte sie eine Gestalt am Waldrand gesehen. Sie war sicher, dass es der Nikolaus war, der sie beobachtete und in sein dickes Buch schrieb, wenn sie frech zu ihren Eltern gewesen war oder einen Fehler gemacht hatte. In dem Gedicht wurde auch beschrieben, was dieser Knecht Ruprecht, der finstere Begleiter des Nikolaus, dabei hatte: einen Sack mit »Äpfel, Nuss und Mandelkern« für die lieben Kinder und eine Rute für die bösen. Helena wusste, dass man das mit den Äpfeln, Nüssen und Mandelkernen nicht so ernst nehmen musste. Heutzutage waren andere Dinge in dem Sack. Andere Süßigkeiten oder Spielsachen, manchmal auch Klamotten oder Bücher. Die Rute war allerdings über all die Jahrhunderte, in denen der Nikolaus die Kinder besuchte, gleich geblieben.

Helenas Mutter hatte ihr schon mitgeteilt, dass sie dem Nikolaus einen Brief geschrieben hatte, in dem sie alle ihre Verfehlungen aufgeschrieben hatte. Das ärgerte Helena. Vor allen Dingen war es vollkommen überflüssig, weil der Nikolaus ohnehin alles wusste. Alles steht in seinem großen Buch, das Gute ebenso wie das Schlechte. Helena hatte keine Ahnung, wie das alles in das große Buch kam, aber es war so. Daran gab es keinen Zweifel. Warum auch? Der Nikolaus war sehr mächtig. Wahrscheinlich hatte er auf der ganzen Welt Helfer und Spione, die für ihn arbeiteten. Einen richtigen Geheimdienst. Vielleicht war es doch sinnvoll, dass ihre Mutter den Brief geschrieben hatte. Wenn sie weiter darüber nachdachte, dann konnte es sein, dass es die Eltern waren, die bereitwillig dem Nikolaus alle Informationen zukommen ließen, die er benötigte. So eine Gemeinheit! Die Eltern steckten mit dem Nikolaus unter einer Decke. Helena überlegte, welche Konsequenzen sie aus dieser Erkenntnis ziehen sollte. Sie konnte zum Beispiel durchaus böse Dinge tun, allerdings durfte sie sich dabei nicht von den Eltern erwischen lassen. Was die Eltern nicht wussten, das wusste auch der Nikolaus nicht. Sollte sie es im kommenden Jahr darauf ankommen lassen und es ausprobieren? Das konnte jedoch auch gefährlich werden, wenn ihre Theorie nicht stimmte. Darüber wollte sie jetzt nicht länger nachdenken, denn zunächst einmal stand morgen der diesjährige Besuch des Nikolaus an und den musste sie irgendwie überstehen.

Helena beobachtete weiter die Schneeflocken. Es könnte doch einfach immer weiterschneien. So viel, dass der Nikolaus gar nicht mehr aus dem Wald herauskommen konnte. Ja, er könnte eingeschneit werden! Darauf hoffte Helena, während sie sich immer wieder das Gedicht vorsagte.

Die Fünfjährige verbrachte eine sehr unruhige Nacht. Mehrfach schreckte sie aus dem Schlaf auf, weil sie meinte, der Nikolaus stünde an ihrem Bett und wolle sie mit seinen Händen, die in weißen Handschuhen steckten, packen und in seinen großen braunen Sack stecken. Es war ganz furchtbar. Wenn sie ihre Augen schloss, dann sah sie das bärtige Gesicht des alten Mannes vor sich. Sein Lächeln war keinesfalls gütig, wie auf den vielen Bildern, die es von ihm gab. Nein, es wirkte hinterhältig und heimtückisch. Irgendwann fand sie dann doch noch den erlösenden Schlaf, aber beim ersten Tageslicht war sie schon wieder wach und die Angst war erneut da.

Ein Blick aus dem Fenster gab Helena jedoch die Hoffnung, dass dies doch noch ein guter Tag werden würde. Was sie da sah, war die Erfüllung ihrer schönsten Wünsche und Träume. Alles war weiß. Es hatte die ganze Nacht geschneit und es sah nicht danach aus, als würde es bald aufhören. So viel Schnee hatte es schon lange nicht mehr gegeben. Helenas Eltern fluchten, weil sie das Auto freischaufeln mussten. Kaum hatten sie den Schnee weggeräumt, war schon wieder eine weiße Schicht auf dem Boden. Solange der Räumdienst nicht vorbeikam, war es unmöglich, auf den Straßen voranzukommen.

Beim Mittagessen hatte es immer noch nicht aufgehört zu schneien. Helena nutzte die Gelegenheit, ihren Eltern zu erklären, dass es für den Nikolaus nicht leicht werden würde, heute Abend vorbeizukommen. Und er konnte nur an diesem einen Tag im Jahr kommen. Das war ein altes Gesetz. Man hatte es im Kindergarten durchgenommen. Nur heute war der Nikolausabend. An allen anderen Tagen des Jahres befand er sich irgendwo im finsteren Wald und bereitete sich auf seinen großen Auftritt vor. Helena erklärte das alles so überzeugend, dass ihren Eltern gar nichts anderes übrig blieb, als zuzustimmen. Ihre Mutter meinte allerdings abschließend:

»Du musst dir keine Sorgen machen. Der Nikolaus ist Schnee gewöhnt. Er wird es bestimmt schaffen, heute Abend vorbeizukommen. Also, iss deinen Teller auf und benimm dich anständig.«

Den ganzen Mittag lief Helena im Wohnzimmer auf und ab. Mal stand sie am Fenster und schaute dem Schnee zu, wobei sie inständig hoffte, dass es nicht zu schneien aufhören würde. Dann spielte sie wieder mit ihrer Babypuppe oder mit anderen Spielsachen. An diesem Tag wurde es schon früh dunkel und mit der Dunkelheit, das wusste Helena vom letzten Jahr, kam auch der Nikolaus. Hatte sie da etwa ein Klopfen an der Tür gehört? Nein, es war nur ein Geräusch, das der Wind verursacht hatte, oder das Knirschen des Schnees auf den Dächern. Der Schnee wurde langsam weniger, aber die Straßen waren immer noch nicht befahrbar. Kein Mensch war weit und breit zu sehen.

Längst war es Zeit zum Schlafengehen. Helena freute sich darauf. Sonst war es für sie ein Grauen, wenn sie schlafen gehen musste. Heute jedoch konnte sie es gar nicht abwarten, denn dann würde der Nikolaus ganz bestimmt nicht mehr kommen und morgen, ja morgen war es zu spät. Wie Sankt Martin immer nur am 11. November, der Osterhase an Ostern und der Weihnachtsmann nur am Heiligabend kommen konnten, so war dies dem alten Herrn mit dem weißen Bart nur am Nikolausabend möglich. Helenas Vater hatte sie gerade zu Bett gebracht, als sie ein lautes Klopfen an der Tür hörte. Nein, das konnte doch nicht, das durfte nicht … Sie hörte, wie die Tür geöffnet wurde. Jemand war in das Wohnzimmer eingetreten. Und jetzt stieg er die Treppe hinauf. Ganz deutlich konnte Helena die Schritte hören. Sie versteckte sich unter ihrer Bettdecke. Wie ging das Gedicht noch einmal?

»Vom tiefen Walde komme ich …« Nein, das war es nicht. »Von draußen komme ich in den Wald.« Helena konnte sich beim besten Willen nicht mehr an den Anfang erinnern. Aber sie musste doch das Gedicht aufsagen. Der Nikolaus war wegen des Wetters wahrscheinlich ohnehin schlecht gelaunt, wenn sie jetzt auch noch Fehler machte, dann war er sicher gar nicht mehr zu besänftigen. Die Schritte kamen näher.

»Helena!«, hörte sie die Stimme ihrer Mutter. »Der Nikolaus war da!«

Nein, der Alptraum wurde wahr. Er hatte es tatsächlich noch durch den tiefen Schnee geschafft und würde sie jetzt für alles bestrafen, was sie im vergangenen Jahr falsch gemacht hatte. Helena zog die Decke über ihre Augen. Sie wusste zwar, dass der Nikolaus sie sofort sehen würde, doch sie fühlte sich dennoch auf eigentümliche Art und Weise beschützt.

»Helena«, hörte sie wieder die Stimme ihrer Mutter. »Der Nikolaus war da.«

Hatte sie gerade »war« gesagt? Ja, das hatte sie und bereits zum zweiten Mal. Hieß das etwa, dass er wieder gegangen war? Vorsichtig lugte sie unter der Bettdecke hervor. Im Zimmer waren nur ihre Eltern. Vom Nikolaus weit und breit keine Spur.

»Das hat der Nikolaus für dich abgegeben«, sagte Helenas Mutter und reichte ihr ein Körbchen, in dem sich verschiedene Geschenke befanden. »Er musste leider gleich weiter, aber …«

Auf den Rest hörte Helena gar nicht mehr. Sie war überglücklich, dass ihr Wunsch in Erfüllung gegangen war und sie dem alten Mann mit dem weißen Bart nicht hatte gegenübertreten müssen …

Weihnachten 2011

Der Weihnachtsmops

Ein junger Mann mit dunklen Haaren ging mit schnellen Schritten durch das Getümmel des Weihnachtsmarktes. Die fröhliche Stimmung, in der sich die Menschen um ihn herum befanden, schien förmlich von ihm abzuprallen. Seit einer Woche war es richtig kalt, es hatte sogar etwas geschneit, wovon man in der Innenstadt allerdings wenig bemerkte. Nur auf den Dächern lag eine kleine Schneeschicht, als ob ein Bäcker etwas Puderzucker über einen Kuchen gestreut hätte. An manchen Ecken sah man noch etwas Schnee liegen, allerdings nicht weiß, sondern grau vom Schmutz. Kein schöner Anblick. Den vielen Menschen, die sich durch die engen Wege zwischen den Buden schoben, machte das allerdings nichts aus. Sie standen lachend an den Glühweinständen, wärmten sich ihre Hände an den Gläsern und plauderten gut aufgelegt mit Freunden und Bekannten, die sie trafen. Der Geruch von gebrannten Mandeln lag in der Luft und Straßenmusiker spielten die bekannten Weihnachtslieder. Es war ein perfekter Adventssonntag, den die meisten Menschen auf dem Markt in guter Stimmung verbrachten.

Nicht so der junge, dunkelhaarige Mann. Er schien von dem Trubel um ihn herum nichts mitzubekommen. Sein Blick wirkte starr. Es war, als würde er die Außenwelt gar nicht wahrnehmen, sondern irgendwo weit entfernt sein. Während er durch die Menschenmenge hastete, rempelte er immer wieder Passanten an. Manche reagierten ärgerlich, doch der junge Mann nahm keine Notiz von ihnen. Er wollte nur weg aus diesem Getümmel und Lärm. In seiner augenblicklichen Stimmung konnte er keine Menschen ertragen, schon gar keine fröhlichen Menschen. Er brauchte

Ruhe, um seine Gedanken zu sortieren, die ihm kreuz und quer durch den Kopf schossen wie Pistolenkugeln.

Längst hatte der junge Mann, der Dorian Wieland hieß, die Buden des Weihnachtsmarktes hinter sich gelassen und hetzte durch verwinkelte Seitengassen. Nur ab und zu kamen ihm Passanten entgegen, die ihn verstört ansahen, weil seine dunklen Haare nassgeschwitzt herabhingen, sein Gesicht kreidebleich war und sein Blick einen bevorstehenden Amoklauf befürchten ließ. Je weiter Dorian lief, desto stiller wurde es. Die Weihnachtsmusik, die zuvor ständig an sein Ohr gedrungen war, war längst verklungen. Der junge Mann stand vor einer großen Kirche. Er ging um sie herum, durch ein Tor in einen Garten. In diesem Garten befanden sich ein Kreuzweg, eine kleine Kapelle und einige Gräber, die wohl noch aus dem Mittelalter stammten. In der Mitte, unter einem Baum, der sämtliche Blätter verloren hatte, befand sich eine steinerne Bank. Auf sie ließ sich Dorian Wieland erschöpft niedersinken. Tief holte er Luft und wischte sich den Schweiß von der Stirn. Bestimmt würde er eine Erkältung bekommen, vielleicht sogar eine Lungenentzündung. Aber das war ihm egal. Sein Leben, das bis vor Kurzem perfekt schien, war aus den Fugen geraten.

Die Fröhlichkeit, die gute Stimmung, die vor Weihnachten herrschte, war für den jungen Mann unerträglich. Er hatte vor wenigen Stunden den wichtigsten Menschen seines Lebens verloren, ohne den er nicht mehr weiterleben konnte und mochte. Hier in diesem Kirchgarten hatte Dorian als Kind immer Zuflucht gesucht, wenn er verzweifelt gewesen war. Die Stille hatte ihm immer gut getan. Hier hatte er seine Gedanken sammeln und klar nachdenken können, um seine Probleme zu lösen. Unbewusst hatten ihn seine Beine an diesen Ort zurückgebracht. Er hatte es nicht geplant, hierherzukommen. Doch diesmal wirkte die Magie des Kreuzweges nicht. Die Gedanken des jungen Mannes kamen nicht zur Ruhe. Sie kreisten um Sybille, die er gestern noch gesehen und gesprochen hatte, und die nun für immer aus seinem Leben verschwunden war. Seine beste Freundin, Ratgeberin und Stütze seines Lebens. Viele hielten ihn für selbstbewusst, was ein Irrtum war. In Wirklichkeit war er unsicher und Sybille war es gewesen, die Dorian Steine aus dem Weg geräumt und sich schützend vor ihn gestellt hatte, wenn er nicht mehr weiterwusste. Was sollte er ohne sie machen?

Dorian konnte keinen klaren Gedanken fassen. Das Einzige, was ihm immer wieder in den Sinn kam, war, sein Leben zu beenden, denn was würde es ihm noch bringen? Nichts Gutes, davon war er überzeugt. Das Wort »Tod« stand vor seinen Augen. Nichts anderes konnte er mehr sehen. Plötzlich hörte der junge Mann ein Geräusch hinter sich, das ihn jäh aus seinen Gedanken riss und ihn erschrocken zusammenzucken ließ. Ruckartig drehte er sich um. Da war nichts. Aber er hatte doch gerade deutlich ein Geräusch gehört! Dorian war verwirrt. Er befürchtete, dass ihm seine angeschlagenen Nerven einen Streich gespielt hatten. Wahrscheinlich war er kurz davor, verrückt zu werden. Als er sich wieder umdrehte, sah er in einiger Entfernung einen alten Mann. Der Alte hatte einen struppigen, schneeweißen Bart, der von seinem dunklen Mantel abstach. Sein Gesicht war braungebrannt. Mit einem seiner dürren, langen Finger zeigte er auf Dorian und gab ihm zu verstehen, dass er ihm folgen sollte. Dorian hatte nicht die Absicht, sich ausgerechnet jetzt mit diesem alten Mann zu befassen. Dennoch konnte er seinen Blick nicht von ihm wenden. Irgendetwas zwang ihn, aufzustehen. Ohne es zu wollen, setzte er sich langsam in Bewegung und er folgte dem alten Mann, der mit unsicheren Schritten davonging und sich ab und zu nach ihm umdrehte.

Wie im Traum ging Dorian dem alten Mann nach. Längst hatte er die Orientierung verloren. Es ging kreuz und quer durch verwinkelte Gassen, die ihm völlig fremd vorkamen, obwohl er diese Gegend doch seit Jahrzehnten kannte. Er fragte sich, warum er immer weiterging und wie lange er wohl dem alten Mann schon folgte. Längst hatte er das Gefühl für Raum und Zeit verloren. Schritt für Schritt lief er weiter.

Es hatte inzwischen wieder angefangen zu schneien. Zunächst

nur wenige Flocken, doch schon sehr bald fiel der Schnee so dicht vom Himmel, dass auf Dorians Haaren eine weiße Schicht liegen blieb. Damit wirkte er um Jahre gealtert. Der weißbärtige Mann setzte seinen Weg ungestört fort. Eine enge Gasse folgte auf eine andere. Und plötzlich war er verschwunden. Dorian stand alleine zwischen zwei hohen Häuserreihen in einer nur sehr dürftig beleuchteten Straße. Er hatte nicht die geringste Ahnung, wo er sich befand. Der junge Mann war verärgert und fragte sich, warum er diese ganze Strecke gelaufen war. Hatte ihn der Alte irgendwie verzaubert, vielleicht hypnotisiert? Anders konnte er sich sein Verhalten nicht erklären.

Er wollte sich gerade umdrehen und den Weg zurück suchen, als er bemerkte, dass er doch nicht allein auf der Straße war. Nicht weit von ihm entfernt war ein kleiner Hund, der wild im Schnee herumtollte. Es war ein Mops, der nach den Schneeflocken schnappte und versuchte, sie zu fangen. Das gelang ihm natürlich nicht, was ihn nur noch wilder machte. Dorian hatte Hunde schon immer gern gemocht. Er sah sich um. Weit und breit war niemand, zu dem der Mops gehörte. Für einen Moment vergaß Dorian seine trüben Gedanken und ärgerte sich über die unverantwortlichen Besitzer des Hundes, die ihn in dieser kalten Nacht allein auf die Straße ließen. Der junge Mann ging auf den Hund zu, der ihn gar nicht bemerkte. Die fallenden Schneeflocken waren für ihn viel interessanter. Wild hüpfte der Mops umher. Er schien alles um sich herum vergessen zu haben und nur noch den faszinierenden Schnee im Kopf zu haben. Dorian näherte sich dem Hund. Da bog plötzlich ein schwarzer Mercedes um die Ecke. Er schien den Mops nicht zu bemerken und der Mops sah das Auto nicht.

»Pass auf! Geh da weg!«, schrie Dorian, aber der Mops reagierte nicht. So schnell er konnte, rannte er auf den Hund zu. Der Autofahrer musste ihn sehen, doch er bremste nicht. War der Mann blind? Dorian schrie, sprang nach vorne und riss den Mops von der Straße. Das Auto fuhr im schnellen Tempo vorbei. Vom Fahrer konnte er nicht viel sehen, aber irgendwie glaubte Dorian, ihn zu kennen, auch wenn er nicht in der Lage gewesen wäre, ihn zu beschreiben.

Dorian und der Mops lagen im Schnee. Beide sahen sich verwirrt an. Der Blick des Hundes war unendlich traurig. Der junge Mann schien in seinen großen dunklen Augen regelrecht zu versinken. Den Schnee hatte der Hund schon wieder vergessen. Jetzt galt seine Aufmerksamkeit einzig und allein Dorian. Er schmiegte sich ganz nah an ihn, sah ihn mit seinen großen Augen an und plötzlich streckte er die Zunge heraus und leckte ihm die Schneeflocken vom Gesicht. Der junge Mann war verwirrt, aber es war ihm nicht unangenehm. Er spürte, dass er mit dem kleinen Hund einen neuen Freund gewonnen hatte, der mit ihm durch dick und dünn gehen würde. Mühsam stand er auf und klopfte sich den Schnee vom Mantel. Der kleine Mops sah zu ihm auf. Das Hündchen zitterte. Kein Wunder. Es war in der Tat bitterkalt. Dorian hob ihn auf und steckte ihn unter seinen Mantel, sodass nur noch der Kopf aus der Öffnung am Kragen herausschaute. Anfangs zitterte der Hund noch, aber sehr bald wurde es ihm wärmer. Er fühlte sich so sicher und geborgen, dass er einschlief. Der junge Mann blieb noch eine Weile im Schnee stehen. Er wusste nicht, was er tun sollte, doch sein Gefühl sagte ihm, dass er im Grunde genommen keine Wahl hatte. Der kleine Mops brauchte ihn. Er hatte ihn vor dem Tod gerettet. Das war so, als ob er eine Verpflichtung für dieses Hundeleben übernommen hatte. Dorian spürte aber auch, dass er den kleinen Hund mindestens genauso brauchte, wie der Mops ihn. Sein Leben hatte wieder einen Inhalt, zwar nur einen sehr bescheidenen, aber immerhin.

Dorian machte sich auf den Nachhauseweg. Eine seltsame Nacht war das gewesen. Er hatte keine Ahnung, wo er sich befand, und doch gelang es ihm mühelos, den Weg nach Hause zu finden. Die zuvor noch als unangenehm empfundenen Weihnachtslieder, trösteten ihn nun. Als er die Haustür aufschloss, war der Mops aus seinen Träumen erwacht. Dorian setzte ihn auf den Boden und der kleine Hund machte sich sofort daran, seine neue Heimat zu erkunden, indem er von Raum zu Raum lief und an allem voller Begeisterung schnupperte.

Den schwarzen Mercedes, der vor Dorians Haus geparkt hatte, und in dem ein alter Mann mit struppigen weißen Bart saß, hatten sie beide nicht bemerkt. Als Dorian die Tür schloss, lächelte der alte Mann zufrieden. Dann drehte er den Zündschlüssel um, legte einen Gang ein und fuhr leise ein Weihnachtslied summend in die dunkle, kalte Winternacht.

Weihnachten 2009

Ein Wintertraum

Schnee rieselte auf ein kleines idyllisches Häuschen, neben dem sich zwei Tannenbäume befanden. Zugegeben, es war kein richtiger Schnee und es war auch kein reales Häuschen. Der Schnee und das Häuschen befanden sich in einer kleinen Kugel, die Nonglak in der Hand hielt, und die Umgebung, in der sie sich aufhielt, war alles andere als winterlich zu nennen. Es war Ende November in Bangkok und wie das ganze Jahr über war es richtig heiß. Um die dreißig Grad. Nonglak ließ sich von dem Lärm, den die Autos verursachten und der bis in den Lumpini-Park zu hören war, nicht ablenken. Sie dachte über den Winter nach, so wie sie ihn sich schon als Kind herbeigesehnt hatte und doch im heißen Thailand nie erleben konnte.

Der Wunsch nach weißen Weihnachten, so wie sie es in Filmen immer wieder gesehen hatte, sollte für sie unerreichbar bleiben. Doch wozu gab es Träume, die oft leider viel zu früh und unsanft enden. So auch dieses Mal. Eine ihrer Freundinnen versetzte ihr einen leichten Stoß und wies auf einige europäische Touristen hin. Denen lief der Schweiß von der Stirn. Einer hatte ein Taschentuch an den Ecken zusammengebunden und sich auf den Kopf gelegt, um sich vor der Sonne zu schützen, was sehr lächerlich aussah. Asiaten finden es ekelhaft, wenn Menschen so sehr schwitzen. Ihnen passiert das nur selten, denn sie sind von Kindheit an daran gewöhnt, dass es heiß ist. Nonglak und ihre Freundinnen lachten über die Touristen mit ihren großen Nasen, die für Thais auch sehr gewöhnungsbedürftig waren, und sprachen dann darüber, was sie am Abend wohl unternehmen wollten. Bangkok, diese hektische und schmutzige Stadt, bot ein pralles Nachtleben. Unter Langeweile musste hier niemand leiden. Und doch sehnte sich Nonglak nach Ruhe, denn längst war ihr all dieser Lärm und die gekünstelte Fröhlichkeit in den Bars am Wochenende zuwider. Natürlich hätte auch sie gerne einen Mann aus Europa oder den USA gefunden, wie so viele ihrer Freundinnen auch. Schließlich war sie bereits dreißig und die Konkurrenz war groß. Wenn sie sah, wie sich manche ihrer Freundinnen in den Bars an die meist älteren weißen Männer heranmachten und umgekehrt wie ungeniert viele der nicht sehr ansehnlichen Touristen waren, dann ekelte es sie. Warum nur machte sie dieses Spiel trotzdem Wochenende für Wochenende mit. Lag es daran, dass sonst ihr Traum, nach Europa zu kommen und Schnee zu sehen, nie in Erfüllung gehen würde?

Ihre ältere Schwester hatte es geschafft. Auch sie hatte einige Zeit die Kneipentour absolviert, war von Touristen ausgenutzt worden und hatte letzten Endes doch den Mann ihres Lebens gefunden, der sie mit nach Deutschland genommen hatte. Ein großes und völlig unerwartetes Glück, das zu einer zufriedenen Ehe, die inzwischen von zwei Kindern gekrönt worden war, geführt hatte. Ihre Schwester hatte es geschafft. In schwachen Stunden empfand Nonglak sogar ein bisschen Neid auf sie. Nonglak dagegen war immer noch auf der Suche und hatte die Hoffnung schon fast aufgegeben. Auch dieser Abend wurde eine Pleite wie so viele zuvor.

Als Nonglak nach Hause kam, fand sie einen Brief im Briefkasten. Er kam von ihrer Schwester. Voller Erwartung machte sie ihn auf und wurde nicht enttäuscht. Es war die langersehnte Einladung nach Deutschland. Wie kompliziert war das Verfahren doch gewesen, wie viele Formalitäten waren zu erledigen gewesen. Und jetzt, rechtzeitig zu Weihnachten, klappte es. In zwei Wochen konnte die Reise losgehen und sie würde für ganze drei Wochen bei ihrer Schwester bleiben. Endlich hatte sie Zeit für ihre beiden Nichten, die sie nur von Fotos oder Skype kannte, konnte sich Deutschland ansehen und würde zum ersten Mal in ihrem Leben einen richtigen Winter mit Schnee erleben. Ihr großer Traum sollte doch noch in Erfüllung gehen.

Die nächsten zwei Wochen vergingen wie im Flug. Nonglak war mit Reisevorbereitungen aller Art beschäftigt. Im Handumdrehen war der Tag der Abreise gekommen und sie stand mit ihrem großen Koffer auf dem Flughafen von Bangkok. Ihre Freundinnen hatten sie begleitet, sodass es ein tränenreicher Abschied unter den großen Bildern des Königspaares wurde. Im Flugzeug dachte Nonglak an all das, was sie wohl in Deutschland erwarten würde. Schneebedeckte Wiesen, Tannenbäume und eisige Kälte. Während Deutsche im Winter vor der Kälte gerne in südliche Gefilde flohen, freute sich Nonglak darauf und war bestens mit einer dicken Winterjacke, Pullover und verschiedenen Schals ausgerüstet.

Die Landung fand am späten Abend statt. Nonglak hatte aus dem Fenster gesehen, um den Anblick auf Deutschland aus großer Höhe genießen zu können. Es war jedoch nichts zu sehen, da alles wolkenverhangen war. Als das Flugzeug dann auf der Landebahn aufsetzte, war der Blick aus dem Fenster alles andere als vielversprechend. Es regnete in Strömen. Auf dem Asphaltboden konnte Nonglak große Pfützen sehen. Schnee schien weit entfernt. Nicht so weit wie in Bangkok, aber ein Trost war das nicht.

Die Freude, ihre Schwester wiederzusehen, ließ Nonglak jedoch zunächst die Enttäuschung über den fehlenden Schnee vergessen. In den kommenden Tagen unternahmen die Schwestern vieles gemeinsam. Es gab ja unendlich viel nachzuholen, zu erzählen. Und auch die beiden kleinen Nichten beanspruchten viel gemeinsame Zeit mit ihrer nahezu unbekannten Tante. Nonglak sah mit Begeisterung die Weihnachtsbeleuchtung in den Straßen und an den Häusern. Und doch stellte sich das richtige Weihnachtsgefühl nicht ein. Was halfen all die Lieder von »White Christmas« und die Weihnachtsfilme im Fernsehen, wenn es draußen warm und regnerisch war? Nonglak hoffte, dass ein Gang über den Weihnachtsmarkt die winterlichen Gefühle bei ihr wieder zum Vorschein bringen konnte. Aber auch der Besuch des Weihnachtsmarktes war ein gewaltiger Fehlschlag. Einerseits war er trotz des schlechten Wetters so voll, dass sie nur durchgeschoben wurden. Andererseits störte sie der Geruch der Bratwürste, der nun wirklich nicht an Weihnachten erinnerte, und die viel zu laute Musik, die aus den Lautsprechern dröhnte. Glühwein mochte bei Minustemperaturen gut sein, aber bei zehn Grad plus war er viel zu warm und zudem schrecklich klebrig. Sie war anschließend sehr froh, wieder zu Hause zu sein. Ihre Füße schmerzten von den Trippelschritten und den vielen Leuten, die ihr darauf getreten waren. So hatte sie sich das alles nicht vorgestellt.

Plätzchen wurden gebacken. Auch das gehörte zu Weihnachten. Es machte Nonglak Spaß, den Teig zu kneten, immer wieder auch einmal etwas davon zu naschen, ihn auszurollen und schließlich mit Formen alle möglichen Dinge auszustechen. Tannenbäume, Herzen, Glocken, Weihnachtsengel und was es sonst noch alles gab. Der Duft der frischen Butterplätzchen erfüllte die Wohnung. Als sie goldbraun waren, nahmen Nonglak und ihre Schwester sie aus dem Ofen und sie bekamen eine Glasur aus Zuckerguss in verschiedenen Farben. Streusel aus Schokolade wurden dann noch darübergestreut und fertig waren die Köstlichkeiten. Ihre Schwester hatte offenbar unendlich viele Rezepte, die sie mit Nonglak ausprobieren wollte, und so entstanden an zwei Nachmittagen verschiedene Plätzchen. Wer die nur alle essen sollte?

Kurz vor Heiligabend stand der Weihnachtsbaum im Wohnzimmer und wartete darauf, geschmückt zu werden. Dazu wurden alte Weihnachts-Swing-Klassiker aufgelegt, um wenigstens ein bisschen in Stimmung zu kommen. Nachdem ihr Schwager die Lichterkette am Baum angebracht hatte, war Nonglak für die Strohsterne zuständig, während ihre Schwester die Glaskugeln anbrachte. Schön sah er aus, der Weihnachtsbaum. So wie sich Nonglak ihn immer vorgestellt hatte. Und doch fehlte ihr etwas, um in eine weihnachtliche Stimmung zu kommen. Einen Tag vor Weihnachten regnete es immer noch. Aber es war deutlich kälter geworden. Gab es vielleicht doch Hoffnung auf weiße Weihnachten? Sie hatte sie zumindest noch nicht aufgegeben.

Am Weihnachtsmorgen herrschte große Hektik im Haus ihrer Schwester. Alle waren aufgeregt. Die Kinder warteten ungeduldig auf den Weihnachtsmann, die Schwester versuchte zum ersten Mal in ihrem Leben, eine Weihnachtsgans zu braten, was allem Anschein nach nicht so klappte, wie sie sich das vorgestellt hatte. Tausend Dinge waren noch zu erledigen. Nonglak bot sich an, irgendwie zu helfen, doch letzten Endes stand sie nur im Weg herum. Daher beschloss sie, einen Spaziergang zu machen, um nicht für noch mehr Stress zu sorgen.

In dem kleinen Dorf, in dem ihre Schwester wohnte, war die Hölle los. Die Menschen stürmten die Geschäfte und kauften ein, als ob sie sich auf eine große Naturkatastrophe vorbereiten mussten. Nonglak fragte sich, warum, denn es gab gerade einmal zwei Feiertage und danach konnte man wieder alles kaufen, was das Herz begehrte. Auch die Stimmung der Menschen war alles andere als weihnachtlich. Friedvoll sollte dieses Fest der Liebe doch sein. Stattdessen wirkten die meisten genervt, angespannt und sogar aggressiv. So hatte sie sich Weihnachten wirklich nicht vorgestellt. Dazu noch das trübe Wetter, der leichte Nieselregen – insgesamt war dieses so sehnsüchtig erwartete Fest für sie eine große Enttäuschung. Aber immerhin war sie mit ihrer Schwester und deren Familie zusammen und das war viel wert.

Bis es am Abend zur Bescherung kam, herrschte absolutes Chaos. Die Gans brannte an, die Kinder brachen in Tränen aus, es gab viel Geschrei und Ärger. Doch als dann endlich ein Glöckchen bimmelte und die Familie zur Bescherung gerufen wurde, löste sich alles in Harmonie auf. Der Vater las die Weihnachtsgeschichte. Die kleinen Nichten konnten es kaum noch erwarten, die Geschenke auszupacken. Unruhig rutschten sie auf den Knien hin und her. Aber sie wussten, dass es die Geschenke erst nach der Geschichte gab, weshalb sie klaglos bis zum Ende aushielten. Dann stürzten sie sich auf die Pakete und rissen ungestüm das Papier herunter.

Nonglak stand zunächst etwas abseits und beobachtete die Familienidylle. Kitschig würden manche sicher sagen, aber trotzdem oder gerade deshalb wunderschön. Ein Zauber lag über dem Geschehen. Sollte man es Weihnachtszauber nennen? Warum nicht? Als Nonglak gerade eine melancholische Stimmung erfasste, kam ihre Schwester auf sie zu, nahm sie in den Arm und überreichte ihr ein kleines Geschenk. Auch sie hatte Geschenke für ihre Nichten, die Schwester und deren Mann. Schnell stand sie nicht mehr abseits, sondern war Teil der glücklichen kleinen Familie. Die Reise nach Deutschland hatte sich gelohnt. Es wurde ein heiterer Abend. Als die Kinder zu Bett gegangen waren, erinnerte sie sich noch mit ihrer Schwester an Begebenheiten aus ihrer gemeinsamen Kindheit. Keiner wollte schlafen gehen, sodass es schließlich sehr spät wurde.

Am nächsten Morgen erwachte Nonglak gegen zehn Uhr. Sie war noch furchtbar müde, als sie zum Fenster ging und mit verschlafenen Augen nach draußen sah. Was war das? Hatte sie tatsächlich eine Schneeflocke am Fenster vorbeifliegen sehen? Ja, es schneite. Allerdings nur vereinzelte Flocken, die wohl kaum liegen bleiben würden. Aber immerhin. Nonglak duschte, zog sich langsam an und ging schließlich die Treppen hinunter in die Küche und das Esszimmer. Sie war so sehr in Gedanken versunken und dann in das Gespräch mit ihrer Schwester vertieft, dass sie zunächst gar nicht aus dem Fenster sah. Schließlich fiel ein flüchtiger Blick hinaus, blieb dort hängen und Nonglak war begeistert von dem, was sie sah. Es schneite – nicht nur ein paar vereinzelte Flocken, sondern richtig stark. Schon lag eine ungefähr zwei Zentimeter hohe Schneedecke auf den Straßen, Dächern und Rasenflächen. Nonglak rannte an ihrer Schwester vorbei, schnappte sich ihren Wintermantel, Schal und Stiefel und schon war sie im Freien. Der Schnee fiel vom Himmel. Nonglak blieb einfach stehen und blickte hinauf, sah die Flocken näher kommen, bis sie auf ihrem Gesicht und ihrem Mantel liegen blieben. Wenn sie ein Fremder beobachtet hätte, dann hätte er sie für verrückt gehalten. Mit ausgestreckten Armen drehte sie sich im Kreis und lachte laut vor Freude. Schließlich kniete sie sich auf den Boden und formte mit den Händen einen großen Schneeball. Sie sah ihre Schwester am Fenster stehen und lachen. Da nahm sie den Schneeball und warf ihn gegen die Fensterscheibe. Ihre Schwester stand im nächsten Moment an der Tür, formte selbst einen Schneeball und schon entbrannte eine Schneeballschlacht, zu der sich bald die beiden kleinen Nichten gesellten. Lachend und durchnässt gingen alle schließlich hinein zum Frühstück. Die Wärme tat gut und doch war Nonglak begierig darauf, wieder hinauszugehen, denn es schneite weiter und es sah auch nicht danach aus, als würde es bald aufhören. Ohne die Schwester und die beiden Nichten machte sie einen langen Spaziergang über die Felder. Es gefiel ihr, als Erste Spuren in der unberührten Landschaft zu hinterlassen. Zugleich empfand sie es so, als würde sie die schöne weiße geschlossene Schneedecke mit ihren Fußabdrücken irgendwie beschmutzen. Als Nonglak jedoch bemerkte, dass der Schnee, der vom Himmel fiel, ihre Spuren schnell wieder verdeckte, war sie beruhigt. Sie stapfte weiter durch den Schnee und konnte ihr Glück gar nicht fassen. Es war ein Wintertraum, ein Weihnachtstraum, der für sie in Erfüllung ging. Weihnachten, Schnee und ihre Familie – was konnte es Schöneres geben! Nonglak wischte den Schnee von einer Bank, setzte sich und sah den auf die Erde fallenden Schneeflocken zu. Diesen Moment des Friedens und des Glücks konnte ihr niemand mehr nehmen. »Frohe Weihnachten!«, flüsterte sie und eine kleine Träne des Glücks lief über ihre Wange.

Weihnachten 2014

Weihnachtsmann wider Willen

Der Weihnachtsmann stapfte durch den bestimmt zehn Zentimeter hohen Neuschnee, der in den vergangenen Stunden gefallen war. Es war bitterkalt und es sah nicht danach aus, als würde es bald aufhören zu schneien. Er fror und beschloss in die nächstbeste Kneipe zu gehen, um etwas Warmes zu trinken. Einen Glühwein, einen Punsch oder auch nur einen Tee mit einem Schuss Rum. Nach diesem Tag hatte er sich das verdient.

»Grüß dich, Winfried!«, rief ihm der Wirt entgegen, als der Weihnachtsmann das Lokal betrat und beim Hereinkommen den Bart abnahm. »Wie war dein Tag?«

Winfried ließ sich stöhnend an der Bar nieder und schimpfte: »Wie soll er schon gewesen sein? Von zehn Uhr am Vormittag bis acht Uhr abends in einem überheizten Kaufhaus in diesem furchtbaren Kostüm herumzusitzen und ein Kind nach dem anderen auf den Schoß zu nehmen, seine Wünsche mit einem freundlichen Lächeln entgegenzunehmen, obwohl einem nicht zum Lachen zumute ist ... Wie würde es dir dann gehen?«

Wenn er nur daran dachte, wie ihn die »süßen« Kleinen mit ihren klebrigen Händen, an denen im besten Fall Schokolade hing, anfassten. Manche waren frech und versuchten, an seinem Bart zu ziehen. Andere brachen in Tränen aus und waren kaum noch zu beruhigen. Währenddessen lief ihm der Schweiß von der Stirn. Er musste dringend auf die Toilette, konnte aber nicht weg, weil sein Chef ganz genau beobachtete, ob er seine Arbeitszeit einhielt und nicht eine Minute früher Pause machte, als vertraglich geregelt. Der Mann hatte scheinbar nichts anderes zu tun.

Winfried wurde aus seinen Gedanken gerissen, als ihm der Wirt einen Glühwein auf den Tisch stellte. »Geht aufs Haus«, sagte er. Die beiden kannten sich schon lange und der Wirt bemerkte, wann es einem seiner Stammkunden nicht gut ging. Da konnte er schon einmal etwas ausgeben. Er wusste schließlich, dass er gerade an Winfried sehr gut verdiente und seine kleine Gefälligkeit um ein Vielfaches zurückgegeben werden würde.

Winfried trank den Glühwein. Die Wärme stieg in ihm auf und vertrieb das klamme Gefühl, das er noch beim Betreten der Kneipe gehabt hatte. Den Bart hatte er längst beiseitegelegt. Das Kostüm musste er aber leider noch anbehalten, denn er trug nur eine Trainingshose und ein T-Shirt darunter, was dann doch etwas zu leicht bekleidet angesichts der winterlichen Temperaturen gewesen wäre. Er bestellte einen zweiten Glühwein. Angeregt durch den Alkohol geriet er ins Grübeln. Wie war er nur in diese Situation gekommen, sich die Auftritte als Weihnachtsmann, die er so sehr hasste, antun zu müssen? Dieser Weg war ihm nicht von Anfang an vorgezeichnet gewesen. Vor vielen Jahrzehnten hatte er studiert. Er war so gut in seinem Fachbereich Biologie gewesen, dass ihm sein Dozent angeboten hatte, bei ihm zu promovieren. Das tat er auch und wurde Assistent des bekannten Professors. Es war absehbar, dass er eines Tages dessen Lehrstuhl übernehmen würde, wenn nicht eine Intrige eines Mitbewerbers dies verhindert hätte. Von da an ging es in seinem Leben stetig bergab. Er war nicht der Mann, der sich gegen die Anfeindungen des Mitbewerbers verteidigt hätte. Winfried kämpfte nicht um den Posten, weil er davon ausging, dass der besser Qualifizierte gewinnen würde, und dies war eindeutig er. Zu spät erkannte er die miesen Tricks seines Gegners und war plötzlich völlig unerwartet auf der Verliererseite. Selbstverständlich kündigte er an dem Lehrstuhl, denn es wäre unmöglich gewesen, seinen siegreichen Konkurrenten als Assistent weiterhin zu unterstützen. Jetzt zeigte sich, dass Winfried zwar ein sehr guter Wissenschaftler, außerhalb seines Arbeitsplatzes an der Universität jedoch völlig lebensuntauglich war. Er hatte sich eingebildet, dass andere

Universitäten auf ihn warteten, was ein Trugschluss war. Auch im Wissenschaftsbetrieb wurde mit harten Bandagen gekämpft, weshalb er eine Niederlage nach der anderen hatte einstecken müssen. Anfangs musste sich Winfried nicht so große Sorgen machen, denn er hatte Ersparnisse, von denen er eine gewisse Zeit leben konnte. Doch irgendwann gingen die Rücklagen zur Neige und ein Jobangebot, das seinen Qualifikationen auch nur annähernd gerecht wurde, war nirgends zu sehen. Er musste befristete Aufträge annehmen, als Assistent arbeiten. Das deprimierte Winfried immer mehr, sodass er zum Alkohol griff. Winfried hatte Glück, dass einige Kollegen ihn sehr schätzten und sein Schicksal kannten. Sie schützten und unterstützten ihn, wo es nur ging. Doch irgendwann häuften sich die Fehler. Winfried verlor seinen Job. Mit Ende Fünfzig war es für ihn kaum mehr möglich, irgendetwas in seinem Fachgebiet zu finden, vor allem, weil sich herumgesprochen hatte, dass er aufgrund seines Alkoholkonsums unberechenbar war.

Er, die einstige große Hoffnung, war zum Verlierer geworden, mit dem man am besten nichts zu tun hatte. So schwer es ihm auch fiel, er musste erkennen, dass er seinen Platz in der Welt der Wissenschaft verspielt hatte und ihn auch nicht mehr zurückgewinnen würde. Winfried zog um, in eine kleine Wohnung, die er sich gerade so leisten konnte. Er zog einen radikalen Schlussstrich unter seine Vergangenheit. Alles, was an sein Leben als Biologe erinnerte, wanderte auf den Müll. Nichts, aber auch gar nichts, sollte ihn an die besseren Zeiten, die er erlebt hatte, erinnern. So vergingen die Jahre. Er hielt sich mit Gelegenheitsjobs über Wasser. Durch Zufall war er in der Adventszeit an seine Auftritte als Weihnachtsmann gekommen, unter denen er so sehr litt, die aber in dem Kaufhaus, in dem er arbeitete, gut bezahlt wurden. Also machte er sich den ganzen Dezember jeden Morgen um 10 Uhr auf zum Kaufhaus, setzte sich dort auf den großen Sessel, rief »Hohoho« und ließ sich mit den Kindern fotografieren, bis er gegen 20 Uhr das Kaufhaus wieder verlassen durfte.

»Noch einen Glühwein!«, rief Winfried dem Kellner zu, der ihm das Getränk auch gleich auf den Tresen stellte. Durch den Glühwein und die Wärme in der Kneipe hatte er einen knallroten Kopf bekommen. Der Schweiß lief ihm die Stirn herunter. Er hatte gar keine Lust, nach draußen zu gehen, in die Kälte und den Schnee. Aber noch schlimmer war der Gedanke an das kleine Zimmer, in dem er die Abende alleine verbrachte. Entweder stellte er den Fernseher an, obwohl ihn das meiste, was es dort zu sehen gab, gar nicht interessierte. Aber er fühlte sich nicht ganz so alleine, wenn er Stimmen hörte, selbst wenn sie nur aus dem Fernsehgerät kamen. Oder er legte eine CD ein und hörte Musik, trank dabei noch Bier oder Wein, bis ihm der Schlaf Erlösung brachte und seine Einsamkeit vergessen ließ.

Doch es half alles nichts – irgendwann musste er die Kneipe verlassen und nach Hause gehen. Es war schon nach 21 Uhr. Die Straßen der Innenstadt hatten sich schnell geleert. Morgen hatte Winfried noch einen harten Tag vor sich. Es war der 24. Dezember. Zum letzten Mal sollte er in diesem Jahr den Weihnachtsmann spielen. Zum Glück nur fünf Stunden und am Nachmittag war Schluss. Einerseits war er froh, den verhassten Job endlich hinter sich gebracht zu haben. Andererseits graute es ihm vor dem Heiligabend, an dem er alleine in seiner Wohnung sitzen und an all die Menschen denken würde, die fröhlich mit ihren Familien die Geburt des Erlösers Jesus Christus feierten. Er wusste, dass auch am Heiligabend einige Lokale verpflichtet waren, zu öffnen, aber er wollte nicht auf das Mitleid anderer angewiesen sein. Dann blieb er doch lieber alleine.

Als Winfried aufstand, schwankte er leicht. Der Alkohol war ihm zu Kopf gestiegen. Doch er fasste sich schnell wieder und ging kerzengerade zur Tür hinaus. Sofort umfing ihn die eisige Kälte. Es schneite immer noch, wenn auch nicht mehr so stark wie zuvor. Er musste vorsichtig sein, denn der Gehsteig war glatt und er war ohnehin nicht ganz sicher auf den Beinen. Seinen Bart hatte Winfried sich wieder umgehängt und auch die Kapuze aufgesetzt. Nicht nur wegen der Kälte, sondern auch, weil er in dieser Aufmachung nicht erkannt wurde. Es war nicht weit bis zu seiner Wohnung. Nur etwa zehn Minuten. Doch der eisige Wind, der ihm entgegenblies, machte Winfried zu schaffen. Die wohlige Wärme, die er in der Kneipe nicht zuletzt durch den heißen Glühwein empfunden hatte, war im Handumdrehen der widerlichen Kälte gewichen.

Er war schon fast an seiner Wohnung angekommen, als er eine kleine Gestalt durch die Dunkelheit huschen sah. Sie versteckte sich hinter einem Müllcontainer, der in einer Seitenstraße stand. Er konnte etwas Rotes im Schein der Laterne leuchten sehen, das im nächsten Moment verschwand. Eigentlich wollte er weitergehen. Was ging es ihn an, wenn sich irgendjemand im Dunkeln versteckte? Er hatte genug eigene Probleme und wollte nicht in Schwierigkeiten geraten. Winfried hätte später nicht sagen können, was ihn doch dazu gebracht hatte, um die Ecke zu gehen und nach der Person zu schauen, die sich hinter dem Container versteckt hatte.

»Wer ist da? Kommen Sie da raus!«, rief Winfried und versuchte seiner Stimme einen bedrohlichen Unterton zu geben. Dabei kam er sich mit seinem Nikolausbart und dem Kostüm jedoch ziemlich albern vor. Sein forsches Auftreten half jedoch. Hinter dem Container regte sich etwas und zum Vorschein kam ein kleines eingeschüchtertes Mädchen. Es war höchstens sechs Jahre alt und trug eine dunkle Jacke und einen leuchtend roten Schal, den er gesehen hatte, als sie versucht hatte, sich zu verstecken.

»Wer bist du denn? Und was machst du hier?«, fragte Winfried und versuchte seiner Stimme den freundlichen Ton zu geben, den er als Weihnachtsmann immer annahm.

Doch das Mädchen wirkte eingeschüchtert. Es sah ihn mit großen Augen an und sprach kein Wort.

»Du musst doch keine Angst haben«, fuhr Winfried fort. Fast hätte er seinen Bart abgenommen und sein wahres Gesicht gezeigt, weil er befürchtete, dass sie wegen seiner Aufmachung als Weihnachtsmann Angst hatte. Doch als er seine Hand an der Bartspitze hatte, sagte das Mädchen mit leiser Stimme: »Lieber Weihnachtsmann, du musst mir helfen. Bitte!«

Jeden Tag hatte er im Kaufhaus mit Kindern zu tun. Mit braven Kindern, verängstigten Kindern, aber auch mit richtigen kleinen Ungeheuern. Die meisten glaubten an ihn. Auch wenn er seinen Job nicht mochte, er wusste, dass er die Kinder nicht enttäuschen durfte, dass er seine Rolle überzeugend spielen musste. Er straffte seine Haltung und sagte mit seiner Weihnachtsmannstimme, die er zu Hause in der Stille seiner Wohnung immer wieder geübt hatte: »Ich bin der Weihnachtsmann, natürlich kann ich dir helfen. Aber sag mir erst einmal, wer du bist.«

Das Mädchen sah ihn prüfend an. »Du bist der Weihnachtsmann«, sagte sie schließlich. »Du kennst alle Kinder auf der Welt. Warum erkennst du mich nicht?«

Da hatte sie ohne Zweifel recht. Eine schnelle und gute Ausrede war nötig. »Weil ... weil ich meine Brille vergessen habe und dich deshalb nicht richtig sehen kann. Es ist ziemlich dunkel«, antwortete er so überzeugend wie möglich. Das Mädchen sah ihn noch einmal skeptisch an, doch dann huschte ein Lächeln über ihr Gesicht: »Ich heiße Sabrina Pietsch.«

»Sabrina, ja natürlich«, tat Winfried so, als ob er jetzt völlig im Bilde wäre. »Wie kann ich dir denn helfen?«, fragte er weiter. Er ging davon aus, dass das Kind beim Einkaufsbummel seine Eltern verloren hatte und es wohl das Beste wäre, es zur Polizei zu bringen.

»Ich … ich ... habe ...«, stammelte das Mädchen und fing plötzlich an zu weinen.

»Beruhige dich«, sagte Winfried, ging auf Sabrina zu und versuchte sie tröstend in die Arme zu nehmen. »Es wird alles wieder gut.«

»Nein!«, schrie Sabrina plötzlich und stieß ihn zurück. »Nichts wird gut. Ich habe meine Mutter umgebracht!«

Entsetzt sah Winfried das Mädchen an. Er wollte nicht glauben, was sie sagte. Es musste ein dummer Witz sein. Aber wenn er in ihre Augen sah, dann konnte er die Verzweiflung des Mädchens sehen. Es konnte nicht wahr sein und doch glaubte Sabrina offensichtlich daran, eine so schreckliche Tat begangen zu haben. Mit einem Schlag war Winfried nüchtern geworden. Die Kälte spürte er längst nicht mehr. Tausend Gedanken gingen ihm durch den Kopf. Er musste mit dem Mädchen zur Polizei gehen. Oder vielleicht doch nicht? Das Kind vertraute ihm. Winfried durfte es nicht enttäuschen.

»Wo ist das passiert?«, fragte er, ohne die Aussage des Mädchens auch nur im Geringsten anzuzweifeln. »Bitte, bring mich hin. Vielleicht ist sie gar nicht tot und ich kann sie retten.«

»Sie ist tot«, schluchzte das Mädchen, nahm ihn aber an der Hand und zog ihn mit sich. Scheinbar überwog trotz aller Überzeugung in ihrer Stimme doch noch die Hoffnung, die Mutter lebendig anzutreffen. Winfried kam kaum hinterher, so schnell eilte Sabrina durch die Straßen. Zwischendurch bat er, völlig außer Atem, dass sie langsamer gehen solle, doch sie schien das gar nicht zu hören und rannte, ohne Rücksicht zu nehmen, weiter. Winfried schlitterte an einer glatten Stelle, fast wäre er hingefallen. Er stieß einen leisen Fluch aus und bereute, dass er dem Mädchen nachlief. Doch dann stellte er erleichtert fest, dass sie am Ziel angekommen waren. Sie rannten durch ein sehr schlecht beleuchtetes Treppenhaus, in dem er sich seinen Fuß heftig anstieß und erneut laut aufschrie, und standen schließlich vor einer Tür. Auf dem Klingelschild stand »Pietsch«. Hier musste Sabrina wohnen. Winfried wollte gerade auf die Klingel drücken, als Sabrina mit zitternden Händen mit einem Schlüssel die Tür aufsperrte.

»Frau Pietsch«, rief Winfried und erntete von Sabrina einen genervten Blick, der ihm sagte, dass das Rufen völlig überflüssig sei, denn die Mutter war ihrer Meinung nach schließlich tot. Das bisher forsche und aufgeweckte Mädchen wurde plötzlich sehr still. Sie schob Winfried in Richtung eines Zimmers und versteckte sich hinter ihm. Winfried ging in den Raum. Er befand sich im Wohnzimmer, das gründlich aufgeräumt war. Sabrinas Mutter schien ein richtiger Putzteufel zu sein. Jedenfalls konnte er nicht das geringste Staubkörnchen entdecken. Was ihm aber auffiel war ein großer roter Fleck auf dem hellen Teppich. War es Blut? Langsam ging er auf den Fleck zu. Sabrina war inzwischen hinter ihm vorgekommen.

»Da lag Mama und sie war tot!«, rief sie entsetzt aus. »Wo ist sie jetzt?«

Ängstlich sah sie sich in alle Richtungen um, doch niemand war zu sehen.

»Was ist denn eigentlich genau passiert?«, fragte Winfried und nahm die völlig aufgelöste Sabrina in den Arm. Die brauchte etwas Zeit, bis sie sich beruhigt hatte und stockend berichtete, was sich ereignet hatte.

»Meine Mutter und ich haben uns gestritten. Ich habe mir zu Weihnachten gewünscht, dass mein Papa mich besucht. Mama meinte, dass der Weihnachtsmann diesen Wunsch nicht erfüllen könne. Doch der Weihnachtsmann kann alle Wünsche erfüllen. Das wollte sie mir nicht glauben. Ich wurde richtig wütend und schrie sie an. Dann ist sie aus meinem Zimmer gegangen. Als ich wenig später ins Wohnzimmer kam, lag sie tot auf dem Boden. Genau da, wo jetzt der Blutfleck ist.«

»Aber dann hast du sie doch gar nicht umgebracht«, gab Winfried zu bedenken.

»Doch!«, rief Sabrina verzweifelt und Tränen rannen ihre Wangen hinunter. »Ich habe zu ihr gesagt, dass ich mir wünschte, dass sie tot sei! Und dann lag sie tot auf dem Teppich.«

Irgendetwas stimmte hier nicht. Sabrina war auf keinen Fall schuld am Tod ihrer Mutter, wenn sie denn überhaupt tot war. Denn bisher gab es zwar diesen Fleck auf dem Teppich, aber weit und breit war keine Leiche zu sehen. Vorsichtig näherte sich Winfried dem Teppich. Dieses Rot irritierte ihn. Es sah nicht aus wie Blut. Lagen da nicht kleine Körner in dem roten Fleck? Er ging ganz nah heran, kniete sich hin und roch am Teppich. Es war kein Blut, sondern Rotwein und die Körner waren Salz, das die Flüssigkeit aufsaugen sollte. Der Fleck war noch frisch. Wahrscheinlich war das Unglück erst vor einer halben Stunde oder Stunde passiert. Von einem Glas oder einer Flasche war jedoch weit und breit nichts zu sehen. Sabrina war verwirrt, als Winfried ihr erklärte, was er bemerkt hatte.

»Aber Mama lag hier am Boden«, erwiderte sie. »Ich bin sicher, dass sie tot war.«

»Wir werden sie suchen«, schlug Winfried vor. »Nehmen wir einmal an, dass sie noch lebt. Wo könnte sie hingegangen sein?«

Das Mädchen überlegte. »Heute ist Dienstag«, murmelte es schließlich. »Da besucht sie immer Oma.«

»Dann gehen wir jetzt auch zu deiner Oma«, schlug Winfried vor. »Wo wohnt sie denn?«

»Nur zwei Straßen weiter im ›Haus Vincentus‹«, sagte sie und war schon auf dem Weg zur Tür.

Warum die Seniorenheime immer so seltsame Namen haben mussten, hatte sich Winfried schon immer gefragt, aber jetzt hatte er keine Zeit, auf diese Frage eine Antwort zu finden. Er eilte Sabrina nach, die erneut ein ziemlich schnelles Tempo an den Tag legte. Als sie das Heim betraten, saßen einige der alten Herrschaften in einem Gemeinschaftsraum. Sollten die nicht um diese Zeit, es war fast 22 Uhr, längst in ihren Zimmern sein? Winfried wurde mit einigen Rufen begrüßt, worüber er sich wunderte, denn er war noch nie hier gewesen. Da fiel ihm ein, dass er sein Kostüm noch an hatte, was die Aufregung erklärte. Mit einem lauten »Hohoho«, das die alten Herrschaften freudig erwiderten, folgte er Sabrina, die dummerweise nicht den Aufzug nahm, sondern die Treppen hinauf bis in den dritten Stock stürmte. Völlig außer Atem kam Winfried hinterher. Die vergangene Stunde hatte ihm gezeigt, dass er dringend etwas für seine Fitness tun musste.

Sabrina hatte es sehr eilig gehabt, anzukommen, doch jetzt zögerte sie.

»Ich gehe vor«, sagte Winfried und klopfte schon an die Tür, bevor Sabrina irgendetwas erwidern konnte. Er hörte eine Stimme, die ihn hereinbat, und öffnete die Tür. Vor ihm stand eine ungefähr vierzigjährige Frau, die sich mit einer alten Dame im Rollstuhl unterhielt.

»Frau Pietsch?«, fragte Winfried und erhielt gleich von beiden Damen ein »Ja« zur Antwort.

Kaum hatte Sabrina die Stimmen ihrer Mutter und Großmutter erkannt, kam sie hinter Winfried hervor, rannte auf die Mutter zu und umarmte sie. Winfried wollte sich unbemerkt zurückziehen, um die Familienidylle nicht zu stören. Doch die Großmutter hatte bemerkt, dass er das Zimmer wieder verlassen wollte, und rief ihm zu: »Bleiben Sie doch bitte, Herr …?«

»Aber das ist doch der Weihnachtsmann, Oma«, tadelte Sabrina ihre Großmutter, bevor Winfried seinen wirklichen Namen nennen konnte. Er ging auf die alte Dame zu, reichte ihr die Hand und achtete darauf, genügend Abstand zu wahren, damit sie seine Alkoholfahne nicht riechen konnte.

Schließlich setzte er sich, trank ein Glas Cola und hörte zu, wie Sabrina davon erzählte, dass sie gedacht hatte, ihre Mutter sei tot. Gestorben, weil sie sich wegen des Streits mit Sabrina so aufgeregt hatte, dass sie zusammengebrochen und mit dem Kopf gegen den Tisch geprallt war. In Wirklichkeit war Frau Pietsch einfach nur ein Glas Wein heruntergefallen. Sie hatte sich auf den Boden gelegt, um an die Scherben unter dem Sofa heranzukommen. Da sie Rückenschmerzen gehabt hatte und ohnehin schon am Boden lag, streckte sie sich auf dem Rücken aus. Dabei schloss sie die Augen und verharrte einige Zeit regungslos in dieser Stellung. Sabrina hatte ihre Mutter so gesehen, außerdem den großen roten Fleck, den sie für Blut gehalten hatte, und war davon gerannt.

»Aber wie kommt es, dass Sie Ihre Tochter nicht vermisst haben?«, fragte Winfried und ließ seine Stimme vorwurfsvoll klingen. Nie hätte er sich getraut ohne seine Verkleidung so zu sprechen. Manchmal hatte die Kostümierung ihre Vorteile.

»Ich habe nach Sabrina gerufen, als ich fortging«, antwortete sie. »Sie hat nicht geantwortet. Aber da wir uns vorher gestritten haben, habe ich mir nichts dabei gedacht. Sabrina zieht sich nach einem Streit öfter in ihr Zimmer zurück, schließt die Tür zu und spricht nicht. Ich bin gar nicht auf die Idee gekommen, dass sie nicht zu Hause sein könnte.«

»Passen Sie in Zukunft besser auf«, forderte sie Winfried auf und traute seinen eigenen Ohren nicht. Hatte er das gerade wirklich gesagt? Frau Pietsch nahm es ihm jedoch nicht übel, sondern sagte nur mit einem Lächeln: »Jawohl, lieber Weihnachtsmann.«

Als sich Winfried verabschieden wollte, kam eine Krankenschwester ins Zimmer. Jetzt würde es Ärger geben, weil sie nach 22 Uhr noch hier waren. Sicher gab es hier Besuchszeiten. Doch man schien dies alles sehr tolerant zu handhaben, solange kein Lärm in den Zimmern gemacht wurde. Was die Frau dann zu sagen hatte, überraschte Winfried sehr.

»Entschuldigen Sie, aber ich bin in einer großen Verlegenheit«, sagte sie stockend. »Unser Weihnachtsmann ist krank geworden und auf die Schnelle finden wir keinen Ersatz. Wahrscheinlich sind Sie ausgebucht, aber ich möchte trotzdem mein Glück versuchen. Hätten Sie morgen Abend Zeit, den Weihnachtsmann auf unserer kleinen Feier zu spielen.«

Winfried wollte gerade sagen, dass es unter keinen Umständen ginge, doch da hatte schon Sabrina das Wort ergriffen. »Natürlich kommt der Weihnachtsmann und wir werden auch da sein, nicht wahr, Mama?«

Frau Pietsch kannte ihre Tochter. Stur wie sie war, würde sie alles durchsetzen. Deshalb nickte sie mit einem Lächeln und einem erwartungsvollen Blick in Richtung Winfried.

»Ja, ich werde da sein«, hörte er sich sagen und fragte sich, was ihn dazu gebracht hatte.

»Wunderbar«, erwiderte die Krankenschwester erleichtert. »Bitte seien Sie um 17 Uhr hier.«

»Und du bringst mir mein Geschenk mit?«, fragte Sabrina. »Du weißt ja, was ich mir wünsche.«

Winfried sagte leise »Ja« und dann verabschiedeten sich alle. Es war inzwischen wirklich sehr spät geworden. Leise flüsterte er Sabrinas Mutter ins Ohr: »Wo finde ich Sabrinas Vater?«

Frau Pietsch war sichtlich irritiert, nannte dann aber eine Adresse.

»Er wird nicht kommen«, flüsterte sie, bevor sie sich verabschiedeten.

Während er Sabrina und ihrer Mutter nachsah, dachte Winfried darüber nach, wie er aus dem Schlamassel, das er sich eingebrockt hatte, wieder herauskommen konnte. Eine Lösung sah er aber zunächst nicht. Der Tag war anstrengend genug gewesen, weshalb er nach Hause ging, sich ins Bett legte und sofort einschlief.

Am nächsten Morgen hatte er verschlafen, weshalb er ohne Frühstück im Eiltempo zum Kaufhaus rennen musste. Die ganze Zeit über war er mit seinen Gedanken bei Sabrinas Vater. Wie konnte er ihn überreden, den Heiligabend mit ihr zu verbringen? Er hatte nicht die geringste Ahnung. Endlich war die Arbeitszeit vorbei. Er musste sich beeilen, um mit Sabrinas Vater zu sprechen. Für einen Kleiderwechsel blieb keine Zeit. Als Weihnachtsmann stand er vor der Tür, doch niemand öffnete. Sabrinas Vater war nicht da. Was konnte er jetzt machen? Einen Zettel schreiben und in den Briefkasten werfen. Allerdings glaubte er nicht, dass das viel bringen würde.

Nervös betrat er später das Seniorenheim. Der Gedanke, Sabrina enttäuschen zu müssen, war unerträglich. Dementsprechend war auch sein Auftritt nicht so gelungen, wie er es erhofft hatte. Doch die alten Leute freuten sich. Sie lachten und als sie gemeinsam alte Weihnachtslieder sangen, war auch Winfried mit einem Mal glücklich. Er fühlte sich zurückversetzt in seine Kindheit, in der sein Vater am Heiligabend am Klavier gesessen und seine Mutter mit ihrer leicht schrillen Sopranstimme gemeinsam mit ihm Weihnachtslieder gesungen hatte. Der große Tannenbaum war festlich geschmückt, der Geruch von Schweinebraten mit Klößen und Rotkraut erfüllte die Wohnung. Hier im Altersheim war alles weniger familiär, aber man hatte sich Mühe gegeben, den schlichten Speisesaal so festlich wie möglich herzurichten. Winfried überreichte kleine Geschenke, die man vorbereitet hatte. Dazu las er immer ein paar Worte von einem Zettel, den man ihm vorab gegeben hatte. Auch Sabrinas Großmutter kam an die Reihe. Ganz am Ende, als alle zusammen saßen und sich unterhielten, kam Sabrina dran. Das war ein schwerer Moment für Winfried. Er überreichte ihr die Geschenke, die ihm ihre Mutter vorab gegeben hatte. Sabrina freute sich und sah sich dennoch um, weil das wichtigste Geschenk, ihr Vater, fehlte. Er war weit und breit nicht zu sehen. Winfried wollte ihr das Nichterscheinen ihres Vaters so schonend wie möglich erklären.

»Sabrina«, begann er und merkte gleich, wie schwer es ihm fiel, das Thema anzusprechen. »Ich weiß, dass du noch einen großen Wunsch hast, der bisher nicht in Erfüllung gegangen ist.«

»Mein Vater wird kommen!«, rief Sabrina überglücklich aus. »Ich wusste doch, dass du alles schaffst, wenn du nur willst. Vielen, vielen Dank, lieber Weihnachtsmann!«

Bei den letzten Worten umarmte sie Winfried stürmisch und drückte ihm einen dicken Kuss auf die Wange. Jetzt war es noch viel schwerer, die Wahrheit zu sagen.

»Weißt du, Sabrina ...«, begann er stockend und blickte in die großen Augen des kleinen Mädchens, dem er im nächsten Moment das Herz brechen musste. »Dein Vater ist ein sehr vielbeschäftigter Mann. Er ...«

»Papa!!!«, schrie Sabrina und rannte auf einen Mann zu, der im Eingangsbereich stand.

Winfried und Sabrinas Mutter sahen sich überrascht an.

»Ein Weihnachtswunder!«, stellte Frau Pietsch fest und lachte. »Danke«, sagte sie dann leise zu Winfried, der still vor sich hin lächelte. Ja, das grenzte in der Tat an ein Wunder. Ob es tatsächlich von den paar Worten, die er geschrieben hatte, bewirkt worden war, wollte er nicht hinterfragen. Was zählte, war das Ergebnis. Eine glückliche Sabrina, ein gelungenes Weihnachtsfest. Selbst Sabrinas Mutter arrangierte sich mit der Tatsache, mit ihrem Ex-Mann den Abend verbringen zu müssen. Es war schon sehr spät, als Winfried das Fest verließ. Immer noch trug er seine Verkleidung, die er den ganzen Abend wegen Sabrina nicht abgelegt hatte. Schnee rieselte leise auf die Erde. Langsam ging Winfried zurück zu seiner Wohnung. Zum ersten Mal hatte er einen Abend in seiner Weihnachtsmannverkleidung richtig genossen.

»Frohe Weihnachten!«, rief ihm ein Passant zu. Ja, es waren in der Tat frohe Weihnachten für ihn. Zum ersten Mal seit einer Ewigkeit fühlte sich Winfried zufrieden und ausgeglichen. Das hatte er einem kleinen Mädchen namens Sabrina zu verdanken. Leise summte er ein Weihnachtslied vor sich hin und freute sich schon auf die Einladung bei Sabrinas Mutter – diesmal ohne Weihnachtsmannkostüm.

Weihnachten 2015

Spuren im Schnee

Als ich durch die Straße vom Parkplatz zum Hotel lief, wirkte der kleine Ort menschenleer. Ich kam mir nicht vor wie in der Gegenwart, sondern wie in einer Filmkulisse. Die Zeit war stehen geblieben. Die kleinen Häuser am Marktplatz mit ihrem bröckelnden Putz wirkten wie zu DDR-Zeiten, im Dritten Reich oder der Weimarer Republik. Man konnte sich gut vorstellen, wie hier die schwarz-weiß-roten Fahnen des Kaiserreiches hingen und die Menschen sich jubelnd auf dem Marktplatz versammelten, um in den Ersten Weltkrieg zu ziehen. Oder wie sie später die Siege des Führers feierten und noch später erst zu Veranstaltungen der SED erschienen und dann 1989 gegen das Regime demonstrierten. Wenn man hier wohnte, dann konnte man sicher Veränderungen feststellen, doch auf Fremde wirkte alles wie aus einer vergangenen Zeit. Das änderte sich, als ich das Hotel betrat, das wie tausende Hotels in der heutigen Zeit aussah. Hier war man in der Gegenwart angekommen. Zwei Tage wollte ich bleiben, bevor ich rechtzeitig an Heiligabend zu meiner Familie zurückkehren wollte. Es war spät geworden. Ich beschloss, noch etwas zu trinken und dann zu Bett zu gehen. Morgen wollte ich einen Spaziergang durch das berühmte Gartenreich von Wörlitz unternehmen, das ich einmal im Sommer gesehen hatte, aber noch nie schneebedeckt. Das war der Grund für meinen Kurzaufenthalt. Für ein Magazin sollte ich Fotos von der Parklandschaft im Winter machen.

Ich wachte früh am Morgen auf. Es war noch dunkel, aber ich konnte sehen, dass es in der Nacht noch einmal geschneit hatte.

Schnell zog ich mich an, um noch vor dem Frühstück, ungestört von anderen Passanten, ein paar Fotos vom See zu machen. Dabei kam ich vorbei am klassizistischen Schloss, das einst als ein Vorbild für das Weiße Haus in Washington diente. Im Schnee entdeckte ich Fußabdrücke. Etwas machte mich daran stutzig. Da es geschneit hatte, hätte man eine Spur sehen müssen, die nach beiden Seiten führte. Doch die Abdrücke waren mitten auf der Wiese und führten nur in eine Richtung. Als wäre die Person, von der die Fußspuren stammten, vom Himmel gefallen. Meine Neugierde war geweckt. Die Spuren waren noch frisch. Die Person, die hier gewesen war, konnte noch nicht weit entfernt sein. Ich folgte den Spuren, die am Schloss vorbei in Richtung See führten. Am See angekommen, bot sich mir ein atemberaubender Anblick. Die Sonne kam zwischen den Wolken hervor und schien auf die Nebelschwaden, die über den See zogen. An manchen Stellen, auf die die Sonnenstrahlen fielen, glitzerte der Schnee. Ein wunderschöner, verzauberter Anblick, der verstärkt wurde durch die Stille, in der man die Schneeflocken leise zu Boden rieseln hörte. Der Augenblick war so schön, dass ich es nicht wagte, meinen Fotoapparat auszulösen, weil ich befürchtete, durch das Klicken der Kamera den Moment zu zerstören. So blieb ich stehen, sah einfach nur auf den See hinaus und träumte mich davon in ferne Welten, bis mich der Schrei eines Vogels wieder zurück in die Realität holte.

Ich sah wieder auf die Spuren am Boden, die ich für einen Moment ganz vergessen hatte, und folgte ihnen. Inzwischen waren einige Frühaufsteher unterwegs. Ich sah, wie sich die Spuren mit anderen vermischten, und musste genau aufpassen, dass ich nicht den falschen Fußabdrücken folgte. Irgendwann setzten sich die Spuren wieder von den anderen ab. Sie endeten an einer Fähre, die sich auf der anderen Seite des Sees befand. Offenbar war die Person, deren Fußabdrücken ich gefolgt war, auf die andere Seite des Sees gefahren. Auf der Fähre sah ich jedoch keinen Fährmann. Es wäre auch verwunderlich gewesen, wenn sie so früh schon gefahren wäre. Aber wie war die Unbekannte auf die andere Seite des Sees gekommen? Hatte sie die Fähre gestohlen? Gerne hätte ich den See überquert und wäre den Spuren weiter gefolgt, aber leider ging es nicht. Da die Abdrücke recht klein waren und zudem sehr schwach, fast so, als würde die Person über den Boden schweben, war ich der Meinung, dass es sich um ein Kind handeln musste. Das machte alles nur noch unverständlicher. Mit einem Mal sah ich die Schönheit des Sees nicht mehr. Gedankenversunken schlenderte ich zum Hotel zurück, um über die Spuren im Schnee nachzudenken.

Nach dem Frühstück ging ich erneut zum See. Da es weiter geschneit hatte, waren die Spuren längst nicht mehr zu sehen. Inzwischen hatte es allerdings aufgehört zu schneien. Der Nebel hatte sich verzogen und die Sonne schien. Die Stimmung war eine ganz andere als am frühen Morgen. Heiter, entspannt und nicht mehr geheimnisvoll und still. Ideal für die Fotos, die ich zu machen hatte. An Motiven gab es wahrlich keinen Mangel. Es würde schwer werden, im Anschluss eine Auswahl der Bilder zu treffen. Mit der Fähre, die nun in Betrieb war, fuhr ich auf die andere Seite des Sees, wo sich unter anderem das Gotische Haus befindet. Ich hatte es einmal im Sommer besucht, doch heute war es leider geschlossen. Im Sonnenschein, bedeckt von Schnee, bot es einen wunderschönen Anblick, den ich unbedingt festhalten wollte. Für einen Moment setzte ich mich auf eine Bank, schloss die Augen, genoss die wärmenden Sonnenstrahlen in der kalten Luft. Als ich die Augen wieder öffnete, glaubte ich zu träumen. Mitten auf dem Rasen waren erneut die Abdrücke der zierlichen Füße und wie bereits am Morgen sah es so aus, als ob irgendjemand vom Himmel auf die Wiese gefallen und dann in eine Richtung gelaufen wäre. Diesmal wollte ich dem Geheimnis auf den Grund gehen, denn ich sah, dass die Spuren zum Gotischen Haus führten und dort endeten. Als ich dort angekommen war, stand ich vor der Tür, die vorhin verschlossen gewesen war. Doch als ich dagegen drückte, ging sie auf. Ich drehte mich um und da niemand zu sehen war, betrat ich schnell das Gebäude und schloss die Tür hinter mir.

Stille umfing mich. Es war eisig kalt in dem Gebäude, kälter als draußen. Ich lauschte in die Stille. Ein leises Knarren war zu vernehmen. Jemand lief im oberen Stockwerk über den Holzboden. Vorsichtig und so leise wie möglich schlich ich die Treppe hinauf. Die Geräusche kamen näher. Als ich im ersten Stock angekommen war, sah ich in einem Nebenzimmer, dessen Tür geöffnet war, ein Mädchen in einem weißen Sommerkleid, das wirkte, als stamme es aus dem 19. Jahrhundert. Im Licht, das durch ein Fenster fiel, sah es geheimnisvoll aus. Wie ein kleiner Engel wirkte es. Wie konnte man bei einer solchen Kälte nur so leicht angezogen sein? Ich ging näher, als das Mädchen sich umdrehte und mir direkt in die Augen sah. Es war höchstens zehn Jahre alt. Es war überrascht, aber nicht ängstlich. Gerade hatte ich noch gefroren, doch urplötzlich überfiel mich eine Hitzewelle, die aber nicht unangenehm war. Im Gegenteil. Das weiß gekleidete Mädchen kam langsam auf mich zu und fragte mit leiser Stimme: »Hilfst du mir?«

Wie hätte ich mit Nein antworten können? »Wobei soll ich dir helfen?«, fragte ich.

»Ich brauche den Schlüssel«, antwortete sie. »Wenn ich ihn nicht finde, dann kann ich nicht zurückkehren. Weißt du, wo er ist?«

Leider hatte ich nicht die geringste Ahnung, wovon sie sprach.

»Welcher Schlüssel?«, antwortete ich daher. »Wenn du ihn mir beschreibst, dann helfe ich dir, ihn zu suchen. «

Das Mädchen sah mich mit großen Augen an. Sie schien erstaunt, dass ich nicht wusste, wovon sie sprach. »Der Schlüssel zu dem geheimen Raum mit den Geschenken. Ich muss ihn finden, damit ich endlich nach Hause gehen kann und Ruhe finde«, antwortete sie und wirkte dabei unendlich traurig und verzweifelt.

»Ich helfe dir«, sagte ich, denn meine Neugierde war geweckt. »Doch bevor wir zu suchen anfangen, möchte ich mich vorstellen. Mein Name ist Marc. Wie heißt du?«

»Auguste«, antwortete das Mädchen. »Der Schlüssel muss hier

irgendwo sein. Ich habe damals meinen Vater beobachtet, wie er die Weihnachtsgeschenke versteckte. Er machte das immer selbst, obwohl es die Diener hätten machen können. Da ich herausgefunden hatte, wo die Geschenke waren, konnte ich es nicht abwarten und wollte unbedingt vor dem Heiligabend wissen, was ich bekomme. Ich habe etwas sehr Schlimmes getan. Als mein Vater nicht zu Hause war, habe ich mich in sein Arbeitszimmer geschlichen und den Schlüssel aus seinem Sekretär genommen. Doch auf dem Weg zum geheimen Raum habe ich den Schlüssel irgendwo verloren. Ich muss ihn wiederhaben, sonst finde ich keine Ruhe.«

»Ich helfe dir gerne, aber weißt du, wo du den Schlüssel verloren hast? Wir müssen die Suche irgendwie eingrenzen können«, antwortete ich.

»Draußen habe ich schon gesucht. Ich bin den Weg noch einmal gegangen. Aber da war nichts. Der Schlüssel muss hier in einem der Räume im ersten Stock sein«, stellte das Mädchen fest.

Wir teilten uns auf. Das Mädchen durchsuchte die Zimmer links von der Treppe, ich diejenigen rechts von ihr. Der Schlüssel musste laut der Beschreibung von Auguste sehr groß und auffällig sein, ein antiker Schlüssel, der auf jeden Fall unverwechselbar war. Mir erschien die Suche aussichtslos, aber Auguste wirkte so verzweifelt, dass ich zumindest so tat, als hätte ich Hoffnung, den Schlüssel zu finden. Gerade als ich aufgeben wollte, sah ich in Richtung des großen antiken Schreibtisches und dort lag zu meiner großen Überraschung der Schlüssel am Boden. Eigenartig, denn ich hatte bereits zuvor an dieser Stelle gesucht und mir war nichts aufgefallen. Schnell ging ich zu Auguste und zeigte ihr den Schlüssel. Sie fragte gar nicht, wo ich ihn gefunden hatte, sondern war außer sich vor Freude und rannte sofort los.

»Komm mit«, forderte sie mich auf. Sie war so schnell, dass ich kaum nachkam. Auguste rannte aus dem Haus und schwebte regelrecht über den Schnee. Durch den Schnee rannten wir um das Gotische Haus herum. Auf der anderen Seite fanden wir einen weiteren Eingang, den Auguste öffnete. Er war scheinbar schon lange nicht benutzt worden. Dahinter befand sich eine Treppe, die im Gegensatz zu der hinter dem Haupteingang, verstaubt war. Auguste ging zielstrebig die Stufen hinauf. Es musste wohl eine Dienstbotentreppe gewesen sein, denn im Vergleich zum Rest des Schlosses war hier auf jeden Prunk verzichtet worden. Im ersten Stock ging sie durch einen engen Gang. An dessen Ende stand ein großer Schrank.

»Du musst mir helfen«, forderte Auguste mich auf und versuchte, den Schrank beiseitezuschieben. Es war nicht einfach, den Schrank zu bewegen, obwohl er leer war, doch es gelang uns und hinter ihm kam eine Tür zum Vorschein. Aufgeregt steckte Auguste den Schlüssel in das Schloss. Er passte. Sie drehte ihn um und die Tür öffnete sich unter einem lauten Knarren. Es war dunkel in dem kleinen Raum, aber ich hatte mein Handy dabei, mit dem ich ein wenig Licht in die Dunkelheit bringen konnte. Es sah so aus, als hätte man den Raum seit Jahrzehnten nicht geöffnet. In ihm befanden sich einige Kisten mit Dokumenten, Gemälden und allerlei Krimskrams, der wohl aus dem 19. Jahrhundert stammte. Eine Fundgrube für Historiker, die ich mir sehr gerne genauer angesehen hätte. Auguste schien jedoch enttäuscht.

»Die Geschenke sind nicht mehr da«, sagte sie und wollte bereits den Raum wieder verlassen, als ich am Boden einen glitzernden kleinen Gegenstand sah.

»Schau nur«, wies ich Auguste darauf hin. Sie bückte sich, betrachtete den Gegenstand und ein Strahlen ging über ihr Gesicht. »Das ist das Geschenk von Papa«, erklärte sie mir und zeigte mir eine Brosche, die wie eine Schneeflocke aussah und mit Edelsteinen besetzt war. Sie musste sehr wertvoll sein. Auguste betrachtete sie von allen Seiten. Dann reichte sie mir die Brosche und sagte: »Danke für alles. Ich muss jetzt gehen.« Sie drehte sich um und wollte den Gang zurückgehen.

Ich verstand nicht ganz, warum sie so plötzlich verschwinden wollte. Daher wollte ich sie aufhalten, um ihr die Brosche zurückzugeben, doch Auguste wehrte ab: »Nein, behalte sie.«

Das konnte ich nicht machen und versuchte sie ihr zurückzugeben, doch Auguste meinte nur:

»Dort, wo ich hingehe, kann ich sie nicht gebrauchen. Ich musste sie finden und das habe ich. Nun kann ich in aller Ruhe gehen. Danke nochmals für deine Hilfe.«

Ich wusste, dass ich die Brosche nicht behalten konnte. Zum Glück hatte ich einen Notizblock dabei, auf den ich schrieb: »Gehen Sie im Dienstbotentrakt in den ersten Stock durch die Tür hinter dem Schrank.« Ich bat Auguste mich zum Empfang des Gotischen Hauses zu bringen, was sie ohne zu zögern machte. Sie kannte sich sehr gut in dem Haus aus, kannte alle Gänge und wohl auch jedes Geheimnis. Den Zettel legte ich auf den Empfangstisch am Eingang und darauf die Brosche. Hier würde man alles finden, sobald das Schloss wieder geöffnet wurde. Als ich die Tür hinter mir schloss, wollte ich noch einmal kurz zurückgehen, um die Brosche vielleicht doch mitzunehmen und bei der Schlossverwaltung abzugeben, doch die Tür ließ sich nicht mehr öffnen.

»Keine Sorge«, sagte Auguste mit einem Zwinkern. »Die Brosche wird von den richtigen Leuten gefunden werden.« Nach allem, was ich heute erlebt hatte, zweifelte ich nicht an ihren Worten, nahm mir aber vor, so bald wie möglich bei der Schlossverwaltung anzurufen. Es war Zeit, Abschied zu nehmen. Auguste war von der wunderschönen Schneelandschaft, die sie erst jetzt, nachdem sie ihre Aufgabe erfüllt hatte, richtig wahrnahm, begeistert. Sie umarmte mich zum Abschied und rannte dann davon. Noch einmal drehte sie sich um und rief mir zu: »Vielen Dank! Wir sehen uns wieder! Frohe Weihnachten!«

Dann warf sie sich in den Schnee und imitierte einen Schneeengel, bevor sie im nächsten Moment verschwunden war. Nur ihr Abdruck blieb im Schnee zurück. Wäre er nicht im Schnee gewesen, dann hätte ich keinen Beweis dafür gehabt, dass ich den Tag mit einem kleinen Mädchen namens Auguste verbracht hatte. Langsam ging ich zu der Stelle, an der der Abdruck des Schneeengels war. Das Mädchen Auguste war nicht mehr zu sehen. Verwirrt ging ich zurück durch den Park und lenkte mich damit ab, indem ich die Fotos machte, wegen denen ich hergekommen war.

Was an diesem Tag geschehen war, das konnte ich mir nicht erklären. Es war wohl so etwas wie ein Weihnachtswunder. Von einem anderen Wunder berichteten am Abend die Nachrichten. Im Gotischen Haus von Wörlitz war eine wertvolle Brosche abgegeben worden und man hatte einen bisher unbekannten Raum, der nicht in den Bauplänen des Schlosses verzeichnet war, hinter einem alten Schrank gefunden, was eine große Sensation war. Historiker berichteten von Dokumenten in Kisten, deren Auswertung lange dauern würde. Wer den Hinweis auf den Raum gegeben hatte, wusste niemand. Man bat den Schreiber der Zeilen, sich zu melden, aber ich hatte keine Absicht, das zu tun. Was hätte ich erzählen können? Niemand hätte mir meine Geschichte geglaubt. Da hielt ich es für besser, zu schweigen.

Am Abend las ich noch ein wenig in einer Broschüre über Wörlitz, die in meinem Hotelzimmer lag. Fast hätte ich es übersehen, doch auf einer Seite befand sich ein Foto eines Gemäldes, das mich irritierte. Auf ihm war ein Mädchen zu sehen, das dem geheimnisvollen Mädchen, das mich heute durch das Gotische Haus begleitet hatte, wie aus dem Gesicht geschnitten war. Auguste von Anhalt-Dessau stand darunter. Sie war die Tochter von Fürst Leopold IV. Friedrich und vor über 200 Jahren mit gerade einmal neun Jahren verstorben. Noch merkwürdiger war, dass das Mädchen auf dem Bild die Brosche in Form einer Schneeflocke trug, die ich in dem geheimen Raum gefunden hatte. »Es wird Zeit, dass ich nach Hause komme«, dachte ich. Realität und Traum, Vergangenheit und Gegenwart verschwammen miteinander. Nach all dem, was ich heute erlebt hatte, brauchte ich sehr viel Ruhe. Ich war fest davon überzeugt, dass Auguste ein Engel war, der noch etwas auf der Erde zu erledigen hatte und nun endlich ins Paradies zurückgekehrt war. Aber erzählen konnte ich das niemandem, denn man würde mich für verrückt halten.

Am nächsten Morgen brach ich früh zur Heimreise auf. Zu Hause warteten meine Kinder und meine Frau auf mich. Der Weihnachtsbaum war bereits geschmückt. Alles war für den Heiligabend vorbereitet. Einige Geschenke befanden sich noch in meinem Gepäck. Ich zog mich in mein Büro zurück und verpackte sie. Als ich fertig war, nahm ich meine Kamera und betrachtete die Bilder, die ich in den vergangenen Tagen gemacht hatte. Plötzlich sah ich ein Bild, das nicht von mir stammte. Auf ihm war Auguste zu sehen, die die Brosche trug, und um sie herum war ein heller Lichtschein. Sie schien mich direkt anzusehen und mir zu sagen: »Du bist nicht verrückt. Alles, was gestern geschehen ist, war real. Eines Tages werden auch andere Menschen das verstehen. Du hast mir geholfen, als ich dich brauchte. Wenn du mich brauchst, werde ich immer da sein. Nicht nur als Weihnachtsengel, sondern jeden Tag des Jahres.« Ich lächelte. Wenn es eine Zeit des Jahres gab, in der alles möglich war, dann war es Weihnachten. »Frohe Weihnachten, Auguste«, flüsterte ich und hatte den Eindruck, dass mir Auguste auf dem Foto zuzwinkerte.

Weihnachten 2021

Das vergessene Geschenk

Der Weihnachtsmann stand in einer riesigen Lagerhalle. Die Regale, die bis zur Decke reichten, waren leer. Alles war bis auf das letzte winzige Päckchen ausgeräumt und auf die Kutschen des Weihnachtsmannes geladen worden. Anschließend hatten die Elfen, eifrig wie sie nun einmal sind, die ganze Halle geputzt.

»Sind wir bereit?«, fragte der Weihnachtsmann mit seiner tiefen Stimme den Oberst der Weihnachtselfen und sah ihn dabei prüfend mit großen Augen durch die dicke Hornbrille an. Der Elfenoberst mochte es gar nicht, wenn er so angesehen wurde. Es war, als würde der Weihnachtsmann durch ihn hindurchschauen und seine tiefsten verborgenen Geheimnisse aufspüren.

»Alles ist bereit, Sir!«, gab der Elfenoberst militärisch zackig zurück und hätte fast die Hacken zusammengeschlagen, wenn ihm nicht eingefallen wäre, dass der Weihnachtsmann alles Militärische verabscheute.

»Gut, dann kann ›Aktion Geschenkebomber‹ beginnen«, knurrte der alte dicke Mann mit seinem wallenden weißen Bart, um den ihn so mancher Möchtegernrevolutionär beneidet hätte.

Jedes Jahr gab es einen Codenamen für die Verteilung der Geschenke. Meistens kümmerte sich der Weihnachtsmann selbst darum. Dieses Jahr hatte er es jedoch schlichtweg vergessen und der Elfenoberst hatte an seiner Stelle den Namen »Geschenkebomber« gewählt. Den fand der Weihnachtsmann zwar ziemlich dämlich, aber es war zu spät, jetzt noch etwas zu ändern. Also beließ er es zähneknirschend dabei.

Der Weihnachtsmann räusperte sich lange, bekam zu allem

Überfluss auch noch einen Hustenanfall, bevor er völlig außer Atem und mit knallrotem Gesicht das Startzeichen gab: »HO HO HO!«

In die Schlitten, die in langen Reihen vor der Lagerhalle standen und vor die Rentiere gespannt waren, kam Bewegung. Einer nach dem anderen erhob sich in die Lüfte und verschwand am dunklen Himmel. Begleitet wurden die Schlitten von Elfen, die dem Weihnachtsmann beim Verteilen der Geschenke halfen. Es war für den alten Mann unmöglich, alle Geschenke selbst zu verteilen. Ohnehin machte ihm diese große Aktion von Jahr zu Jahr weniger Spaß. Aber ein Nachfolger war nicht in Sicht und so ließ er sich schwerfällig und mit einem tiefen Seufzer in die letzte Kutsche fallen, schwang die Peitsche und flog durch die Luft davon.

So weit war alles in Ordnung. Alles geschah planmäßig wie jedes Jahr. Pünktlich zu Heiligabend würden die Geschenke unter den Bäumen liegen und die Kinder und Erwachsenen würden sie mit leuchtenden Augen öffnen. Und doch war dieses Jahr an Weihnachten nicht alles wie sonst. Eine kleine Elfe namens Salome schlenderte durch die leere Halle. Sie hatte ihre Arbeit getan und langweilte sich schrecklich. Während ihre Eltern und älteren Geschwister unterwegs waren, um die Geschenke zu verteilen, musste sie zu Hause bei anderen kleinen Elfen beziehungsweise den alten Elfen bleiben. Man durfte nämlich erst im Alter von 111 Jahren an den Geschenkaktionen teilnehmen. Dann erst war eine Elfe volljährig. Die ganz alten Elfen hatten dagegen bereits so viele Geschenkaktionen mitgemacht, dass sie gerne zu Hause blieben, um auf die Kleinen aufzupassen. Allerdings war Salomes Großmutter Eulalia eingeschlafen, weshalb die kleine Elfe die Gelegenheit zu einem Spaziergang nutzte. So schlich Salome schlecht gelaunt durch die vielen Gänge der Lagerhalle, kletterte auf die leeren Regale und langweilte sich. Sie wollte gerade wieder zurück zu Großmutter Eulalia gehen, als sie etwas Glitzerndes in einer Ecke eines Regals sah. Salome war neugierig geworden. Vorsichtig ging sie auf das Glitzern zu – nein, das konnte nicht sein! Die kleine Weihnachtselfe traute ihren Augen nicht. Etwas Schreckliches war geschehen. Da lag tatsächlich ein Geschenk! Aber das konnte und durfte nicht sein. Noch nie in der Geschichte von Weihnachten war ein Geschenk vergessen und nicht ausgeliefert worden. Ein Skandal, der die Weihnachtswelt erschüttern würde. Andererseits war es noch nicht zu spät. Salome könnte doch ... nein, das war ausgeschlossen. Oder vielleicht doch?

Salome nahm das golden und silbern glänzende kleine Päckchen mit den Sternen darauf in die Hand, drehte und wendete es, bis sie einen kleinen Zettel fand. Auf ihm stand der Name Rebecca und eine Ortsangabe. Offensichtlich war das die Empfängerin des Geschenkes. Heutzutage haben es auch Menschen leicht, eine genaue Adresse herauszufinden. Seit einigen Jahren gibt es das Internet mit seinen Suchmaschinen oder die Karten auf dem Smartphone. Die Elfen hatten etwas Ähnliches, Geheimnisvolleres seit vielen Jahrhunderten – das große Adressenorakel. Keiner wusste, wie es funktionierte, aber bisher hatte es immer die richtige Antwort gegeben und das in Sekundenschnelle. Das große Adressenorakel war ein schwarzer Steinblock mit einem merkwürdigen Aussehen. Wenn man etwas Fantasie hatte, dann sah er aus wie das Gesicht eines dicken schlafenden Mannes mit einer riesigen Kartoffelnase. In eine Öffnung, die wie ein Mund aussah, musste man einen Zettel mit dem Namen der Person, die man suchte, werfen. Im nächsten Moment spuckte der Stein den Zettel wieder aus und darauf stand die gesuchte Adresse. Es gab viele Vermutungen, wie der offensichtlich verzauberte Stein das anstellte, aber hinter das Geheimnis war bisher noch keiner gekommen. Auch bei der kleinen Weihnachtselfe Salome funktionierte die Kunst des Steines reibungslos.

Sie hatte jetzt die Adresse von Rebecca und auch ihr Alter. Zweieinhalb Jahre war sie alt. Jetzt stellte sich die Frage, was die Elfe weiter tun sollte. Sie hatte eine Idee, aber was sie vorhatte, war verboten. Salome überlegte. Sie war eine Elfe – und was war die Aufgabe von Elfen? Richtig, sie halfen dem Weihnachtsmann beim Verteilen von Geschenken. Salome wusste alles darüber, aber sie hatte noch nie selbst Geschenke verteilt. Die Regel, dass sie dazu

111 Jahre alt sein musste, hatte sie davon abgehalten. Das war eine sehr alte Regel, die vor vielen Jahrhunderten aufgestellt worden war. Man konnte sie nicht einfach brechen. Konnte man wirklich nicht? Das hier war ein Notfall. Wenn Salome nicht handeln würde, dann wäre Weihnachten ein sehr trauriges Fest für die kleine Rebecca. Das konnte Salome doch nicht zulassen! Es würde schon gut gehen und es musste ja niemand erfahren. Wenn sie sofort aufbrechen würde, dann wäre sie in spätestens einer Stunde wieder zurück. Niemand würde etwas merken. Großmutter Eulalia hatte einen tiefen Schlaf. Darauf konnte sich die kleine Elfe verlassen. Und sollte sie wider Erwarten doch aus dem Reich der Träume zurückkehren, dann könnte Salome berichten, dass sie nur einen Spaziergang gemacht habe. Das wäre nicht einmal eine Lüge.

Salome überlegte nicht mehr lange. Der Ausflug auf die Erde war zwar ein großes Abenteuer, aber alles würde ja sehr schnell gehen. Sie nahm das golden und silbern glänzende Päckchen, steckte es in eine Tasche und rannte in Richtung Stall. Hoffentlich war da noch irgendwo ein Rentier aufzutreiben. Salome hatte Glück. In einer Ecke des Stalls stand ein Rentier. Zunächst konnte die kleine Weihnachtselfe es nicht richtig erkennen, denn es war sehr dunkel, doch als sie näher herankam sah sie, dass es sich um ein nicht mehr ganz taufrisches Rentier handelte. Um genau zu sein – es war uralt und klapprig.

»Es muss gehen«, dachte Salome. Sie waren zwar nicht gerade ein Traumteam, aber immerhin hatte das Rentier bereits viel Erfahrung. Salome ging zu dem alten Tier, doch das sah die Elfe nur müde an und sagte knurrig: »Vergiss es und verschwinde!«

Salome war verärgert, aber sie ließ sich nicht einschüchtern. »Nein, das werde ich nicht. Und du hörst mir jetzt erst einmal zu.«

Jetzt war es das Rentier, das verblüfft war und schwieg. Salome erklärte, dass sie das Geschenk gefunden hatte, und beschrieb wortreich, wie traurig die kleine Rebecca sein würde, wenn es nicht bei ihr unter dem Weihnachtsbaum liegen würde. Das Rentier wiegte den Kopf hin und her.

»Na gut, ich mache es. Aber ich warne dich. Ich bin alt, sehe nicht mehr gut und mein Gehör ist nicht das beste. Ich garantiere für nichts.«

»In Ordnung, dann beeilen wir uns. Hier ist die Adresse«, rief Salome erfreut und schwang sich auf den Rücken des Rentiers, das leise ächzte. Zum Glück war die kleine Elfe nicht schwer, aber dem alten Tier kostete es dennoch viel Kraft, sich in Bewegung zu setzen.

Für Salome war es zunächst ein ganz normaler, eher langsamer Ritt, doch plötzlich hob das Rentier ab, schwebte durch die Luft und alles um die Elfe herum begann sich zu drehen. Sie wusste nicht mehr, wo sie sich befand. Blitze zuckten vor ihren Augen. Es war ein schönes und beängstigendes Gefühl zugleich. In ihrer Aufregung krallte sie sich regelrecht im Fell des Rentieres fest, bis dieses sie in die Gegenwart zurückbrachte und sich beschwerte, sie solle sich nicht so festhalten.

Erschrocken nahm Salome ihre Hände von ihm und wäre fast vom Rücken des Tieres gefallen. Im letzten Moment konnte sie sich wieder festhalten, allerdings achtete sie diesmal darauf, dem Rentier nicht weh zu tun.

»Bereit machen zur Landung!«, rief das Rentier und schon wurde es ungemütlich. Salome wurde hin- und hergeschleudert. Sie sah die Erde immer näher kommen. Vor ihr war ein riesiges Gebäude. Das Rentier musste sein Tempo drosseln, doch das tat es nicht. Wenn es nicht sofort langsamer wurde, dann würden sie gegen die Steinmauer prallen. Salome schloss die Augen. Es krachte und sie spürte, wie sie durch die Luft flog und unsanft auf dem Boden landete. Sie hörte das Rentier stöhnen und auch durch ihren Körper fuhr ein stechender Schmerz. Langsam öffnete sie die Augen. Undeutlich konnte sie erkennen, dass sie im Innenhof eines großen Gebäudes inmitten eines Schneehaufens gelandet waren. Das Rentier lag nicht weit von ihr entfernt. Mühsam kam Salome auf die Beine und klopfte sich den Schnee von der Kleidung. Zwar spürte sie immer noch den Schmerz in ihrem Arm, aber sie rannte so schnell sie konnte zum Rentier. »Wie geht es dir? Ist alles in Ordnung?«, fragte sie.

»In Ordnung? Du stellst Fragen«, gab es barsch zurück und rappelte sich unter Stöhnen und Schimpfen auf. »Wir sind gerade aus was weiß ich für einer Höhe auf den Boden gekracht. Wie soll es einem da schon gehen?«

Salome überhörte das Schimpfen des Rentiers. Sie spürte, dass sie beobachtet wurden. In vielen Fenstern des Gebäudes war Licht. An einigen standen Menschen und sahen hinaus. Außerdem war das große Tor aufgegangen und Schaulustige kamen näher.

»Verdammt, wir wurden entdeckt«, fluchte nun Salome, denn gerade hatte sie gegen das wichtigste Prinzip der Weihnachtselfen verstoßen, nämlich nicht gesehen zu werden.

»Schnell, wir müssen hier weg«, sagte das Rentier.

»Aber wir müssen doch vorher das Geschenk zurücklassen«, wandte Salome ein.

»Wir sind nicht an unserem Zielort«, erwiderte das Rentier. »Steig endlich auf. Die Leute kommen schon näher.«

»Aber …«, widersprach Salome.

»Nichts aber. Ich habe mich bei der Landung etwas vertan. Und jetzt komm endlich!«, gab das Rentier mürrisch zu. Salome stieg auf seinen Rücken. Gerade noch rechtzeitig konnten sie durch die inzwischen immer größer werdende Menschenmenge hindurchreiten und in der Dunkelheit verschwinden.

»Es ist sicherer, wenn wir nicht fliegen«, meinte das Rentier. »Allerdings dauert es länger.«

Schweigend stapfte es durch den Schnee. Es hatte inzwischen erneut angefangen zu schneien. Dicke Schneeflocken fielen vom Himmel und der Wind hatte aufgefrischt. Salome wurde unruhig, aber sie traute sich nicht, zu fragen, wann sie endlich da wären. Was für eine dumme Idee war es gewesen, sich auf diesen gefährlichen Weg zu machen. Bestimmt hatte man ihre Abwesenheit schon längst bemerkt. Das würde Ärger geben, wenn Salome wieder bei ihrer Großmutter war. Vielleicht hatte sogar der Weihnachtsmann etwas gemerkt. Der wirkte zwar immer so freundlich und gütig, als Arbeitgeber war er jedoch durchaus streng und konnte ziemlich wütend werden. Wenn er etwas mitbekommen hatte, dann wäre sie die längste Zeit Weihnachtselfe gewesen. Ein zweiter Gedanke kam ihr, als sie an das immer langsamer gehende Rentier dachte. Was wäre, wenn sie es gar nicht zurück nach Hause schaffen würden? Das alte Rentier wurde immer schwächer. Salome spürte es. Wenn es nicht durchhielt, würde sie dann jemals zurückkehren können oder müsste sie etwa auf der Erde bleiben? Nein, daran wollte sie gar nicht denken. Sie war eine Elfe und das bedeutete, dass sie Freude verbreiten musste. Trübe Gedanken waren nicht erlaubt.

In der Ferne tauchten einige Lichter auf. »Wir sind gleich da«, stellte das Rentier mit belegter Stimme fest. »Gott sei Dank«, murmelte es noch leise.

Das ungleiche Paar verließ den Wald, trabte vorbei an einem See und stand schließlich vor einem großen Haus. Es sah verlassen aus, aber aus einem Fenster drang noch Licht. Salome stieg ab und schlich zum Fenster, um hineinzusehen. Da war niemand. Das Licht kam von einem großen Aquarium. Menschen waren nicht zu sehen. Sie schnippte mit den Fingern und stand im Wohnzimmer, in dem Spielsachen von Rebecca lagen. Sie selbst oder ihre Eltern waren nicht da. Salome ging von Raum zu Raum. Niemand war zu Hause. Eigentlich nicht schlimm, aber es war auch nirgends ein Weihnachtsbaum zu sehen. Offensichtlich verbrachte die kleine Familie den Heiligabend nicht zu Hause. Aber wo dann?

Salome hätte am liebsten geflucht, aber als Elfe durfte sie das natürlich nicht, obwohl sie vor Kurzem auch gegen diese Regel verstoßen hatte. Diesmal beherrschte sie sich jedoch. Sie hatte den langen Weg hierher gemacht, war am Ziel angekommen und ihm doch so fern. Niedergeschlagen verließ die Weihnachtselfe das Haus und erzählte dem alten Rentier alles.

»Man merkt, dass du noch nicht lange im Geschäft bist«, brummte das Rentier.

»Was soll das schon wieder heißen?«, gab Salome wütend zurück. Sie hatte doch alles getan, um Rebecca zu finden. »Wenn du alles besser weißt, dann kannst du mir sicher sagen, wo Rebecca steckt.«

»Sicher kann ich das«, antworte das Rentier alles andere als bescheiden. »Und du kannst das auch, wenn du nur ein bisschen nachdenkst. Soll ich dir auf die Sprünge helfen?«

Das Rentier war jetzt in seinem Element. Es wartete die Antwort der kleinen Elfe gar nicht erst ab, sondern redete munter weiter: »Was machst du an einem Feiertag?«

»Ich verbringe den Tag mit meiner Familie«, antworte Salome verwirrt.

Das Rentier sah sie mit großen Augen an. »Und?«

»Was und? Sag mir doch einfach, wo sich Rebecca befindet«, gab Salome genervt zurück.

Das Rentier lachte. »Nein, nein, das wäre zu einfach. Denk ein bisschen nach. Du bist mit deiner Familie zusammen. Wer ist das und wo seid ihr?«

»Meine Eltern, Großeltern und Geschwister«, antwortete die Weihnachtselfe, die einsah, dass es keinen Sinn hatte, mit dem Rentier länger zu streiten. »Wir sind entweder bei uns zu Hause oder bei meinen Großeltern.«

Das alte Rentier sah Salome durchdringend an und plötzlich war ihr alles klar.

»Natürlich – sie ist bei den Großeltern!«, rief Salome begeistert aus. »Wo auch sonst? Weihnachten ist das Fest der Familie. Also: Auf zu den Großeltern!«

Doch plötzlich verging Salome das Lachen. »Wie können wir die Großeltern finden? Bestimmt hat man längst bemerkt, dass wir nicht mehr in der großen Scheune sind, und man sucht uns. Wir können unmöglich zum Adressenorakel zurück. Dort wird man uns erwischen. Aber ohne das Adressenorakel finden wir Rebeccas Großeltern nicht.«

»Du musst wirklich noch viel lernen«, seufzte das alte Rentier. »Strenge einfach die kleinen grauen Zellen an.«

»Nein, jetzt reicht es«, blaffte die kleine Elfe das Rentier an. »Ich habe keine Lust, länger zu warten. Du sagst mir jetzt sofort, wo ich Rebeccas Großeltern finden kann oder ...«

»Ist ja gut, ist ja gut«, beruhigte sie das Rentier, das von dem heftigen Zornesausbruch erschrocken war. »Setzt dich auf meinen Rücken.«

Die Elfe tat, was ihm das alte Rentier gesagt hatte, und schon ging es los. Gerne hätte Salome erfahren, woher das Rentier die Adresse wusste, aber sie wagte nicht, es zu fragen. Sicher wäre es wütend geworden oder hätte ein erneutes Rätsel gestellt. Dieses Mal hatten sie den Flug durch die Luft gewählt, weil es einfach schneller ging. Allerdings hatte Salome bei der Landung ihre Bedenken, denn schließlich war das schon einmal schiefgegangen. Das Rentier gab sich alle Mühe und landete butterweich am richtigen Ort. Das alte Rentier schnaufte, als die Elfe von seinem Rücken stieg, aber es strahlte zugleich über das ganze Gesicht. Sie hatten es geschafft. Schon von Weitem konnte man die Weihnachtsbeleuchtung sehen. Salome schaute durch das Fenster. Der große Weihnachtsbaum war hell erleuchtet. Einige Geschenke lagen darunter. Von der Familie war jedoch nichts zu sehen. Plötzlich öffnete sich die Tür. Vorneweg rannte ein kleines Mädchen auf den Weihnachtsbaum zu, gefolgt von einer rothaarigen jungen Frau, die das Mädchen zurückhalten wollte, denn wer weiß, vielleicht hätte es in Begeisterung den Weihnachtsbaum umgeworfen. Hinter ihr standen ein junger Mann, offensichtlich der Vater, sowie zwei ältere Herrschaften und eine weitere junge Frau. Alle hatten sie die kleine Rebecca im Blick, die jedoch nur Augen für die Geschenke hatte.

Jetzt musste Salome schnell handeln. »Ein Ablenkungsmanöver!«, rief sie dem alten Rentier zu, das all seine Müdigkeit vergaß, mit den Hufen trampelte und ein ohrenbetäubendes Brüllen ausstieß. Es war so laut, dass man es auch im Haus nicht überhören konnte. Für einen Moment war der Weihnachtsbaum mit seinen Geschenken vergessen. Alle gingen zum Fenster. Salome nutzte die allgemeine Verwirrung aus, schnippte mit den Fingern und stand im nächsten Moment neben dem Weihnachtsbaum. Blitzschnell legte sie das Geschenk darunter, schnippte wieder mit den Fingern und war im Freien.

»Jetzt aber nichts wie weg«, rief ihr das alte Rentier zu, das sicher im Gebüsch versteckt war.

»Nein, warte noch einen Moment«, bat die Weihnachtselfe. Sie beobachtete, wie die Familie zurück zum Weihnachtsbaum ging. Alle überreichten sich ihre Geschenke, umarmten sich und strahlten. Vor allem Rebecca, als sie das gold-silbern verpackte Päckchen in den Händen hielt. Sie versuchte es zu öffnen, was nicht auf Anhieb gelang.

Da spürte Salome, wie sie von dem alten Rentier angestoßen wurden.

»Lass uns gehen«, sagte es mit ungewohnt sanfter Stimme. Konnte es sein, dass seine Augen feucht waren? Widerwillig stieg die Weihnachtselfe auf.

»Ich hätte so gerne gesehen, was in dem Päckchen ist«, sagte Salome und warf einen letzten Blick durch das Fenster.

»Unsere Aufgabe ist es, die Geschenke auszuliefern, und das haben wir getan«, erwiderte das Rentier und schon ging die Reise aufs Neue los. Als sie gerade vom Boden abhoben, blickte Salome noch einmal zurück. Das Geschenk konnte sie nicht sehen, wohl aber Rebeccas Gesicht, ihre großen strahlenden Augen und ihr begeistertes Lachen. Dafür hatten sich die ganzen Mühen gelohnt und wenn sie jetzt Ärger bekommen sollten, dann war er das wert.

In den Ställen des Weihnachtsmannes herrschte großer Trubel. Elfen und Rentiere kehrten von ihrer Mission zurück. Es war ein Gerenne und Geplapper. Einerseits wollten alle nach Hause zu ihren Familien, andererseits wollten sie auch von ihren Erlebnissen erzählen. So kam es, dass die Ankunft von Salome und dem alten Rentier gar nicht auffiel. Ohne für Aufsehen zu sorgen, gingen sie zurück in die Ecke des Stalls, in der sie sich vor wenigen Stunden begegnet waren.

»Danke und frohe Weihnachten«, sagte Salome, streichelte das Rentier, das sie mit einem Nicken ebenso glücklich anlächelte, und rannte dann nach Hause. Jetzt konnte sie sich auf ein Donnerwetter gefasst machen, denn ihre Großmutter Eulalia war bestimmt stinksauer. Als sie gerade die Haustüre öffnen wollte, hatte Salome das Gefühl, beobachtet zu werden. Sie drehte sich um und da stand – der Weihnachtsmann. Die kleine Elfe war sprachlos. Sie zitterte vor Angst. Ihr war sofort klar, dass er alles wusste. Was für eine Strafe für sie hatte er sich wohl ausgedacht? Ausschluss aus der Welt der Weihnachtselfen? Salome wartete auf das sicher nicht milde Urteil, doch statt einer wütenden Strafpredigt legte ihr der Weihnachtsmann die Hand auf die Schulter, tätschelte sie, zwinkerte mit dem Auge und ging.

Außer sich vor Aufregung blieb Salome noch einen Moment stehen, sah ihm nach und öffnete dann die Tür. Es war ruhig im Haus, ungewöhnlich ruhig. Vorsichtig schlich sich die Weihnachtselfe ins Wohnzimmer. Ihre Großmutter saß noch genauso in ihrem Sessel wie vor einigen Stunden. Sie schlief! Konnte es sein, dass sie nichts mitbekommen hatte? Salome konnte nicht lange darüber nachdenken, denn im nächsten Moment kamen ihre Eltern und Geschwister durch die Tür und riefen: »Frohe Weihnachten!« Das schreckte auch die Großmutter aus ihrem Schlaf. Ein wunderschöner Familienabend begann, der der kleinen Elfe bis an ihr Lebensende in Erinnerung bleiben sollte.

Der Weihnachtsmann stand lächelnd am Fenster, bevor er durch den Schnee zurückstapfte. Die Arbeit war getan. Er war müde und doch auch stolz, dass ein weiteres Jahr alles gut gegangen war.

Weihnachten 2010

Eine Wette zwischen Göttern

Die Götter waren erzürnt, nein, sie waren außer sich vor Wut. Vor vielen Jahren hatten sie den Olymp in ein für Menschen nicht erreichbares Stockwerk des Empire State Buildings in New York verlegt. Dort hatten sie viele Jahrzehnte in Ruhe verbracht und die Entwicklung der Welt beobachtet. Irgendwie war ihnen vor einigen Jahren ein Schriftsteller auf die Schliche gekommen. Sie hatten keine Ahnung, wie er das angestellt hatte. Es musste eine undichte Stelle geben, vielleicht einer der Dienstboten, der ihm das verraten hatte. Wenn der Schriftsteller den Mund gehalten hätte, dann wäre alles nicht so schlimm gewesen. Er musste jedoch dummerweise einen Roman schreiben, der zu allem Überfluss auch noch ein Bestseller wurde. Die ganze Welt kannte nun Percy Jackson und somit das Geheimnis der Götter. Seitdem hatten sie keine Ruhe mehr in ihrem komfortablen Wohnsitz hoch über den Wolken. Ständig versuchten Menschen, vor allem Reporter, zu ihnen zu gelangen. Zwar behauptete der Autor, alles nur erfunden zu haben, was ihm viele allerdings nicht glaubten. Während er ein Buch auf das andere folgen ließ, wurde die Situation für die Götter immer unangenehmer. Sie verschärften die Sicherheitsmaßnahmen und doch gab es immer wieder Versuche, dieses ausgeklügelte System zu umgehen.

Kurz vor Weihnachten hatte Zeus von dem ganzen Ärger die Nase voll. Er beschloss, umzuziehen. Während die ersten Schneeflocken fielen und New York verzauberten, liefen die Umzugsvorbereitungen auf Hochtouren. Zeus hatte alle Hände voll zu tun. Als neues Domizil hatte er sich den Burj Khalifa in Dubai herausgesucht, dessen oberste Etage die Götter in bewährter Manier verzaubert hatten. Vom höchsten Turm der Welt sollte der Ausblick noch spektakulärer sein als vom Empire State Building, das zwar nach wie vor einen legendären Ruf genoss, dessen Glanzzeiten aber längst in der Vergangenheit lagen. Die Götter wollten immer im Zentrum der Welt sein. Europa war es schon lange nicht mehr, die USA waren am Absteigen. China wäre gut gewesen, aber Zeus hatte Dubai besser gefallen, weshalb man sich für den Umzug in die arabische Welt entschlossen hatte.

Da der Mächtigste aller Götter mit der Organisation des Umzugs beschäftigt war, merkte er nicht, dass zwei der Götter, die sonst auf den Hinterbänken saßen und vielen nicht bekannt waren, einen Streit miteinander ausfochten. Es handelte sich um den Gott der Hektik und den Gott der Ruhe. Beide konnten bereits rein äußerlich nicht unterschiedlicher sein. Der Gott der Hektik war spindeldürr. Er war bleich, seine dunklen Haare standen nach allen Seiten ab, als stünden sie regelrecht unter Strom. Wie es seinem Namen entsprach, war er nicht für eine Sekunde ruhig. Er plapperte ununterbrochen, zappelte dabei wie wild herum und schnitt teils lustige, aber auch furchterregende Grimassen. Bei den anderen Göttern war er nicht sonderlich beliebt, denn er ging ihnen mit seinem Gezappel auf die Nerven. Wenn man ihn sah, dann begann man entweder selbst hektisch zu werden oder man fühlte sich unwohl. Der Gott der Ruhe war dagegen unmäßig dick. Bis er einen Satz zu Ende gebracht hatte, waren andere mit einer ganzen Rede fertig. Der dicke, glatzköpfige Mann konnte allerdings unerwartet aggressiv und tatendurstig werden, wenn die Ruhe in Gefahr geriet. Dann verteidigte er sie mit aller Macht. Verständlicherweise waren diese beiden Götter nicht gerade die engsten Freunde. In der Regel gingen sie sich aus dem Weg, aber heute war ihnen das nicht gelungen. Der Gott der Ruhe saß in einem bequemen Sessel, aß einige Weintrauben und sah versonnen aus dem Fenster den ersten fallenden Schneeflocken hinterher. Da huschte der Gott der Hektik vorbei. »Wie herrlich!«, plapperte er. »Endlich Weihnachten, die Zeit der Rastlosigkeit und Unruhe. Jedes Jahr sehne ich diese Zeit herbei. Nie verehrt man mich mehr als in den Weihnachtswochen. Es ist einfach herrlich!«

»So ein Unsinn!«, brummelte der Gott der Ruhe laut genug, damit es sein Rivale hören konnte.

»Hast du Unsinn gesagt?«, fragte der Gott der Hektik empört. »Wie kannst du nur so etwas sagen. Du weißt ganz genau, dass die Weihnachtszeit sozusagen ›Gedenktage‹ für die Hektik in der Welt sind. Die Menschen lieben mich und feiern mich in dieser Zeit ganz besonders.«

»Ich bleibe dabei – was du sagst, ist Unsinn!«, beharrte der Gott der Ruhe. »Die Menschen genießen es, Zeit mit der Familie zu verbringen. Die Arbeit wird für ein paar Tage unwichtig. Man ist zu Hause, widmet sich seinen Hobbys und freut sich, Verwandte und Freunde zu sehen.«

So ging es noch eine Weile hin und her, bis der Gott der Hektik endgültig die Geduld verlor.

»Ich werde dir beweisen, dass die Weihnachtstage alles andere als besinnlich sind. Darauf schließe ich jede Wette ab«, schrie er den dicken Gott der Ruhe regelrecht an. Der blieb jedoch, wie nicht anders zu erwarten war, gelassen. Langsam und mit einem lauten Stöhnen erhob er sich aus seinem Sessel und kam auf den von einem Bein auf das andere hüpfenden Gott der Hektik zu.

»Jede Wette, hast du gesagt?«, brachte er schließlich leise hervor. »Den Einsatz bestimme ich?«

»Gerne«, gab der andere zurück. »Was verlangst du?«

»Eine Welt ohne Hektik«, antwortete der Gott der Ruhe.

»Ohne Hektik!«, rief sein Gegenspieler entsetzt aus. »Das kann es nicht geben. Die Menschen wären ohne eine gewisse Anspannung doch völlig unglücklich. Sie brauchen den Zeitdruck, den Stress. Was du verlangst, ist vollkommen unmöglich.«

»Wenn du gewinnst, dann wird sich die Ruhe und Erholung aus der Welt zurückziehen. Ich habe damit kein Problem, denn ich weiß, dass ich gewinnen werde«, bemerkte der Gott der Ruhe.

»Einverstanden, ich gehe die Wette ein, aber natürlich werde ich gewinnen. Wenn es mir nicht gelingt, bis zum Heiligabend Unruhe und Chaos in New York zu veranstalten, dann werde ich die Stadt in Ruhe lassen. Aber ich sage es noch einmal – der Gewinner werde ich sein«, behauptete der Gott der Hektik. »Für wie lange soll die Ruhe aus New York verschwinden?«

»Die Hektik wird für immer verschwinden«, antwortete der Gott der Ruhe ohne weiter darauf einzugehen, dass sich sein Rivale für den sicheren Sieger hielt. Er hatte sehr wohl erkannt, dass er den Wetteinsatz auf New York eingegrenzt hatte. Aber das sollte ihm recht sein. Ein New York ohne Stress würde ein sehr gutes Vorbild für den Rest der Welt sein.

Inzwischen hatte Zeus bemerkt, dass diese beiden so unterschiedlichen Götter miteinander diskutierten, und er befürchtete das Schlimmste, weshalb er sich ihnen näherte und fragte:

»Kann es sein, dass ihr etwas im Schilde führt?«

Beide sahen ihn mit Unschuldsmienen an und verneinten das. Zeus warf ihnen einen drohenden Blick zu. »Dann ist es ja gut. Wir können im Moment keinen weiteren Ärger gebrauchen.«

Das Oberhaupt der Götter strich mit einer Hand durch seinen grauen Bart, sah die beiden noch einmal lange durchdringend an und widmete sich wieder anderen Aufgaben.

»Möge der Bessere gewinnen«, flüsterte der Gott der Ruhe und reichte seinem Konkurrenten die Hand. Der Gott der Hektik schlug ein und war auch schon unterwegs, um sein Werk zu beginnen. Tausend Ideen gingen ihm durch den Kopf. Womit sollte er nur anfangen? Er beschloss, sich unter die Menschen in der Stadt zu mischen. Inmitten des Trubels bekam er meist seine besten Ideen. Die Passanten hasteten in schnellem Tempo durch die Straßen, eilten in die Geschäfte und rempelten sich dabei an. Dem Gott der Hektik gefiel das sehr gut. Im Grunde genommen hatte er seine Wette schon gewonnen. Er musste die Stimmung nur noch weiter anheizen. Womit konnte man die Menschen, die sich noch in der Ruhe und Zurückgezogenheit ihrer Wohnungen befanden, aus diesen herauslocken? Das war nicht besonders schwer. Es gab ein paar Zauberworte, die immer funktionierten: Schlussverkauf, Preisnachlässe, Sonderangebote. Die gab es zwar schon jetzt, aber man konnte die Kauflust der Leute noch etwas anheizen. Der Gott der Hektik trank einen starken Kaffee, der ihn nur noch nervöser machte, und zauberte in die Briefkästen der Menschen Prospekte, in denen von sensationellen Preisnachlässen nur für den morgigen Tag berichtetet wurde. In sämtlichen Zeitungen waren Anzeigen zu finden, die für die Rabatte warben. Wenn man später die Zeitungsmacher danach fragte, dann schworen sie, dass sie diese Anzeigen zuvor nie gesehen hatten und es sich nicht erklären konnten, wie sie in die Zeitungen hineingekommen waren. Kein Mensch glaubte ihnen. Es war ja auch sehr unglaubwürdig.

Die Wirkung jedenfalls war sensationell. Schon bevor die Geschäfte am nächsten Morgen öffneten, hatten sich vor ihnen lange Schlangen gebildet. Zunächst verlief noch alles friedlich. Die Menschen warteten geduldig, bis die Geschäfte öffneten. Dann jedoch drängten sie ohne Rücksicht auf Verluste hinein. Sie schnappten sich die vermeintlichen Angebote, stießen andere hemmungslos zur Seite und gerieten schnell in Streit. Der Gott der Hektik beobachtete die angespannte Stimmung mit größtem Vergnügen. Ärger lag spürbar in der Luft. Dabei hatte er seinen letzten und wichtigsten Trumpf noch gar nicht ausgespielt. Er war so voller Vorfreude, dass er es kaum aushielt, abzuwarten. Aufgeregt hüpfte er regelrecht von einem Bein auf das andere. Jetzt gingen die ersten Kunden mit ihren Geschenken zur Kasse. Sie wollten die Rabatte, allerdings wussten die Kassierer nichts davon. Sie gaben die ganz normalen Preise ein. Selbstverständlich wurden sie dann von den Kunden auf die Sonderangebote hingewiesen. Es kam zu hektischen Telefonaten mit den Chefs, die natürlich nicht einen Cent Rabatt gewähren wollten. Was dann geschah, das konnte man sich gut vorstellen. Die Kunden beharrten auf den Ermäßigungen und es kam zu großen Streitereien, ja Schlägereien. Überall in der Stadt kam es zu Ausschreitungen. Der Gott der Hektik rieb sich vergnügt die Hände. Weihnachten, das Fest der Liebe? Davon konnte nun wirklich keine Rede mehr sein. Die Ausschreitungen in New York erinnerten an längst vergangene Zeiten. Wenn jemand so etwas für möglich gehalten hätte, dann hätte man ihn vor Tagen noch ausgelacht. Jetzt war alles anders. Die Fernsehsender berichteten rund um die Uhr. Weihnachten schien für dieses Jahr verdorben. Schlimmer noch. Die Stadt war am Rande eines Aufstands.

Der Gott der Hektik kam siegessicher zurück in den Olymp. Dort herrschte Aufregung wegen der Geschehnisse in New York. Zeus war außer sich vor Wut. Mitten im großen Umzug musste er sich jetzt um diesen Aufruhr kümmern. Er suchte die Schuldigen, aber bisher hatte er sie nicht gefunden. Der Gott der Ruhe saß wie immer ungerührt in seinem Sessel und blickte hinaus. Ihn schien das ganze Chaos weder zu stören noch in irgendeiner Art und Weise zu beunruhigen. Als der Gott der Hektik wieder in den Olymp kam, erhob sich der Dicke mühsam und ging mit ihm in ein anderes Zimmer. Zeus sollte nicht auf die Idee kommen, dass sie etwas damit zu tun hatten.

»Ich habe gewonnen!«, rief der Gott der Hektik. »Jetzt erwarte ich, dass du deine Wettschuld einlöst.« Er rieb sich die Hände und sein Gesicht war vor lauter Aufregung leicht gerötet.

»Nur keine Eile«, gab der Gott der Ruhe zurück. »Ist denn etwa schon Weihnachten? Wir haben noch zwei Tage Zeit. Ich habe noch gar nicht begonnen, die Ruhe einkehren zu lassen.«

»Weil du nicht die geringste Ahnung hast, wie es geht!«, schrie ihn der Gott der Hektik erbost an.

»Warte ab«, gab der andere, ohne mit der Wimper zu zucken, zurück. Der Gott der Hektik wollte gerade zu einer Erwiderung ansetzen, als sich die Tür öffnete. Zeus stand vor ihnen und sah sie erzürnt an.

»Habt ihr irgendetwas mit dem Chaos da draußen zu tun?«, fragte er in scharfem Tonfall.

Einträchtig schüttelten beide den Kopf. Zeus ließ seinen gefährlichen Blick lange auf ihnen ruhen.

»Ich glaube euch kein Wort«, sagte er. Ihm blieb aber nichts anderes übrig, als sie ungeschoren davonkommen zu lassen, denn es gab nicht die Spur eines Beweises. Ein letzter zorniger Blick und Zeus verließ den Raum.

»Der ist aber wütend«, stellte der Gott der Hektik fest und wischte sich ein paar Schweißtropfen von der Stirn. Man wusste, was Zeus mit Göttern, Halbgöttern oder Menschen machte, die ihm zu sehr auf die Nerven gingen. Sie mussten vorsichtiger sein.

»Er wird bald nicht mehr wütend sein und ich werde die Wette gewinnen«, bemerkte der Gott der Ruhe und verließ im Zeitlupentempo den Raum, während sich sein Gegenspieler zornig die Haare raufte. Es gefiel ihm gar nicht, als er sah, dass sich der dicke Gott auf Demeter, die Schwester des Zeus, zu bewegte. Was hatte er nur so lange mit ihr zu besprechen? Er konnte sehen, wie sie am Fenster standen, sich angeregt unterhielten und immer wieder auf die Schneeflocken deuteten, die sanft vom Himmel fielen. Natürlich wusste der Gott der Hektik, dass Demeter unter anderem auch als Göttin des Winters verehrt wurde. Nur konnte er sich keinen Reim darauf machen, warum ausgerechnet sie von seinem Rivalen so sehr umworben wurde. Mit Unbehagen konnte er beobachten, wie Demeter zu Zeus ging, ihm etwas ins Ohr flüsterte und dabei erneut aus dem Fenster zeigte. Zeus lächelte. Es musste also etwas sehr Erfreuliches gewesen sein, das sie ihm erzählt hatte. Dann trennten sich die beiden Götter wieder. Der Gott der Hektik konnte sehen, wie der Gott der Ruhe über sein ganzes dickes Gesicht strahlte. Ein Lächeln zog sich über beide Pausbacken, als er sich wieder in seinen Sessel fallen ließ und aus dem Fenster sah.

Zunächst tat sich nicht viel. Als der Gott der Hektik, der in der Nacht nur einen sehr unruhigen Schlaf finden konnte, in aller Frühe aufstand und aus dem Fenster sah, wusste er, was sein Rivale ausgeheckt hatte. Mit Hilfe von Demeter und Zeus hatte er New York in eine Schneelandschaft verwandelt. Es hatte so viel geschneit und schneite immer noch, dass sämtlicher Verkehr zum Erliegen gekommen war. New York war buchstäblich eingeschneit. Mit Entsetzen hörte er die Nachrichten in Radio, in denen die Bevölkerung aufgefordert wurde, zu Hause zu bleiben. Das gesamte Leben stand still. Schulen und öffentliche Gebäude waren geschlossen. Selbst die Börse stellte ihre Arbeit ein. Der Schnee lag meterhoch auf den Straßen und es würde lange dauern, bis man ihn weggeräumt hatte. Vor allem, weil es weiterhin schneite und ein Ende nicht absehbar war. So ruhig hatte man New York noch nie erlebt. Und die Menschen freute es. Nach den Aufregungen des vorherigen Tages, verschaffte ihnen der unerwartet heftige Wintereinbruch die Gelegenheit Luft zu holen und einen gemütlichen Tag zu Hause zu verbringen.

Während der Gott der Hektik vor Wut fast zerplatzte, konnte der Gott der Ruhe aus dem Fenster den Schneefall mit einem Lächeln im Gesicht beobachten. Er war sicher, dass er gewonnen hatte, denn wie sollte sein Gegner innerhalb eines Tages den ganzen Schnee schmelzen lassen oder auf andere Art und Weise die Menschen in Unruhe versetzen, die sich zu Hause befanden und dieses unerwartete Geschenk genossen? Sie setzten sich zusammen, aßen schon mal ein paar Weihnachtsplätzen, packten die letzten Geschenke ein und bereiteten alles für den Heiligabend am kommenden Tag vor. So entspannt hatten sie den letzten Tag vor Weihnachten noch nie verbracht. Man hörte Weihnachtsmusik, trank heißen Tee oder Glühwein oder wagte sich, als es schließlich doch zu schneien aufhörte, in den Garten zum Schneemann bauen oder in den Central Park. Die Stadt war lahmgelegt und durch den Schnee ergriff weihnachtliche Vorfreude die Gemüter der Menschen. Auch Zeus wirkte sehr zufrieden, als er sah, was er vollbracht hatte. Seine Schwester Demeter hatte ihn um den Schnee gebeten. Eine grandiose Idee, denn damit waren alle Streitigkeiten des vorherigen Tages beseitigt und er konnte sich wieder ganz dem Umzug des Olymps nach Dubai widmen. Es tat ihm leid, New York verlassen zu müssen. Schnee würde er in Dubai nicht haben, selbst wenn er es wollte. Das langsame Tempo der New Yorker nach den heftigen Schneefällen wirkte sich auch auf die Götter aus, die plötzlich ihre Vorbereitungen mit mehr Gelassenheit trafen.

Alle waren zufrieden, nur der Gott der Hektik nicht. Er war so siegessicher gewesen, dass er mit diesem plötzlichen Rückschlag nicht gerechnet hatte. Es sah jetzt tatsächlich danach aus, dass er die Wette verlieren könnte. Verzweifelt überlegte er, was er machen sollte. Nichts fiel ihm ein, dabei wurde die Zeit langsam knapp. Morgen war schon Weihnachten und wenn er nicht schnellstens eine gute Idee haben würde, dann war es vorbei mit der Hektik in New York. Nicht auszudenken, wie sich dieses »schlechte« Vorbild in der ganzen Welt verbreiten würde. So weit durfte er es nicht kommen lassen. Eilig ging er hinaus auf die Straße. Ein eisiger Wind blies um seine Ohren. Ihn fröstelte. Den Winter hatte er noch nie gemocht. Der Sommer mit hohen Temperaturen, durch die viele Menschen leicht reizbar werden, war seine Jahreszeit. Wenn die Leute schwitzend im Stau standen, sich gegenseitig anschrien, dann kam Hektik auf, was ihm sehr gut gefiel.

Was konnte er nur tun? So lange der Schnee so hoch lag, würden alle zu Hause sitzen und die Stille genießen. Der Gott der Hektik blieb plötzlich an einem Fenster stehen. Es war ein Restaurant und er sah einige Menschen an den Tischen sitzen, Wein trinken und essen. Für einen Moment war er ungewöhnlich ruhig. Wie angewurzelt stand er vor dem Fenster. Dann sprang er mit einem lauten Freudenschrei regelrecht in die Luft und rannte davon. Vorbeigehende Passanten sahen ihn verwirrt an. Sie mussten ihn für einen Verrückten halten, denn sie konnten nicht ahnen, dass dieser dürre, heruntergekommene Mann gerade eine zündende Idee für die Lösung all seiner Probleme gefunden hatte.

Die Zeit verging. Der Gott der Ruhe bemerkte von seinem Sessel aus mit Zufriedenheit, dass Heiligabend kurz bevorstand. Die New Yorker hatten eine ruhige Nacht verbracht und auch der 24. Dezember hatte ohne besondere Vorkommnisse begonnen. Wer seinen Weihnachtsbaum noch nicht geschmückt hatte, der machte sich jetzt daran. Für diejenigen, die ihren Baum auf den letzten Drücker kaufen wollten, sah es dagegen schlecht aus. Es hatte zwar aufgehört zu schneien und die Straßen wurden langsam von Schnee und Eis befreit, doch die übrig gebliebenen Bäume waren so sehr von Schnee bedeckt, dass man sie unmöglich in die Wohnungen mitnehmen konnte. So mussten einige in diesem Jahr ohne Weihnachtsbaum auskommen, was sie allerdings meist mit erstaunlichem Gleichmut hinnahmen. Alles sah danach aus, als würde es dieses Jahr ein besonders friedvolles Weihnachtsfest geben. Doch der Gott der Ruhe blieb wachsam. Seinen Konkurrenten durfte er nicht unterschätzen. Er wusste, dass dieser einer der raffiniertesten Götter war. Daher rechnete er mit allem und wurde schließlich doch überrascht.

Inzwischen war der Gott der Hektik damit beschäftigt, seinen gemeinen Plan in die Tat umzusetzen. Götter besitzen, wie man aus vielen Sagen und inzwischen auch Hollywoodfilmen weiß, Superkräfte. Manchmal war das eine Last, aber meistens sehr nützlich. So auch dieses Mal. Es war für ihn nicht schwer, innerhalb weniger Minuten die komplette Stromversorgung von New York lahmzulegen. Wenige Stunden vor der Bescherung an Heiligabend oder am Morgen des 25. Dezembers war das eine Katastrophe. Nicht nur, dass die Weihnachtsgans oder andere Köstlichkeiten nicht mehr zubereitet werden konnten. Viel schlimmer war es, dass bei den eisigen Temperaturen im Freien auch die Wohnungen sehr schnell kalt wurden. Wer über einen Kamin verfügte und genügend Holz zu Hause hatte, der konnte wenigstens sein Wohnzimmer beheizen. Dummerweise sind die meisten Kamine heutzutage nur noch eine schöne Zierde und werden längst nicht mehr in Betrieb genommen. Am Anfang war es noch nicht so schlimm. Die Bevölkerung rechnete damit, dass das Problem bald behoben war. Man zog sich dicke Pullover und schließlich Winterjacken, Schals und Handschuhe an. Doch es dauerte immer länger. Stunde um Stunde verging und nichts geschah. Da es keinen Strom gab, konnten nicht einmal Nachrichten weitergegeben werden. Die Menschen fühlten sich abgeschnitten von sämtlichen Informationen. Ein merkwürdiges Gefühl in einer Zeit, die sich durch ständige Erreichbarkeit auszeichnete. Anfangs machte es die Bewohner von New York nervös. Der Gott der Hektik triumphierte. Jetzt konnte ihn keiner mehr stoppen. Doch je mehr Zeit verging, desto ruhiger wurden die Menschen. Sie gewöhnten sich an die Situation. Es brach keine Panik aus, wie es der Gott der Hektik erwartet hatte. Da die Sonnenstrahlen zwischen den Wolken herauskamen, beschlossen viele, einen Spaziergang durch die winterliche Stadt zu machen. Zum ersten Mal seit Langem hatten alle Zeit, ein herrliches Gefühl! Mütter unterhielten sich mit ihren Töchtern, Väter spielten mit den Söhnen, Ehepartner und Freunde genossen die unerwartete Zeit zu zweit. Der Gott der Hektik glaubte seinen Augen nicht recht zu trauen. Wo er auch hinsah, überall erblickte er glückliche Menschen. Er verstand die Welt nicht mehr.

Der Gott der Ruhe betrachtete dagegen in seinem bequemen Sessel in dem gemütlichen Appartement auf der Spitze des Empire State Buildings mit Wohlwollen, was sich in New York abspielte. Im Gegensatz zu den Menschen hatten es die Götter auch jetzt noch warm. Schließlich waren sie nicht auf Elektrizität angewiesen. Zeus wunderte sich zwar sehr über alles, was gerade in New York vor sich ging, und war sicher, dass irgendwelche Götter ihre Hände im Spiel hatten, doch solange Ruhe herrschte, sollte ihm alles recht sein. Nur keine weitere Aufregung. Dass die Menschen das Ganze so gelassen nahmen, verwunderte ihn. Dass sie sogar glücklich und zufrieden wirkten, konnte er gar nicht verstehen. Aber Zeus hatte auch wenig Sinn für Familie oder Freundschaften. Ständig auf der Suche nach neuen Affären oder nach Möglichkeiten, seine Macht auszubauen, wäre es ihm nicht im Traum eingefallen, dass Zeit mit lieben Menschen vielen der Einwohner von New York fehlte und ihnen daher sehr wichtig war.

Für den Gott der Hektik wurde die Zeit nun wirklich knapp. Wenn ihm nicht buchstäblich im letzten Moment noch eine Idee kam, dann hatte er die Wette verloren. Er raufte sich die Haare vor Verzweiflung. Wie konnte er bei diesem Wetter und bei der offensichtlich entspannten Stimmung der Menschen Zwietracht säen? Es war zum Verzweifeln. Zunächst einmal reparierte er die

Stromversorgung. Sie auszuschalten hatte nicht den erwünschten Erfolg gebracht, aber es könnte nützlich sein, wieder Elektrizität zu haben. Bei dem Gedanken an das, was er vorhatte, konnte sich der Gott der Hektik ein lautes Lachen nicht verkneifen. Diesmal würde alles funktionieren. Der Ärger war vorprogrammiert und der Gott der Ruhe konnte nichts dagegen unternehmen. Während die New Yorker noch den Weihnachtsfrieden bei einem Bummel durch die Schneelandschaft in der Stadt genossen, gingen in ihren Wohnungen die Elektrogeräte wieder an. Da die meisten gerade beim Kochen des Weihnachtsessens waren, hatten sie ihre Herde angeschaltet und beim Stromausfall sie natürlich nicht wieder ausgeschaltet. Diese liefen nun wieder auf vollen Touren und sorgten dafür, dass die Gerichte sehr bald anbrannten. Selbst in den Restaurants hatten die meisten die Küchen verlassen, um ins Freie zu gehen und eine Schneeballschlacht zu machen oder auf zugefrorenen Seen im Central Park Schlittschuh zu laufen. Als die Menschen wieder zurück in ihre Wohnungen, beziehungsweise in die Lokale kamen, erlebten sie eine böse Überraschung. Viele konnten den Qualm bereits sehen, als sie den Flur betraten. In der Küche war es kaum auszuhalten. Hustend und fluchend wurden die verkohlten Weihnachtsbraten aus den Ofen geholt und auf die Straße geworfen, wo sie keinen Schaden mehr anrichten konnten. Selbst streunende Katzen oder Hunde machten um die übel riechenden schwarzen Klumpen einen großen Bogen. Alle Fenster wurden aufgerissen, aber der Qualm hatte sich schon so in den Wohnungen festgesetzt, dass es unerträglich war und ewig dauerte, bis es einigermaßen zum Aushalten war. Einige hatten noch mehr Pech. Ihre Küchen hatten Feuer gefangen und nur mit Müh und Not konnten sie die Brände löschen. Jetzt blickten sie mit Entsetzen auf die Verwüstung, die sie vorfanden. Das alles sorgte nicht nur für Hektik, sondern auch für Zornesausbrüche. Im Handumdrehen kam es zu Streitigkeiten und mit der friedvollen Stimmung der vergangenen Stunden war es vorbei. Der Gott der Hektik schlich sich von einem Fenster zum anderen und sah Szenen, die sein Herz erfreuten. Streitende Ehepartner, weinende Kinder und Chaos in den Küchen. Damit hatte er gewonnen. Dass der Gott der Ruhe jetzt noch das Rad des Schicksals herumreißen und das Spiel für sich entscheiden konnte, war so gut wie ausgeschlossen. Entgegen seiner Gewohnheit keinen Moment ruhig zu sein, schlenderte der Gott der Hektik in gemächlichem Tempo in Richtung Empire State Building. Erstmals seit Langem hatte er es nicht eilig. Sein Ziel hatte er erreicht und die Vorfreude auf das Gesicht des Gottes der Ruhe, wenn er seine Wettschuld einlösen musste, versetzte ihn in Hochstimmung.

Der Gott der Ruhe hatte zunächst gar nichts von den Ereignissen mitbekommen. Er war in seinem Sessel eingeschlafen und wurde erst von dem Hin- und Hergerenne und lautem Gerede einiger Götter geweckt. Als er sah, was los war, wechselte er sozusagen seine Rolle. Während der Gott der Hektik nach vollbrachter Tat ungewohnt ruhig geworden war, geriet der Gott der Ruhe in Hektik. Die Verärgerung der Menschen war überall deutlich spürbar. Wie konnte man die New Yorker nur dazu bringen, die ganze Wut, die gerade ausbrach, zu vergessen und stattdessen wieder friedlich unterm Tannenbaum Weihnachtslieder zu singen? Dummerweise war sein Kopf völlig leer. Die Gedanken drehten sich im Kreis. Was kann ich nur machen? Diese Frage stellte er sich ununterbrochen und wahrscheinlich fand er genau aus diesem Grund keine Antwort. Er war so sehr unter Druck, dass er keinen klaren Gedanken mehr fassen konnte. Es half nichts, er musste sich Zeus anvertrauen, sonst würde er die Wette verlieren. Der Göttervater hörte sich die Beichte des Gottes der Ruhe an, ohne eine Miene zu verziehen. Zunächst schwieg er und warf dem Gott der Ruhe nur tadelnde Blicke zu, die ihre Wirkung nicht verfehlten. Der dicke Gott wünsche sich mit einem Mal so dünn und unscheinbar zu sein, dass er von dem Obersten der Götter nicht mehr gesehen werden konnte. Zeus antwortete schließlich knapp: »Du willst also, dass ich das Schlamassel wieder in Ordnung bringe, das ihr angerichtet habt?«

Was sollte er darauf anderes sagen als ein leises, verlegenes »Ja«?

»Wir werden sehen, was sich machen lässt, aber dir sollte klar sein, dass ihr nicht ohne eine Strafe davonkommt«, drohte Zeus und blickte den Gott der Ruhe zornig an. Spätestens jetzt wäre er am liebsten im Erdboden versunken. Er wusste, welche grausamen Strafen sich Zeus ausdenken konnte. In dieser Hinsicht war er sehr erfinderisch. Wenn man nur an Prometheus dachte, dessen Leber jeden Tag von Geiern aufgefressen wurde, nur um wieder nachzuwachsen. Unendliche Qualen! Oder der arme Sisyphus, der einem schweren Felsbrocken einen Hang hinaufrollte, nur um mitansehen zu müssen, wie er auf den letzten Metern wieder in die Tiefe stürzte. Eine immerwährende Arbeit, mit der er sein tristes Leben verbringen musste. Der Gott der Ruhe machte sich auf das Schlimmste gefasst. Aber er war schließlich selbst daran schuld. Warum nur hatte er sich auf diese unsinnige Wette eingelassen?

Zeus musste sich unterdessen auch eingestehen, dass er überfordert war. Der Umzug von New York nach Dubai hatte seine ganze Konzentration und Kraft gefordert. Er hoffte sehr, dass er nie mehr etwas Derartiges organisieren musste. Und noch war es längst nicht überstanden. Ausgerechnet jetzt hatten seine Untergötter nichts Besseres zu tun, als unsinnige Wetten abzuschließen. Es war zum aus der Haut fahren. Manchmal kam er sich wie in einem Kindergarten vor und nicht wie auf dem Olymp. Zeus stellte sich ans Fenster und sah dem Treiben in New York zu. Frieden sollte er in die weihnachtliche Welt bringen. Frieden, damit hatten die Götter nicht so viel Erfahrung, wenn man in die Geschichte blickte. Neid, Missgunst, Rache und andere dieser starken und doch so schlechten Gefühle waren es, die sie oft angetrieben hatten. Es war ihnen nie schwergefallen, sich neue Prüfungen auszudenken, mit denen sie die Menschen plagen konnten. Daher war es höchste Zeit, endlich einmal mit dem Gegenteil zu beginnen und Frieden und Harmonie in die Welt zu bringen. Was brachte den Menschen Freude? Zeus musste an die alten Römer denken, die ihn unter dem Namen

Jupiter verehrten, und eine großartige Erfindung gemacht hatten. Brot und Spiele nannte sich diese. Die Menschen mussten genug zu essen haben. Außerdem brauchten sie Unterhaltung. Ablenkung vom tristen Alltag ihres Lebens. Wenn beides vorhanden war, dann bestand kein Grund zur Sorge. Doch beides fehlte gerade. Das Essen war in den meisten Familien verbrannt und Unterhaltung gab es zwar, allerdings bestand diese aus Streitigkeiten, was dem Weihnachtsfrieden alles andere als förderlich war.

Zeus brauchte Hilfe und er wusste, von wem er sie bekommen konnte. Er beorderte drei Götter in sein Büro. Als Erstes betrat Morpheus den Raum. Der Gott des Schlafes sah so aus, wie man es sich vorstellte. Seine Augen waren zu zwei winzigen Schlitzen zusammengekniffen. In Zeitlupe kam er herein und wirkte so, als würde er jeden Moment einschlafen. »Ich habe einen Auftrag für dich«, begann Zeus ohne Umschweife. »Für eine Stunde soll ganz New York schlafen. Ab sofort.« Morpheus hätte gerne gefragt, warum er dies tun solle, doch Zeus ließ ihm keine Gelegenheit für eine Nachfrage. »Sofort!«, sagte er ein zweites Mal. Morpheus machte einige müde Bewegungen mit der Hand und schon schlief ganz New York. Der erste Teil von Zeus' Plan war damit ausgeführt und Morpheus konnte gehen.

Als Nächstes erschien eine Göttin – Aphrodite. Zeus war wie immer von ihrer Schönheit begeistert. Aphrodite war auf der Hut, denn sie wusste, dass der Göttervater keine Gelegenheit ausließ, sich einer schönen Frau zu nähern. Umso überraschter war sie, dass er dieses Mal nicht einmal ein Kompliment für sie übrig hatte, sondern sie mit einer ungewöhnlichen Bitte ohne Umschweife ansprach. Die Aufgabe, die er für sie hatte, erschien ihr reizvoll, weshalb sie gerne zustimmte und sich sofort an die Arbeit machte.

Der dritte Gott im Bunde war Dionysos, der Gott des Weines. Auch für ihn hatte Zeus eine Aufgabe, die er mit Freuden erfüllte. Jetzt hieß es abwarten, ob der Plan funktionierte. Sobald alle aus dem Schlaf erwacht waren, sollten sie es erfahren. Zeus hatte gerade seinen Logenplatz neben dem völlig verstörten Gott der Ruhe eingenommen, als ihm noch etwas einfiel. Er rief den Götterboten Hermes herbei:

»Hol mir den Gott der Hektik. Sofort!«

»Etwas höflicher könnte man das schon sagen«, brummte der Götterbote, bevor er sich auf den Weg machte. Wenige Minuten später stand der Gott der Hektik vor Zeus. Er war aufgeregt wie immer. In seinem Gesicht hatten sich rote Flecken gebildet und Schweiß rann ihm die Stirn hinunter. Offenbar wusste der Gott nicht, warum er zu Zeus gerufen worden war. Sein Gesichtsausdruck war kurz besorgt, weil er sich ertappt fühlte, dann aber huschte wieder ein selbstsicheres breites Grinsen darüber. Zeus merkte, wie siegessicher er war. Den Triumph wollte er ihm gründlich verderben. Ganz langsam sollte dies geschehen.

»Ist es nicht ein herrliches Weihnachtsfest dieses Jahr?«, fragte ihn Zeus, was der Gott der Hektik verwirrt bejahte. »Diese christlichen Bräuche haben durchaus ihre schönen Seiten. Dennoch sind mir unsere alten Bräuche lieber. Sie werden eines Tages wiederkommen, aber für heute sollten wir den Heiligabend genießen. Setzt dich doch zu uns.«

Der Gott der Hektik setzte sich zwischen Zeus und seinen Konkurrenten, der tief in seinen Sessel versunken war und es nicht wagte, ihn anzublicken. Zunächst war er verwundert, weil er beim Blick aus dem Fenster überall nur schlafende Menschen sah. Doch plötzlich wachten alle auf, als hätte ein riesiger Wecker sie aus dem Reich der Träume gerissen. Noch mehr wunderte er sich, als sich die Menschen umarmten und küssten. Hatten sie sich nicht vor Kurzem noch erbittert gestritten? Etwas ging nicht mit rechten Dingen zu. Streitende Menschen versöhnten sich nicht so plötzlich. Es musste einer der Götter seine Hand im Spiel haben. Anders war das nicht zu erklären. Als der Gott der Hektik Aphrodite kommen sah, die Zeus ein bezauberndes Lächeln zuwarf und mit dem Auge zwinkerte, wusste er Bescheid. Allerdings war ihm nicht klar, warum Aphrodite eingegriffen hatte. Nicht genug damit, dass sich die Menschen aus heiterem Himmel umarmten – durch Zauberei standen auf den Tischen dampfende Speisen und vor allem sehr viel Wein. Dionysos verneigte sich vor Zeus und trank auch gleich selbst ein gut gefülltes Glas Wein auf Ex aus.

»Das ist Betrug«, rief der Gott der Hektik außer sich vor Wut und sprang von seinem Sessel auf.

»Was ist Betrug?«, fragte Zeus sanft, doch in seinen Augen konnte man deutlich seinen Zorn erkennen. Der Gott der Hektik wich entsetzt zurück. Er hatte sich vor lauter Aufregung zu der unbedachten Äußerung hinreißen lassen, die einem Geständnis gleichkam. Jetzt musste er sehen, wie er aus dieser unangenehmen Situation herauskam. Seine Hände zitterten, sein Blick fiel immer wieder auf den Gott der Ruhe, der allerdings auch keine große Hilfe war. Er versuchte etwas zu sagen, kam aber über ein Stottern nicht hinaus.

»Ihr habt meine Nerven bis aufs Äußerste strapaziert«, fuhr Zeus sie plötzlich so heftig an, dass die beiden schuldbewussten Götter ängstlich zurückwichen.

»Dafür und für all das Chaos, das ihr angerichtet habt, verdient ihr eine Strafe«, fuhr er fort und überlegte, wie diese Strafe aussehen könnte. Die beiden Götter schienen immer kleiner zu werden. Aber so sehr sie auch in ihren Sesseln zusammensanken, sie konnten sich nicht in Luft auflösen. Zeus wartete lange, bis er weitersprach:

»Die Strafe, die ich mir für euch ausgedacht habe, soll sehr schmerzlich für euch sein. Wenn ihr euch bewährt und alles zu unserer Zufriedenheit ausführt, dann werdet ihr weiterhin Götter bleiben, wenn nicht ...«

Die beiden atmeten erleichtert auf, als sie hörten, dass sie weiterhin Götter bleiben könnten. Allerdings beunruhigte sie zugleich das Wort »schmerzlich«, das Zeus besonders deutlich ausgesprochen hatte. Was meinte der Göttervater damit? Die Antwort ließ nicht lange auf sich warten:

»Fast wäre es euch gelungen, das Weihnachtsfest der Menschen zu zerstören. Ihr wisst, dass ich Weihnachten gerne mag. Eine wahre Schande, dass wir es nicht waren, die es erfunden haben. Aber mit den Olympischen Spielen und dem Theater haben wir der Menschheit auch schöne Dinge hinterlassen. Ich fange jetzt nicht an, alles Weitere aufzuzählen.«

Das hofften die beiden Götter auch, denn die Spannung war kaum mehr auszuhalten. Was hatte Zeus nur mit ihnen vor?

»Ich habe vorhin mit dem Weihnachtsmann gesprochen«, fuhr Zeus fort. »Ein freundlicher alter Herr, der gerade wahnsinnig viel zu tun hat. Ein Wunder, dass er das in seinem Alter noch alles bewerkstelligen kann. Ich habe ihn daher gefragt, ob er nicht vielleicht Hilfe gebrauchen kann. Ständig durch die schmutzigen Kamine zu kriechen, um die Geschenke in die Häuser zu bringen, ist nicht gerade die angenehmste Arbeit. Er war begeistert, als ich ihm zwei kräftige Helfer versprochen habe.«

Die beiden Götter brauchten einen kleinen Moment, bis sie Zeus Aussage verstanden hatten. Zwei kräftige Helfer – damit waren sie gemeint! Eine grässliche Vorstellung, dem alten Weihnachtsmann zu helfen, aber wenn sie an Sisyphus und all die anderen dachten, die Zeus schon bestraft hatte, dann nahmen sie diese Strafe gerne an. Zeus lachte und schnippte mit den Fingern:

»Hier sind eure Kostüme und eure Rentierschlitten. Alles Weitere wird euch der Weihnachtsmann erklären.«

Ungern zogen sie die seltsamen Kutten an, in denen sie richtig lächerlich aussahen. Zeus hatte ihnen zwar durch seine Strafe keine Schmerzen zugefügt, aber er hatte sie zum Gespött der Götter gemacht, die sich über ihre Aufmachung köstlich amüsierten. Ihnen war klar, dass sie beim Ausliefern der Geschenke weiter beobachtet wurden und sicher für viele Lacher sorgten. Von Anfang an war ausgeschlossen, dass der Gott der Ruhe durch die Kamine kroch. Dazu war er viel zu dick. Er lenkte den Schlitten und warf dem Gott der Hektik die Geschenke zu. Dieser war nach kürzester Zeit von oben bis unten mit Ruß beschmiert und hatte sich an einem Feuer, das in einem Kamin flackerte, den Hintern verbrannt. Der Gott der Ruhe war längst nicht mehr die Ruhe in Person. Die

Rentiere waren störrisch, sie gehorchten ihm nicht, eines hatte ihm sogar einen heftigen Tritt verpasst. Beide waren bereits mit ihren Nerven am Ende, obwohl sie erst am Anfang der großen Auslieferungsaktion standen. Es war für sie jedenfalls jetzt schon sicher – sie würden sich so bald auf keine Wette mehr einlassen.

Für die Menschen in New York wurde dieses Weihnachtsfest allerdings eines der schönsten ihres Lebens. Nach all den Aufregungen der vergangenen Tage, herrschte vollkommene Harmonie. Weihnachten war so, wie es sein sollte. Ein Fest der Liebe und der Familie. Auf Zeus Bitten fiel ganz leicht der Schnee. Wenn man aus den Fenstern sah, dann war es zum ersten Mal seit Jahren ein Weihnachtsabend wie aus dem Bilderbuch. Und an den Feiertagen glitzerte der Schnee auf den Straßen in den Sonnenstrahlen, die Zeus den Menschen schickte. Alles war so wunderschön, dass es sich der Göttervater noch einmal mit dem Umzug überlegte. Allein wegen Weihnachten lohnte es sich, den Olymp weiter im Empire State Building zu belassen. Unliebsame Besucher konnte man auch weiterhin abschrecken. Vielleicht könnte das auch eine neue Aufgabe für den Gott der Ruhe und den Gott der Hektik sein, dachte Zeus, während er hinab auf den schneebedeckten Central Park blickte und den New Yorkern beim Schlittschuhlaufen und bei Schneeballschlachten zusah.

Weihnachten 2013

Das Herz einer alten Dame

Die alte Frau saß in ihrem Schaukelstuhl und sah mit leerem Blick in eine Kristallkugel. In ihr konnte sie eine Landschaft im Spätherbst sehen. Die meisten Blätter der Bäume waren bereits herabgefallen, doch es schien noch immer die Sonne und die Temperaturen waren mild. Der Winter war in weiter Ferne, dabei waren es nur noch drei Wochen bis Weihnachten. Es gab viel zu tun für die alte Dame, doch sie war müde, so schrecklich müde. Jahr für Jahr verbrachte sie im Winter ihre Tage damit, ihre Betten auszuschütteln, damit es auf der Erde schneite. Nach der Winterzeit war sie dann so erschöpft, dass sie den Sommer verschlief. Rechtzeitig, einige Wochen vor Weihnachten, wurde sie aus dem tiefen Schlaf geweckt und alles fing von vorne an. Wann hatte das begonnen? Frau Holle konnte sich nicht mehr daran erinnern. Genauso wenig wie an ihr wahres Alter. Es kam ihr so vor, als wäre sie schon immer da gewesen und würde bis in alle Ewigkeit weiterleben. Wahrscheinlich stimmte das auch.

Eigentlich müsste sie jetzt aufstehen und sich an die Arbeit machen. Die Menschen wünschten sich weiße Weihnachten. Frau Holle wusste nicht, warum das so war. Sie wusste aber, dass sie es den Menschen nie recht machen konnte. Schneite es im Oktober oder im März, dann wurde furchtbar geschimpft, dass es endlich aufhören sollte. An Weihnachten musste die Landschaft weiß eingefärbt sein, aber an Silvester sollte es zwar kalt, aber auf gar keinen Fall glatt sein. Warum tat sie sich das immer noch an? Dankbarkeit bekam sie höchstens von Kindern oder von Wintersportlern, die gar nicht genug Schnee bekommen konnten, um die Pisten hinunterzusausen. Sollte sie wirklich mit der Arbeit beginnen und die schweren Betten ausschütteln? Früher hatte sie Assistenten für solche Arbeiten gehabt, aber die waren ihr in den letzten Jahren weggelaufen. War es in der alten Zeit eine Ehre gewesen, für sie zu arbeiten, stellten die jungen Leute heutzutage Forderungen. Sie wollten Freizeit haben und gaben sich nicht mehr mit Kost und Logis zufrieden, sondern verlangten einen Mindestlohn. Das war Frau Holle zu bunt geworden. Sie hatte alle rausgeworfen. Mit der Konsequenz, dass sie nun die Arbeit alleine machen musste.

Aber musste sie das wirklich? Niemand konnte sie dazu zwingen. Wenn sie jetzt einfach in ihrem bequemen Sessel sitzen blieb, dann würde der Winter ausfallen. Wäre das so schlimm? Von klein auf hatte sie jedoch ein Pflichtgefühl in sich, das sie zwang, Dinge zu tun, die sie eigentlich nicht machen wollte. »Erst die Pflicht, dann man selbst!« Mit einem lauten Stöhnen erhob sie sich aus dem Sessel. Sie trug ein weißes Gewand mit farbigen Stickereien darauf. Neben dem Sessel stand ein großer goldfarbener Stock. Auf ihn stützte sie sich und ging in das Schlafzimmer. Wie müde sie doch war, wie unendlich müde. In ihrer Kristallkugel, mit deren Hilfe sie die Ereignisse auf der Erde verfolgte, hatte sie gesehen, dass Piloten, die mit ihren Flugzeugen so gefährlich nah an ihrem Heim in den Wolken vorbeiflogen, bereits mit Mitte fünfzig in Ruhestand gingen. Hatte sie sich dann nach so vielen Jahrhunderten der Arbeit nicht auch Ruhe verdient? Mit einer verächtlichen Handbewegung ließ sie die schwere Bettwäsche liegen und schlurfte in die Küche, wo sie sich einen heißen Punsch machte. Mit einem Fingerschnippen ließ sie Musik erklingen. Aus einem Regal nahm Frau Holle ein Buch und setzte sich wieder in ihren Sessel. Sie begann ein wenig zu lesen, schlürfte dabei den Punsch und summte leise vor sich hin. Der Alkohol stieg ihr in den Kopf und sie schlief erneut ein.

So ging das Tag für Tag. Weihnachten rückte immer näher und es sah ganz danach aus, dass es dieses Jahr keinen Schnee geben würde. Die Bewohner der Wintersportorte waren bereits am Verzweifeln, die Kinder standen am Fenster und hielten besorgt Ausschau nach einer auch noch so winzigen Schneeflocke. Die Temperaturen lagen immer noch bei fünfzehn Grad, was viele auf den Klimawandel schoben. Wenn Frau Holle in ihre Kristallkugel sah und diese Erklärungen hörte, war sie enttäuscht und regelrecht wütend. Vor hundert Jahren hätte jedes Kind gewusst, dass Frau Holle für den Schnee verantwortlich war. Es hätte sich gefragt, was es vielleicht falsch gemacht hatte. Hätte zu ihr gebetet, es doch endlich schneien zu lassen, und sie hätte es selbstverständlich erhört. Heute kam jedoch keiner auf die Idee, sie um Schnee zu bitten. Daher hatte sie auch nicht die Absicht, es schneien zu lassen. So mischte sich in ihre Müdigkeit und Lustlosigkeit auch noch gekränkte Eitelkeit. Ihr Herz war hart geworden in all den Jahren, ohne Mitleid für die Kinder der Welt. Die Aussichten auf weiße Weihnachten standen daher sehr schlecht.

Nasin blickte aus dem Wohncontainer, in dem sie mit ihrer Familie nach der Flucht aus Syrien untergebracht worden war. Schreckliche Wochen lagen hinter ihr. Das überfüllte Boot, in dem sie mit ihrer Familie das Meer überquert hatte, wäre fast gesunken. Gerade noch rechtzeitig hatte sie die griechische Küstenwache aus dem Wasser gezogen. Doch damit waren die Strapazen längst nicht beendet. Mit ihrer Familie wollte sie weiter nach Deutschland. Zu Fuß marschierten sie Tag für Tag über Feldwege, versteckten sich an der ungarischen Grenze in einem Maisfeld, um dann in der Nacht unter dem gerade erst errichteten Zaun hindurchzukriechen. Auf der ungarischen Seite gaben ihre Eltern das letzte Geld für ein altes Auto aus. Mit ihm konnten sie bis nach Passau durchfahren. Dort ließen sie sich registrieren und kamen in die Unterkunft, in der sie sich jetzt befanden. Ihre Tante, die schon seit vielen Jahren in Deutschland wohnte, hatte ihr erzählt, dass es hier im Winter schneien würde. Seitdem träumte sie von Schnee. Nasin hatte Bilder von weißen Landschaften gesehen und wusste natürlich, dass Schnee kalt war. Wie er sich anfühlte, schmeckte oder roch, wusste sie jedoch nicht.

Tag für Tag stand sie am Fenster des Containers und wartete auf den geheimnisvollen Schnee, doch er kam nicht.

Nasin lernte schnell Deutsch. Eine alte Dame namens Gerlinde, was sie nur schwer aussprechen konnte, kam jeden Nachmittag nach dem Sprachkurs und las ihr Geschichten vor. Deutsche Märchen, die Nasin sehr faszinierten. Sie waren so völlig anders als die Geschichten aus »Tausendundeiner Nacht«, die sie kannte. Eines Tages las ihr Gerlinde das Märchen von Frau Holle vor. Diese alte Frau war also für den Schnee verantwortlich. Wenn sie ihre Betten ausschüttelte, dann fiel er in weißen Flocken zur Erde.

»Warum schickt Frau Holle dieses Jahr keinen Schnee?«, fragte Nasin, als die alte Dame ihre Geschichte zu Ende erzählt hatte. Gerlinde überlegte einen Moment.

»Vielleicht macht sie das ja noch. Du musst brav sein und sie darum bitten. Bestimmt wird sie dir den Wunsch erfüllen.«

Von diesem Moment an ging Nasin Frau Holle nicht mehr aus dem Kopf. Sie dachte darüber nach, was wohl mit ihr los war. Eine alte Frau konnte schon einmal krank werden. Wenn sie tatsächlich krank geworden war, dann hatte sie niemanden, der sich um sie kümmerte. Ganz allein lag sie in ihrem großen Bett in ihrem Heim hoch über den Wolken, zu schwach, um aufzustehen, geschweige denn es schneien zu lassen. Wenn sie ihr doch nur helfen könnte? In wenigen Tagen war Weihnachten, das sie als syrische Christin auch feierte. Nasin war der Meinung, dass man an Weihnachten nicht allein sein dürfe, auch ein Geisterwesen oder wie immer man Frau Holle bezeichnen sollte, müsste Menschen haben, die es nicht allein ließen.

Und so betete sie zu Frau Holle, bat sie, ihr ein Zeichen zu geben. Was immer sie tun konnte, wollte sie machen, um ihr zu helfen, sollte es ihr tatsächlich schlecht gehen. Sie zeichnete Bilder, die sie ihr schenken wollte. Doch nichts tat sich – kein Zeichen, kein Schnee.

Frau Holle hatte sehr wohl mitbekommen, dass sich viele Menschen grämten, weil es einfach nicht schneien wollte. Doch das ließ ihr

Herz nicht erweichen. Sie hatten es verdient. All die Jahrhunderte hatte sie geschuftet, ohne dass sich jemand bei ihr bedankt hätte. Sollten sie jetzt sehen, wie sie ohne sie zurechtkamen. Schneekanonen konnten sie einsetzen, aber auch die würden bei den warmen Temperaturen nicht viel helfen. Nach all der Arbeit hatte die alte Dame Freude am Müßiggang gefunden. Ihren Punsch wollte sie gar nicht mehr missen, genauso wenig die Musik, das prasselnde Feuer im Kamin und die vielen Bücher, die sie regelrecht verschlang. Was hatte sie nicht alles verpasst! Was gab es nicht noch alles zu entdecken! Doch dann leuchtete die Kristallkugel wieder auf. Frau Holle wollte gar nicht hingehen, doch die Kugel ließ sich nicht so einfach abstellen. Sie zwang die alte Dame regelrecht, hineinzusehen. Was sie sah, rührte sie und bewegte ihr Herz. Da war ein kleines Mädchen, das am Fenster nach Schnee Ausschau hielt, das ihr Bilder malte und sich Sorgen um sie machte. Es war lange her, dass sich jemand ernsthaft für Frau Holle interessiert hatte. Sie musste wissen, wer dieses Mädchen war. Mit Hilfe der Kristallkugel konnte sie in die Vergangenheit sehen. Was sie da sah, erschütterte sie und ließ ihr hartes Herz plötzlich wieder ganz weich werden. Die alte Dame gab sich einen Ruck. Sie trank noch einen Schluck Punsch, dann stand sie auf den Stock gestützt auf und ging in ihr Schlafzimmer. Mühsam hob sie das Bettzeug aus dem Bett und hängte es aus dem Fenster. Dann begann sie, begleitet von einem lauten Stöhnen, zu schütteln. Doch mit der Zeit begann es ihr regelrecht Freude zu machen, die weißen Flocken aus der Bettwäsche herausfliegen zu sehen. Es war wie früher. Sie konnte nicht aufhören und begann laut zu lachen.

Nasin war gerade auf dem Weg vom Sprachkurs nach Hause, als sie etwas Kaltes und Feuchtes auf der Nase spürte. Im nächsten Moment schon wieder. Sie sah nach oben und konnte einige wenige weiße Flocken aus den Wolken kommen sehen. Erst jetzt bemerkte sie auch, wie kalt es geworden war. Das war tatsächlich Schnee, der erste Schnee, den sie in ihrem Leben gesehen hatte. Und es wurde immer mehr. Von Minute zu Minute begann es, heftiger zu schneien. Nasin blieb einfach stehen, sah zum Himmel und freute sich, dass die Flocken in ihr Gesicht fielen.

»Danke, Frau Holle!«, rief sie so laut sie konnte und lachte herzlich.

Frau Holle lachte ebenfalls. Sie freute sich, dass sie dem kleinen Flüchtlingsmädchen und mit ihr vielen anderen Kindern und Erwachsenen auf der Welt mit dem Schnee ein Weihnachtsgeschenk machen konnte. Ihre Müdigkeit war wie verflogen. So ging sie weiter an ihre Arbeit und rief so laut, dass manch ein Mensch glaubte, es hören zu können: »Frohe und gesegnete Weihnachten!«

Weihnachten 2015

Das Verschwinden der kleinen Meerjungfrau

Es war eisig kalt an diesem Abend im Dezember in Kopenhagen. Doch weder Kälte noch der eisige Wind, der Schnee ankündigte, hinderte die Touristen daran, in Massen entlang der Uferpromenade zu flanieren. Wobei – flanieren ist das falsche Wort. Sie schlenderten nicht, sondern sie hetzten von einer Sehenswürdigkeit zur anderen. In Nyhavn mit seinen wunderschönen bunten Häusern am Kanal blieb keine Zeit für einen kurzen Zwischenstopp in einem der vielen Lokale, um ein Smörrebröd zu essen. Man musste weiter zum Schloss Amalienborg, weil man auf keinen Fall die Wachablösung verpassen wollte. Da man etwas zu spät dran war, standen bereits einige Reihen vor einem, sodass die Fotos nicht gut wurden. Die Soldaten waren zwar zu erkennen, aber leider auch die Köpfe der Menschen, die vor einem standen, und vor allem die Handys, die nach oben gehalten wurden und damit den dahinter Stehenden die Sicht versperrten. Zu ärgerlich! Es stand noch so vieles auf dem Programm und die Zeit war so knapp. Nach Christiania wollte man mit dem Boot fahren. Ein Freistaat mitten in einem Königreich. Das war schon etwas Besonderes. Von den Drogen, die man dort angeblich an jeder Ecke bekam, gar nicht erst zu reden. Aber zuvor gab es noch einen Stopp, der unbedingt sein musste, denn ohne ein Bild der kleinen Meerjungfrau war man gar nicht in Kopenhagen gewesen.

Lange suchen musste kein Tourist nach dem Standort des berühmten Denkmals an der Uferpromenade. Vom frühen Morgen bis zum Abend standen die Touristen Schlange, um ein Bild mit der Meerjungfrau zu ergattern. Wobei Schlange stehen noch gut gewesen wäre, denn dann hätte jeder zwar warten müssen, aber die Chance auf ein gutes Foto gehabt. Stattdessen drängten einige nach vorne, stießen ohne Bedenken die Wartenden beiseite und verärgerten andere Fotografen, weil sie plötzlich in ihren Bildern erschienen. Es war keineswegs ein Vergnügen, sich an diesem Ort aufzuhalten. Wahrscheinlich war jeder Tourist froh, wenn er sein Foto hatte und seiner Wege gehen konnte. Es gab schließlich noch so viel zu sehen. Wohin sollte es als Nächstes gehen? Nach Christiania oder vielleicht doch zum Schloss Rosenborg, wo die Kronjuwelen ausgestellt werden? Am Ende siegt vielleicht der Tivoli, einer der ältesten Vergnügungsparks der Welt. Kaum war jedoch der eine Tourist gegangen, standen schon die nächsten vor der kleinen Meerjungfrau. Der Strom schien kein Ende zu nehmen.

Doch irgendwann, es war längst dunkel geworden und die ersten Schneeflocken fielen auf die Erde, war auch der letzte Tourist gegangen. Einige Nachtschwärmer waren noch auf den Straßen und das eine oder andere Liebespaar, das ein nächtliches Foto mit dem Wahrzeichen Kopenhagens machen wollte. Dann wurde es ruhig. Eine kurze Verschnaufpause, bis es am Morgen von Neuem losgehen sollte. Ein ewiger Kreislauf, der sich Tag für Tag wiederholte.

Ein kleiner Weihnachtsengel namens Alimon hatte sich das Treiben einen Tag lang angesehen. Eigentlich hatte er vom Weihnachtsmann den Auftrag bekommen die Wunschzettel der Kinder von Kopenhagen einzusammeln. Natürlich nicht alleine. Dazu war die Stadt viel zu groß. Kurz vor Weihnachten schickte der Weihnachtsmann Heerscharen von Engeln durch die ganze Welt. Es war für sie eine hektische Zeit, denn sie hatten einen genauen Plan einzuhalten. Der kleine Alimon war zum ersten Mal dabei und es war jetzt schon absehbar, dass er seinen Plan nicht erfüllen würde. Kopenhagen war viel zu interessant. Vor allem die kleine Meerjungfrau hatte es dem Weihnachtsengel angetan. Er hatte zwar eine ganze Menge Wunschzettel eingesammelt, hatte sich dann aber an der Uferpromenade niedergelassen, um eine kurze Pause zu machen.

Dabei war ihm die große Menschenmenge aufgefallen, die ständig Fotos machte. Er war über die Köpfe der Menschen geflogen, um zu sehen, was es da zu fotografieren gab. Unsichtbar natürlich, wie es sich für einen Engel gehörte. Und da sah er sie – die kleine Meerjungfrau! Sie war in der Tat sehr klein. Gerade einmal 1,25 Meter. Nackt saß sie auf einem Felsen. So als wäre sie gerade aus dem Wasser gestiegen. Denn ganz in einem Menschen verwandelt hatte sie sich nicht. Statt Füßen hatte sie noch die Flossen eines Fisches. Ihr Blick war melancholisch in die Ferne gerichtet. Sie wirkte unendlich traurig. Alimon war seltsam berührt von diesem Anblick. Die Statue saß unbeweglich auf dem Felsen, umringt von unzähligen Menschen, die sie Tag für Tag fotografierten, sie anfassten und von ihr fasziniert waren. Und dennoch wirkte sie einsam und traurig.

Der Gedanke an die kleine Meerjungfrau ließ den Engel nicht mehr los. Er vergaß, dass er einen Auftrag hatte, und blieb den Rest des Tages in ihrer Nähe und auch in der Nacht, als es langsam ruhig wurde und die Touristen in ihre Hotels oder auf die Kreuzfahrtschiffe zurückkehren mussten. Alimon wusste, dass er Ärger mit dem Weihnachtsmann bekommen würde. Aber er nahm sich vor, am nächsten Tag doppelt so schnell zu arbeiten, um die Wunschzettel einzusammeln. Für den Moment konnte er sich allerdings nicht von der unglaublichen Schönheit der kleinen Meerjungfrau losreißen. Es wunderte ihn nicht, dass so viele Menschen begeistert von der Statue waren. Ähnlich wie die Mona Lisa oder die wunderschöne Nofretete hatte sie eine geheimnisvolle Ausstrahlung, die faszinierte. Für die Menschen war die kleine Meerjungfrau ein Fabelwesen, eine Gestalt aus einem Märchen von Hans Christian Andersen, die von einem Künstler als eine Bronzefigur verewigt worden war. Doch der Weihnachtsengel wusste, dass sie lebendig war, so wie viele andere Dinge, von denen die Menschen es nicht einmal ahnten. Daher wartete er, bis der letzte nächtliche Besucher gegangen war, und flog zu der kleinen Meerjungfrau.

»Was für ein Tag!«, rief Alimon aus. »Ist es für dich immer so?

Diese vielen Menschen, die laut durcheinanderreden und die nicht einmal davor zurückschrecken, dich anzufassen. Das muss doch furchtbar für dich sein.«

Die kleine Meerjungfrau blieb zunächst unbeweglich, doch dann streckte sie sich, gähnte laut und antwortete schließlich: »Du glaubst nicht, wie schrecklich es ist. Ich fühle mich richtig schmutzig am Ende eines langen Tages. Und weißt du, was ich dann mache?«

Sie wartete die Antwort von Alimon nicht ab, sondern sprang mit einer unerwartet schnellen Bewegung ins Wasser. Sie verschwand in den Fluten und es dauerte einige Zeit, bis sie wieder auftauchte. Die Meerjungfrau lachte und wirkte mit einem Mal nicht mehr so melancholisch wie zuvor. Alimon flog zu ihr und sie fragte ihn, wer er sei. Er berichtete von seinem Auftrag und dass er sie den halben Tag beobachtet habe.

»Das habe ich bemerkt«, stellte sie fest. »Und ich habe mich gefragt, was du von mir willst.«

Der Engel wirkte verlegen. Er überlegte, was er antworten sollte. Sollte er eine Ausrede erfinden oder die Wahrheit sagen? Alimon entschied sich für die Wahrheit: »Du bist so wunderschön. Ich wollte dich einfach nur ansehen.«

Für einen Moment wirkte die kleine Meerjungfrau verwirrt, doch dann lachte sie laut und spritzte Wasser in Richtung des Engels. »Du Spinner!«, rief sie und tauchte wieder unter Wasser. Nach einiger Zeit, in der sich der Engel Gedanken darüber machte, ob er sich mit seiner Aussage lächerlich gemacht hatte, kam sie wieder an die Oberfläche und schwamm zurück zu ihrem Felsen. Sie blieb noch ein wenig im Wasser und begann sich mit dem Engel zu unterhalten.

»Du findest mich wirklich schön?«, fragte sie nachdenklich.

»Wie kannst du das fragen?«, erwiderte der Engel überrascht. »Du bist die schönste Frau, die ich jemals gesehen habe. Tag für Tag bewundern dich die Menschen, ganz gleich welchen Alters. Du bist die wohl größte Attraktion in Kopenhagen.«

»Eine Attraktion«, stellte die Meerjungfrau mit einem Anflug von Bitterkeit fest. »Du weißt, dass ich mich vor langer Zeit in einen Prinzen verliebte, den ich aus den Fluten des Meeres rettete. Doch er verliebte sich in eine andere. Für mich hatte er keinen Blick übrig. Was hat mir meine Schönheit bei dem Prinzen genutzt? Nichts! Ich habe den Tod gewählt, was ihn nicht interessiert hat. Wie sollte es das auch? Er hat mich nie bemerkt, wusste nichts von meinem Leid. Der Dichter, jener Hans Christian Andersen, beschrieb, dass ich in das Meer sprang, mich in Schaum auflöste und schließlich zu einem Luftgeist wurde. Ja, und viele Jahre später wurde ich zu dieser Bronzefigur, die nur in der Nacht für kurze Zeit zurück ins Wasser darf. Es ist schrecklich, für immer dazu verdammt zu sein, den neugierigen Blicken der Öffentlichkeit ausgesetzt zu sein. Aber das kannst du nicht verstehen.«

Das konnte Alimon tatsächlich nicht verstehen, denn er war unsichtbar. Nur wenn er wollte, dann konnten ihn die Menschen sehen. Daher antwortete er: »Du hast recht, ich kann das nicht verstehen. Und ich kann auch den Prinzen nicht verstehen, der sich nicht in dich verliebt hat. Aber das ist eine sehr alte Geschichte. Du solltest nicht immer daran denken, sondern stattdessen in die Zukunft sehen. Sie kann sehr schön sein, wenn du es nur zulässt.«

Die Meerjungfrau dachte nach, dann huschte ein Lächeln über ihr Gesicht. Sie stieg aus dem Wasser und begann sich mit dem Engel zu unterhalten. Schnell verging die Zeit. Der Morgen graute und mit ihm kamen auch die ersten Passanten an die Uferpromenade.

»Du musst die Wunschzettel einsammeln«, sagte die Meerjungfrau und drohte scherzhaft. »Unterstehe dich, mich wieder den ganzen Tag zu beobachten. Mach deine Arbeit, sonst bekommst du Ärger. Nicht nur mit deinem Chef, dem Weihnachtsmann, sondern auch mit mir.«

»Aber ich komme heute Abend wieder«, versprach Alimon als er sich auf den Weg machte.

»Sehr gerne«, rief ihm die kleine Meerjungfrau nach und verharrte dann wieder in der üblichen Pose, in der sie bereits Millionen von Touristen gesehen hatten. Alimon beeilte sich unterdessen, den Rückstand vom vorherigen Tag aufzuarbeiten. So schnell war er noch nie zuvor unterwegs gewesen. Wunschzettel nach Wunschzettel wurde von ihm eingesammelt. Er steckte sie alle, so wie dies seit Jahrhunderten gemacht wurde, in einen großen Sack. Dieser wurde dann zur Werkstatt des Weihnachtsmannes an den Nordpol geschickt. An jenem Tag hatte ihn Alimon so sehr mit Briefen vollgestopft, dass er ihn kaum noch tragen konnte. Er war schon auf dem Weg zur kleinen Meerjungfrau und musste nur noch eine Straße direkt am Ufer abklappern, als urplötzlich ein starker Wind aufkam. Der Engel kämpfte dagegen an, doch plötzlich erfasste ihn eine heftige Böe, die ihn zur Seite warf. Sie kam so unerwartet, dass Alimon erschrak und für einen Moment den Sack mit den Wunschzetteln losließ, der sogleich in die Tiefe fiel.

»Oh nein!«, rief der Engel und flog dem Sack hinterher. Doch es war zu spät. Mit einem lauten Klatschen fiel er auf die Wasseroberfläche und versank. Tausende von Briefen waren weg. Alimon war entsetzt. Wie sollte er dieses schreckliche Missgeschick dem Weihnachtsmann erklären? Nie wieder würde er ihn zum Einsammeln der Wunschzettel einsetzen. Stattdessen würde der Weihnachtsmann ihn wahrscheinlich strafversetzen. Alimon konnte es richtig vor sich sehen. Er würde in einer kleinen Kammer ohne Tageslicht sitzen. Akten stapelten sich bis zur Decke. Alles war staubig und düster. Kontakt mit anderen Engeln hätte er nur, wenn von Zeit zu Zeit neue Akten hereingebracht wurden. Irgendwann würde er selbst eine graue Gesichtsfarbe annehmen, so wie der Staub auf den Akten. Eine furchtbare Vorstellung! Und das alles nur, weil er für einen Augenblick unachtsam gewesen war. Niedergeschlagen flog er zur kleinen Meerjungfrau. Zwar standen noch immer Menschen um sie herum, aber die konnten den Engel nicht sehen, weshalb er sich zu ihr auf den Felsen setzen und ihr sein Leid klagen konnte. Die Meerjungfrau hörte zu.

»Wir müssen schnell sein«, sagte sie und sprang zur größten Überraschung der Umstehenden ins Wasser. Während die Touristen nicht fassen konnten, was sie gerade mit eigenen Augen gesehen hatten, tauchte sie tief hinunter und suchte auf dem Grund des Meeres nach dem Sack mit den Wunschzetteln. Das Wasser war trüb, immer wieder musste sie herabgesunkene Plastiktüten abschütteln, bevor sie weiterschwimmen konnte. Schließlich konnte sie den Sack erkennen. Dummerweise war er geöffnet, sodass etliche Briefe herausgefallen waren. Sie packte den Sack, schwamm mit ihm an die Oberfläche und warf ihn an Land. Dann tauchte sie wieder ab und versuchte, die herausgefallenen Wunschzettel einzusammeln. Unterdessen war der Engel, der ihr von der Luft aus gefolgt war, auch am Ufer angekommen. Er hatte den nassen Sack mit den Wunschzetteln ein Stück beiseitegetragen, sodass er von Vorbeikommenden auf der Promenade nicht gesehen werden konnte. Die Meerjungfrau gab es bald auf, nach weiteren Wunschzetteln zu fischen, denn sie waren so durchweicht, dass man mit ihnen nichts mehr anfangen konnte. Die Schrift war abgewaschen. Nichts war mehr zu erkennen. Entmutigt stieg sie aus dem Wasser und gesellte sich zu Alimon. Der sah auch nicht gerade glücklich aus, denn es stellte sich heraus, dass viele der Wunschzettel, die sich noch in dem Sack befunden hatten, nicht mehr zu gebrauchen waren. Was sollte er jetzt nur machen? Der Weihnachtsmann würde vor Wut toben. Alimon war verzweifelt und die kleine Meerjungfrau wusste nicht, wie sie ihm helfen konnte.

Beide wären noch verzweifelter und ratloser gewesen, wenn sie geahnt hätten, was sich an dem Felsen abspielte, auf dem die Meerjungfrau normalerweise saß. Die Menschen waren entsetzt, als sich die Märchenfigur plötzlich erhoben hatte und ins Wasser gesprungen war. Was war da los? Sie trauten ihren Augen nicht. Und doch war die Statue von einem Moment auf den anderen verschwunden. Im Handumdrehen sammelten sich noch mehr Menschen am Felsen der Meerjungfrau, die Polizei kam und war ratlos. Ebenso die Reporter der Fernseh- und Radiostationen, die wilde Spekulationen anstellten, was geschehen sein könnte. Vom Internet gar nicht erst zu reden, in dem sich das rätselhafte Verschwinden der Meerjungfrau sofort verbreitete. Die Meerjungfrau und Alimon bekamen von all dem nichts mit. Der Weihnachtsmann allerdings schon. Bei ihm schrillten alle Alarmglocken. Krisenmanagement war angesagt. Als Erstes bat er Frau Holle, es richtig kräftig schneien zu lassen. Das ließ sie sich nicht zweimal sagen. Dazu schickte sie noch einen eiskalten Wind nach Kopenhagen. Der Schneesturm hatte die Wirkung, die der Weihnachtsmann beabsichtigt hatte. Die Menschen verließen die Uferpromenade und gingen nach Hause. Nur die hartnäckigsten Reporter blieben und nahmen es in Kauf, eingeschneit zu werden. Als Nächstes hatte der Weihnachtsmann ein Wort mit Alimon und der Meerjungfrau zu reden. Natürlich traf er Vorsichtsmaßnahmen und zog sich um, bevor er die beiden in Kopenhagen aufsuchte. Statt seines roten Mantels mit dem weißen Pelzkragen trug er eine moderne dunkelblaue Winterjacke. Dazu einen dunklen Hut. Allerdings konnte er nicht auf einen bunten Schal verzichten. Wenn ihn jemand so auf der Straße sah, dann hielt man ihn für einen etwas kräftigen, freundlichen alten Herrn, den man sich sehr gut als Darsteller des Weihnachtsmannes in einem Supermarkt vorstellen konnte.

Daher erkannte ihn die kleine Meerjungfrau auch nicht, als er plötzlich neben ihr stand. Ganz im Gegensatz zu Alimon, der vor Schreck buchstäblich erstarrte.

»Habt ihr überhaupt eine Ahnung, was ihr angerichtet habt?«, fragte der Weihnachtsmann wütend, ohne sich lange mit einer Begrüßung aufzuhalten. Sein Gesicht war feuerrot geworden, so sehr hatte er sich aufgeregt. Alimon, der ebenfalls eine rote Gesichtsfarbe bekommen hatte, allerdings aus anderen Gründen, stammelte: »Es tut mir so schrecklich leid. Dass die Wunschzettel ins Wasser gefallen sind, war ein schreckliches Versehen. Ich konnte nichts dafür …«

»Die Wunschzettel?«, fragte der Weihnachtsmann, der davon noch gar nichts wusste. Jetzt sah er jedoch den Sack und die durchnässten Briefe der Kinder Kopenhagens vor sich auf dem Boden liegen. Alimon hatte unterdessen weiter geredet. »Die Meerjungfrau und ich wollten die Wunschzettel aus dem Wasser holen. Das haben wir auch, aber auf den meisten ist die Schrift nicht mehr zu lesen. Es tut uns unendlich leid.«

Langsam setzte sich im Kopf des Weihnachtsmannes ein Bild des Ablaufes der vergangenen Stunde zusammen. »Du hättest die Meerjungfrau nicht bitten dürfen, dir zu helfen«, stellte er schon etwas milder fest. »Wenn man so ein Schlamassel anrichtet, dann muss man auch selbst sehen, wie man es wieder gutmacht. Ihr habt scheinbar gar keine Vorstellung davon, was am Felsen der Meerjungfrau los ist. Reporter von Zeitungen und Fernsehen, unzählige Menschen, die ihre Fotos über das Internet verbreitet haben. Jeder fragt sich, was passiert ist. Wo ist die kleine Meerjungfrau, das Wahrzeichen der Stadt? Ein chinesischer Tourist hat ein Foto gepostet, auf dem zu sehen ist, wie du ins Wasser springst.«

Bei den letzten Worten wandte er seinen Blick von Alimon ab und sah die kleine Meerjungfrau vorwurfsvoll an. Diese senkte für einen Moment den Blick, dann wollte sie antworten, doch der Weihnachtsmann war in seinem Redeschwall nicht zu stoppen: »Zum Glück ist das Foto so verwackelt, dass man nicht viel erkennt. Wie kann man nur so gedankenlos sein? Du hättest wissen müssen, was passiert, wenn du nicht mehr auf dem Felsen sitzt. Und du, Alimon, hättest sie nicht auch noch dazu ermutigen dürfen.«

Alimon war es nun, der den Blick senkte und sich nicht traute, dem Weihnachtsmann zu widersprechen. Die kleine Meerjungfrau nutzte jedoch die kurze Pause:

»Er hat mich nicht dazu ermutigt. Ich war es, die die Idee hatte, nach den Sack mit den Wunschzetteln zu suchen. Für mich als Meerjungfrau war es ein Leichtes, ihn im Wasser zu finden und zu bergen. Leider war ich nicht schnell genug und die Farbe war bereits von den meisten Zetteln gewaschen worden. Es stimmt – ich hätte den Felsen nicht verlassen dürfen. Aber ich konnte einen guten Freund nicht im Stich lassen. Ich musste entscheiden und ich würde mich jederzeit wieder so entscheiden.«

Alimon nahm dankbar die Hand der kleinen Meerjungfrau. An

ihrer Seite fühlte er sich sicher, obwohl er wusste, dass der Weihnachtsmann nach wie vor verärgert war und er bestimmt noch eine Strafe erhalten würde. Der Weihnachtsmann war nachdenklich geworden. Er suchte nach einer Lösung für die doch sehr unangenehme Situation.

»Die Wunschzettel sind nicht das Problem«, stellte er schließlich fest. »Es ist keineswegs das erste Mal passiert, dass welche verloren gingen. Die Briefe kann ich wieder lesbar machen.«

Er machte eine Handbewegung und Alimon konnte sehen, wie die Schrift auf einem Blatt Papier, das er in der Hand hielt, wieder lesbar wurde. Außerdem staunten beide nicht schlecht, als aus dem Wasser eine Menge Briefe an die Oberfläche kamen. Die kleine Meerjungfrau sprang hinein und sammelte sie ein. Wie durch ein Wunder wurde die Schrift wieder lesbar, sobald sie die Briefe an Land gebracht hatte.

»Ihr sortiert diese Wunschzettel«, befahl der Weihnachtsmann. »Alimon weiß, wie man das macht. Ich muss mich unterdessen darum kümmern, wie ich euren anderen Fehler wieder gutmachen kann. Und das wird nicht einfach.« Die kleine Meerjungfrau wollte noch etwas sagen, doch der Weihnachtsmann hatte sich bereits umgedreht und stapfte im Schnee davon. Während sich Alimon und die Meerjungfrau daranmachten, die Wunschzettel zu sortieren, hatte der Weihnachtsmann bisher keine Ahnung, wie er das Chaos, das die beiden angerichtet hatten, beseitigen sollte. Wenigstens war es ihm gelungen, durch den plötzlich einsetzenden heftigen Schneefall die Schaulustigen zu verscheuchen. Aber es konnte nicht ewig weiterschneien. Die Meerjungfrau sollte, nachdem die Wunschzettel sortiert waren, irgendwie unbemerkt auf ihren Felsen zurückkehren. Aber das war nur die eine Hälfte der Problemlösung. Die andere war deutlich schwieriger. Was einmal geschehen war, das ließ sich nicht rückgängig machen. Auch wenn die kleine Meerjungfrau morgen wieder auf ihrem Sockel sitzen würde, die Nachricht von ihrem Verschwinden würde im Gedächtnis der Menschen bleiben. Und mit ihr viele Spekulationen. Außerdem – was einmal im Internet war, das ließ sich nicht mehr löschen. Viel zu oft war das Foto der vom Sockel springenden Meerjungfrau schon weitergeleitet worden. Der Weihnachtsmann setzte sich auf eine Bank und sah hinüber zu dem leeren Felsen. Immer noch fiel Schnee vom Himmel, allerdings hatte der Wind nachgelassen. Die Welt sah verzaubert aus.

»Was so ein bisschen Schnee doch ausmacht«, dachte der Weihnachtsmann. Er gab der Welt ein anderes Aussehen, brachte Ruhe und Frieden in den hektischen Alltag. Es war mitten in der Nacht, als die ersten Passanten vorbeikamen, um ihrer Arbeit nachzugehen. Dabei konnte der Weihnachtsmann beobachten, wie ein Mann um die Fünfzig sich plötzlich bückte, einen Schneeball formte und ihn gegen ein Straßenschild warf. Er wirkte dabei wieder wie das Kind, das er vor langer Zeit einmal gewesen war. Eine Frau, die eiligen Schrittes in Richtung einer Bäckerei lief, in der sie arbeitete, blieb stehen und sah hinüber zur Oper, die wie ein Eisberg wirkte. Der Anblick faszinierte sie und sie geriet ins Träumen. Ein Lächeln huschte über ihr Gesicht, bevor sie langsam weiterging und dabei den im Schein der Straßenlampen glitzernden Schnee bewunderte. Wie wenig bedurfte es doch, um die Menschen glücklich zu machen. Die kleine Meerjungfrau hatte auch die Eigenschaft, den vielen Menschen, die sie fotografierten, für kurze Zeit etwas Glück zu schenken. Umso verständlicher war die Aufregung nach ihrem Verschwinden.

Während der Weihnachtsmann nach wie vor ratlos war, wie er sozusagen die Zeit zurückdrehen und das Geschehene ungeschehen machen könnte, hatte die kleine Meerjungfrau eine Idee, die sie Alimon erzählte. Sie waren fertig mit dem Sortieren der Briefe und sie wollten sich sofort an die Umsetzung ihres Planes machen und den Weihnachtsmann informieren. Sie fanden ihn noch immer auf der Parkbank sitzen. Schnee lag auf seinem Hut und seinem Mantel. Als sie ihm von dem Plan berichteten, verharrte er unbeweglich an seinem Platz.

»Der Plan ist nicht gut, oder?«, fragte die kleine Meerjungfrau nun doch eingeschüchtert.

»Er ist hervorragend!«, rief der Weihnachtsmann so laut, dass die beiden völlig erschrocken einen Schritt zurückwichen. »Wir haben vieles zu organisieren. Ich kümmere mich um Fernsehen, Radio und Zeitungen. Ihr nehmt euch die modernen Medien, also das Internet, vor.«

Er wischte sich den Schnee vom Mantel und war auch schon verschwunden.

»Weißt du, wie man die Nachricht im Internet verbreitet?«, fragte die kleine Meerjungfrau.

»Selbstverständlich«, antwortete Alimon, zog ein Handy aus einer Tasche und tippte wie wild darauf herum. »Erledigt«, stellte er schließlich fest. Du wirst staunen, wie viele Menschen in wenigen Stunden vor deinem Felsen stehen. So viele hast du noch nie dort gesehen.«

Die kleine Meerjungfrau war Menschenmassen gewohnt, deshalb glaube sie, dass Alimon maßlos übertrieben hatte. Schnell wurde sie eines Besseren belehrt. Längst hatte sie sich ins Wasser zurückbegeben und sich so versteckt, dass sie nicht gesehen werden konnte, aber einen hervorragenden Blick auf die Uferpromenade hatte. In aller Frühe kamen Kamerateams. Es wurden immer mehr. Eines nach dem anderen baute seine Kameras auf. Dabei kam es immer wieder zu Streit, weil jeder den besten Platz haben wollte. Dann kamen die Busse mit Touristen. Mehr als sonst. Schließlich hatten sich auch viele Einheimische versammelt, um Zeuge des Geschehens zu werden. Bisher schien alles so zu verlaufen wie vorgesehen. War das Aufsehen, das sie gestern erregt hatten, schlecht gewesen, so konnten sie jetzt gar nicht genug bekommen.

Die Spannung steigerte sich. In den Medien hatten sie für genau zwölf Uhr mittags die große Sensation angekündigt. Die Leute redeten aufgeregt durcheinander und starrten auf den leeren Felsen. Immer noch war das Wahrzeichen der Stadt verschwunden. Doch um 12 Uhr sollte es wie durch Zauberei wieder erscheinen. So war es im Internet angekündigt worden. Jetzt sah die Meerjungfrau auch den Weihnachtsmann unter den vielen Leuten stehen. Ebenso Alimon. Er hatte alle Hände voll zu tun gehabt, die Hauptperson des nun folgenden Spektakels zu finden, und er hatte dabei sehr viel Geschick bewiesen. Ob es ein Engel war, der sich kurz vor zwölf den Weg durch die Menge bahnte, oder vielleicht doch dem Aussehen nach eher ein Teufel, die Meerjungfrau wusste es nicht. Jedenfalls war der Mann riesig. Er überragte die Menge um einen Kopf. Verstärkt wurde seine Größe noch durch einen Zylinder, den er trug. Sein Gesicht war kreidebleich, unter den Augen befanden sich graue Ringe. Der Mann war in Schwarz gekleidet und trug ein Cape, das innen in einem leuchtenden Rot strahlte. Mit seinem Schnurrbart, den er pechschwarz gefärbt hatte, wirkte er wie eine Figur aus einem alten Horrorfilm oder wie ein sehr altmodischer Zauberer. Eine auffällige und irgendwie Furcht einflößende Erscheinung. Als die Menge ihn sah, wich sie zurück, sodass er unter dem Raunen der Umstehenden ohne Probleme zum Felsen gelangen konnte. Dort zog er eine große Taschenuhr aus dem Jackett und betrachtete sie. Die Schaulustigen hielten den Atem an und auch die Kommentatoren des Fernsehens wagten nur noch, etwas in ihr Mikrophon zu flüstern. Die Stille war gespenstisch. Als die Kirchenglocken zum ersten Mal schlugen, steckte der Magier, denn nichts anderes schien er zu sein, die Uhr wieder ein. Er hob die Arme und blieb erstarrt stehen. Jeden Moment musste etwas passieren. Die Spannung war mit Händen zu greifen.

Keiner der Anwesenden ließ den Mann auch nur für einen winzigen Moment aus den Augen und doch hätte niemand sagen können, was genau passiert war. Einige erinnerten sich, dass der Magier beim letzten Glockenschlag mit einer ruckartigen Bewegung die erhobenen Arme nach unten riss. Dann gab es einen lauten Knall. Es blitzte und Rauch stieg auf. Nichts war mehr zu sehen. Der ganze Felsen war von dichtem Qualm umgeben. Zwar gab es Stimmen, die behaupteten, dass ein Wesen aus dem Wasser gesprungen sei, doch auf den Filmaufnahmen, die später in den Nachrichten gezeigt wurden, war nur der Rauch zu sehen. Als er sich verzog, war der Magier weg – und die kleine Meerjungfrau saß wieder auf dem Felsen, als wäre nie etwas geschehen.

Die ersten Reporter kamen heran und berührten die Statue. Sie war aus Bronze. Unbeweglich wie immer. Die Aufregung war groß. Niemand ahnte, dass sich die kleine Meerjungfrau köstlich amüsierte. Das Zauberkunststück hatte funktioniert. Während die Journalisten sich mit Spekulationen, wer dieser seltsame Mann nur gewesen war und was das alles zu bedeuten hatte, regelrecht überschlugen, freuten sich die Kopenhagener darüber, dass ihr Wahrzeichen wieder an seinem angestammten Platz stand. Und der Weihnachtsmann? Der sah noch einmal zur kleinen Meerjungfrau hinüber, zwinkerte ihr zu und verschwand. Die Arbeit war getan. Alles hatte wieder seine Ordnung und das Gerede über die Ereignisse würde in ein paar Tagen kaum noch in der Erinnerung der Menschen sein. Eine merkwürdige Episode, die sich keiner so richtig erklären konnte und die wohl als Werbeaktion für einen Film oder den Auftritt eines Zauberers gedient hatte. So konnte sich der Weihnachtsmann nun wieder beruhigt seiner Hauptaufgabe widmen: Weihnachten so schön zu machen wie in jedem Jahr.

Alimon musste ebenfalls gehen. Doch er hatte der kleinen Meerjungfrau bereits versprochen so bald und so oft wie möglich wiederzukommen. Das Letzte, was sie von ihm sah, war, dass er einem großen Mann einige Geldscheine in die Hand drückte. Der Mann sah dem Zauberer verblüffend ähnlich, war aber vollkommen anders angezogen und auch ein ganzes Stück kleiner als der Magier. Allerdings war die Meerjungfrau wahrscheinlich die Einzige, die in all der Aufregung bemerkt hatte, dass der Zauberer Schuhe mit sehr hohe Absätzen getragen hatte. Langsam wurde es wieder ruhiger. Als die Nacht anbrach, dachte die kleine Meerjungfrau über die vergangenen beiden Tage nach. Was für eine Aufregung! Aber eine schöne Aufregung, die sie aus dem Alltag gerissen hatte. Weihnachten war nahe. Darauf freute sie sich schon und auch auf die Besuche von Alimon.

Weihnachten verlief wie jedes Jahr. In Kopenhagen lag Schnee, die Kinder spielten auf den Straßen, bauten Schneemänner und machten Schneeballschlachten. Am Abend nach dem Gottesdienst erhielten sie ihre Geschenke. Die Familien saßen zusammen, genossen das festliche Weihnachtsmahl und sangen die alten wunderschönen Weihnachtslieder. Nachdem die letzten Geschenke ausgeliefert waren, setzte sich der Weihnachtsmann erschöpft, aber glücklich in seinen Sessel, legte die Beine hoch und wärmte sich am gemütlich knisternden Kaminfeuer auf. Alles hatte geklappt. Er konnte mit sich und seinen Mitarbeitern zufrieden sein.

Alimon hatte, bevor er zurück zu den anderen Weihnachtsengeln kehrte, einen Abstecher an die Uferpromenade in Kopenhagen gemacht, wo die kleine Meerjungfrau schon auf ihn gewartet hatte. Sie berichteten von den Erlebnissen des Tages. Als Alimon gehen musste, bat ihn die Meerjungfrau näher zu kommen. Für einen winzigen Moment, den niemand bemerkte, erwachte sie aus ihrer Starre und gab dem Weihnachtsengel einen Kuss. Der wurde feuerrot im Gesicht, als er zum Abschied versprach, bald wiederzukommen. Die Meerjungfrau sah ihm noch lange nach. Sie wusste, dass sie für immer auf ihrem Sockel sitzen musste, aber die Aussicht auf regelmäßige Besuche von Alimon machten ihr dies erträglicher. Ein paar Schneeflocken fielen vom Himmel. Wie schön Weihnachten doch war, dachte die Meerjungfrau und sah auf die nächtlich beleuchtete Stadt Kopenhagen, während die Glocken der Kirchen zur Mitternachtsmesse riefen.

Weihnachten 2019

Der lächelnde Engel von Reims

Die alte Frau stand vor dem Portal der Kathedrale in Reims. Als sie vor über siebzig Jahren zur Welt gekommen war, war Frankreich noch eine Monarchie gewesen, die sich trotz verschiedener Revolutionen als sehr widerstandsfähig erwiesen hatte. In der Kathedrale von Reims hatte bereits im Jahr 893 eine erste Krönung stattgefunden. Fast tausend Jahre später, 1824, war Karl X. dann als der letzte französische König in Reims gekrönt worden. Wie viel Geschichte steckte in dem prachtvollen Gebäude! 1858 besuchte Kaiser Napoleon III. Reims und bei diesem Besuch sah ihn die alte Dame, die damals noch eine junge Frau von gerade einmal achtzehn Jahren gewesen war. Später musste sie die Abdankung des Kaisers erleben, den Aufenthalt des von den Franzosen gehassten Otto von Bismarck in ihrer Heimatstadt und schließlich die Dritte Französische Republik. In all den Jahren, in denen die Staatsformen und die Staatenlenker kamen und gingen, in denen sie sich verliebte, heiratete, Kinder bekam und schließlich Witwe wurde, war es für sie immer ein Trost gewesen, zur Kathedrale zu kommen und dort Ruhe zu finden. Vor allem liebte sie den »lächelnden Engel« am Eingangsportal. Neben den vielen ernsten oder gar strengen Gesichtern, die auf die Gläubigen hinuntersahen, wirkte dieser Engel tröstend und freundlich. Sein Lächeln hatte ihr immer Mut in schweren Zeiten gemacht, es hatte ihr geholfen, diese zu überstehen.

Auch jetzt waren die Zeiten schwer, so schwer wie seit dem Krieg gegen Deutschland vor über vierzig Jahren nicht mehr. Die alte Dame hatte gehofft, nicht noch einmal einen Krieg erleben zu müssen. Doch dieser Wunsch war ihr nicht erfüllt worden. Erneut kämpften Frankreich und Deutschland gegeneinander. Ihr Sohn, den sie erst sehr spät mit fast vierzig Jahren bekommen hatte, war eingezogen worden und seit Wochen hatte sie nichts von ihm gehört. Es gab Gerüchte, dass er gefallen wäre, aber keine Bestätigung, sodass Hoffnung blieb. Dieser Krieg sollte verheerender werden, als alles, was man bisher auf der Welt gesehen hatte. Fast zwanzig Millionen Menschen sollten in vier Jahren ihr Leben verlieren, was die alte Dame noch nicht wissen konnte. Der Krieg hatte erst vor drei Monaten begonnen, doch bereits jetzt, im Dezember 1914, konnte man in Reims schon deutlich die Auswirkungen sehen. Kaum war der Krieg erklärt worden, hatte man die alte Königsstadt, die zur Festung ausgebaut worden war, beschossen. Deutsche hatten sie besetzt, Franzosen sie zurückerobert. Dann griffen die Deutschen wieder an. Granaten schlugen in die Kathedrale ein. Bei diesem Angriff geriet der hölzerne Dachstuhl der Kirche in Brand. Das Feuer war in der ganzen Stadt zu sehen. Der beißende Geruch des verbrannten Holzes lag noch tagelang in der Luft. Jeder, der konnte, versuchte beim Löschen des Brandes zu helfen. Doch ein Teil der Kathedrale wurde zerstört. Als die alte Dame sich dem ehrwürdigen Bau näherte, brach es ihr fast das Herz. Sie hoffte, dass alle Schäden nach dem Krieg behoben werden konnten. Doch dazu musste der Krieg erst einmal zu Ende gehen, was nicht absehbar war. Sie konnte nicht in die Kirche gehen, um zu beten. Deshalb blieb sie vor dem Portal stehen, das auch einige Schäden abbekommen hatte, und sprach dort ein stilles Gebet. Der lächelnde Engel blickte auf sie herab. Als die alte Dame ihn ansah, hatte sie den Eindruck, als würde er nur für sie lächeln. Sein Anblick gab ihr Kraft. Sie dankte ihm und ging nach Hause, denn das Leben musste trotz des Krieges weitergehen.

Es war kalt geworden. Schnee lag in der Luft. Jeden Moment konnten die ersten Schneeflocken vom Himmel fallen. Der Engel hatte die alte Dame beobachtet und nicht nur sie. Viele verzweifelte Menschen waren in den letzten Tagen an ihm vorbeigelaufen, hatten innegehalten und ein Gebet gesprochen. Er wusste nicht, warum sie ausgerechnet vor ihm stehen blieben und beteten. Es war ihm auch nicht wichtig. Was ihn aber bewegte, war das Leid der Menschen und er überlegte, ob er irgendetwas tun konnte, um es zu lindern. Die vielen anderen Engel, die am Portal der Kathedrale zu sehen waren, beteten. Das war dem lächelnden Engel aber zu wenig. Als es dunkel wurde, verließ er seinen Platz und streifte durch die Stadt. Es war eisig kalt geworden und erste Schneeflocken fielen. Der Engel sah Wohnungen, die zerbombt waren. Menschen, die sich in den Trümmern ein Feuer gemacht hatten, um irgendwie die eisige Nacht zu überstehen. Schon tagsüber hatte er viele Menschen beobachtet, die ihre wenigen Habseligkeiten, die die Angriffe überdauert hatten, zusammengepackt hatten und die auf der Flucht waren. Sie hofften, bei Verwandten oder Freunden im Landesinneren, wohin die Deutschen noch nicht vorgerückt waren, Unterschlupf zu finden. Je länger der Engel durch die Straßen ging, desto trauriger wurde er. Er musste irgendetwas für die Menschen tun, nur was?

Als er an seinen Platz zurückkehrte, bot sich dem Engel ein etwas anderes Bild der zerstörten Stadt. Der Schnee hatte sich über die Trümmer gelegt. Alles wirkte auf einmal nicht mehr trostlos, sondern die weiße Pracht bedeckte das Elend und hüllte es in einen verzauberten Glanz. Es wollte auch nicht aufhören zu schneien, sodass die Schneedecke von Stunde zu Stunde zunahm. Ob dies den Menschen auch so gut gefiel wie dem Engel, war unwahrscheinlich. Sie hatten andere Sorgen und der Schnee bereitete ihnen nur zusätzliche Umstände. Am nächsten Morgen waren die Kinder auf den Straßen. Sie bauten Schneemänner, machten wilde Schneeballschlachten und wer einen Schlitten hatte, der konnte auf den zugeschneiten Straßen damit fahren. Nachdem es die Nacht über geschneit hatte, war nun die Sonne zwischen den Wolken hervorgekommen und der Schnee glitzerte in den Sonnenstrahlen. Ein richtiges Winterwunderland. Der Engel sah mit Wohlwollen auf das, was um ihn herum geschah. Die fröhlichen Kinder steckten die Erwachsenen mit ihrem Optimismus an. Weihnachten stand vor der Tür. Viele hatten sich wohl gefragt, ob mitten in Krieg und Zerstörung das Fest der Liebe und des Friedens gefeiert werden konnte. Die Antwort lautete: »Jetzt erst recht!« Und so konnte der Engel überall in der Stadt Vorbereitungen auf das Fest der Geburt des Erlösers sehen. Nie war es so nötig wie während dieser Zeit, in der die Geschütze donnerten und weitere Schäden anrichteten. Allen widrigen Umständen zum Trotz gelang es vielen Menschen, Lebensmittel für den Weihnachtsabend zu ergattern. Etwas Obst und Nüsse für die Kinder. Und wenn das Geld fehlte, um Geschenke zu kaufen, dann ließ man die Fantasie spielen oder bastelte etwas. Eine Puppe konnte noch so schäbig aussehen, wenn die Kinder die Mühe und Liebe spürten, die hinter ihrer Herstellung steckte, dann erfüllte sie ihren Zweck, ihnen Freude zu bereiten. In den Wohnungen, die nicht zerstört worden waren, herrschte hektische Betriebsamkeit. Es wurde geputzt, geschmückt und gebacken, wenn auch meistens nach speziellen Kriegsrezepten mit Ersatzzutaten. Der Engel konnte sehen, wie sich die Menschen gegenseitig unterstützten und denjenigen, die alles verloren hatten, so gut wie möglich halfen. Bei seinen Ausflügen in der Nacht, die ihn bis zu den Schützengräben in der Nähe der Stadt führten, konnte der Engel erleben, dass auch dort Pakete und Briefe von der Heimat eingetroffen waren. Freund und Feind waren in weihnachtlicher Stimmung. Und doch mussten sie weiterhin kämpfen und töten.

Jedes Mal, wenn der lächelnde Engel von seinen Ausflügen zurückkam, fragte er sich erneut, wie er helfen könnte. Genügte es, wenn er wie die anderen Engel betete? Reichte es aus, ein lächelndes Gesicht zu zeigen, um die Menschen aufzubauen? Vielleicht reichte es tatsächlich. Doch der Engel hatte das Gefühl, dass er mehr tun musste. Am 24. Dezember läuteten die Glocken der Kirchen von Reims. Nicht die der Kathedrale, aber zum Glück waren andere Kirchen noch nicht so stark beschädigt. In ihnen konnte am Abend die Christmette gefeiert werden. Die Waffen schwiegen. Vor dem Tag, an dem vor vielen Jahrhunderten der Sohn Gottes geboren worden war, hatten selbst die Heerführer Respekt. Sie gönnten allen, den Soldaten und den Zivilisten, eine kleine Pause, in der sie Hoffnung schöpfen konnten, dass das Morden nicht in alle Ewigkeit weiterging. Während die Menschen in die Kirche gingen, wurde auch in den Schützengräben innegehalten. Der Kaiser hatte dafür gesorgt, dass den deutschen Soldaten kleine Weihnachtsbäume geschickt worden waren, die in den Schützengräben aufgestellt wurden. Es erklangen Weihnachtslieder, die Geschenke aus der Heimat wurden ausgepackt und man trank gemeinsam etwas, um zu vergessen, dass man diese Nacht nicht im Kreise der Familie verbringen konnte.

Der Engel kam an der Wohnung der alten Frau vorbei, die so oft zu ihm gekommen war. Er sah durch das Fenster. Sie war alleine. Den Weihnachtsbaum hatte sie wie jedes Jahr geschmückt. Der Tisch war gedeckt für sie und ihren Sohn, der nicht kommen würde. Es war, als wolle sie die Illusion aufrechterhalten, dass er doch noch zur Tür hereinkommen würde. Der Engel wunderte sich, dass sie nicht zur Messe gegangen war, schlenderte aber schließlich weiter durch die leeren Straßen. In einer Seitengasse hörte er ein Geräusch. Er ging in die Richtung, aus der es kam. Vorsichtig musste der lächelnde Engel nicht sein. Die Menschen konnten ihn ja nicht sehen, wenn er das nicht wollte. Sein steinernes Bild war nach wie vor an der Fassade der Kathedrale. Wenn er durch die Stadt streifte, dann war er immer unsichtbar. Was er in der Gasse sah, rührte ihn zutiefst. Da war ein kleiner Junge, der schäbig gekleidet war und dessen einer Schuh ein großes Loch hatte. Der Junge wühlte in einer Mülltonne, wahrscheinlich um etwas Essbares zu finden. Langsam kam der Engel näher. Da blickte der Junge auf und sah ihn an. Der Engel blieb stehen und lächelte. Er wusste, dass manche Kinder die Fähigkeit hatten, ihn zu sehen und auch zu erkennen, was er war. So auch der Junge, der bemerkte, dass der Engel keine Fußspuren hinterlassen hatte und einen besonderen Glanz um sich herum verbreitete.

»Bist du ein Engel?«, fragte der Junge unsicher. Das Lächeln im Gesicht des Engels wurde noch herzlicher, als er nickte. »Wie heißt du denn?«, fragte der Engel zurück, obwohl er es wusste. Er wollte nur irgendwie das Gespräch in Gang bringen, was ihm auch gelang.

»Mein Name ist Georges. Was willst du von mir?«, lautete die immer noch etwas misstrauische Antwort des Jungen, der den Engel sehr aufmerksam beobachtete.

»Georges, du musst keine Angst haben. Ich möchte dir helfen. Aber dazu muss ich mehr über dich erfahren. Bitte erzähle mir, was mit dir los ist.«

Bei dem bisher zurückhaltenden Jungen brachen mit einem Mal alle Dämme. In einem Redeschwall, fast ohne Luft zu holen, berichtete er, was in den vergangenen Wochen geschehen war. Er sprach von seinem Vater, der als Soldat irgendwo an der Front war. Wo, wusste der Junge nicht. Er berichtete von dem Angriff, bei dem seine Wohnung zerstört und seine Mutter gestorben war. Seitdem lebte er in den Trümmern, versuchte sich irgendwie etwas zum Essen zu besorgen und kämpfte jeden Tag um sein Leben. Außer seinem Vater, von dem er nicht wusste, wo er sich befand und ob er jemals zurückkehren würde, hatte er niemanden mehr.

Der Engel überlegte einen Moment. Dann hatte er eine Idee. Georges sollte den Weihnachtsabend nicht alleine in der kalten Nacht verbringen. Und wer weiß, vielleicht musste er auch danach nicht mehr alleine bleiben. Er forderte den Jungen auf, mitzukommen, was dieser auch anstandslos machte. Von einsamen Passanten unbeachtet stapften sie durch den Schnee, wobei der Engel keine Spuren hinterließ. Vor dem Haus der alten Dame blieben sie stehen. Der Engel, nun in seiner für alle sichtbaren Gestalt, klopfte an die Tür. Die Witwe öffnete und erstarrte vor Schreck, als sie ihn sah. Sie bekreuzigte sich und wollte vor ihm auf die Knie gehen, doch er hielt sie zurück.

»Bitte, Madame, lassen Sie uns eintreten«, sagte er und die alte Dame trat beiseite. Verwirrt bot sie dem Engel einen Platz an und fragte, ob er einen Tee trinken möchte. Dieser lächelte nur und lehnte dankend ab. Stattdessen kam er gleich zur Sache: »Madame, ich habe eine große Bitte an Sie. Mir ist aufgefallen, dass Sie jeden

Tag zur Kathedrale kommen und beten. Ich weiß, dass Sie Witwe sind und Ihr Sohn vermisst wird. Dieser Junge hier, Georges, hat bei den Bombenangriffen seine Mutter verloren. Sein Vater ist irgendwo auf den Schlachtfeldern und weiß nichts davon. Georges ist alleine. So alleine wie Sie. Nun, um es kurz zu machen, ich dachte, dass Sie beide Weihnachten miteinander verbringen könnten.«

Verdutzt schauten sich die alte Dame und der kleine Junge an. Ohne lange zu zögern sagte sie: »In Ordnung. Mein Name ist Emily Dechanell. Wir suchen dir jetzt erst einmal etwas zum Anziehen. Ich habe noch alte Sachen von meinem Sohn. Die sind zwar nicht mehr modern, aber sie müssten passen. Und dann feiern wir zusammen Weihnachten, einverstanden?«

Georges nickte begeistert und der Engel strahlte über das ganze Gesicht.

»Darf ich …«, begann Madame Dechanell, doch der Engel unterbrach sie.

»Ich danke Ihnen vielmals, Madame. Aber ich muss nun gehen. Frohe Weihnachten!«

»Frohe Weihnachten!«, antworteten die alte Dame und der Junge wie aus einem Mund. Im nächsten Moment war der Engel verschwunden. Was sie nicht ahnen konnten war, dass er sie noch lange durch das Fenster beobachtete. Georges hatte tatsächlich etwas zum Anziehen gefunden. Frau Dechanell hatte ihm ihr Badezimmer zur Verfügung gestellt. Sauber gewaschen und in ordentlicher Kleidung sah Georges gleich ganz anders aus. Bevor sie gemeinsam zu Abend aßen, was Georges mit großem Appetit machte, las Frau Dechanell die Weihnachtsgeschichte aus der Bibel vor. Zwar hatten sie beide keine Geschenke füreinander, denn schließlich hatten sie nicht damit gerechnet, dass sie den Abend zusammen verbringen würden, doch dass sie zusammen waren, war für sie das größte Geschenk. Die Einsamkeit, die sie belastet hatte, war zumindest für diesen Abend vergessen. Der Engel sah, wie sie gemeinsam Weihnachtslieder sangen und sich vieles zu erzählen hatten. Als er zurück zur Kathedrale ging, hatte er den Eindruck, dass das ungleiche Paar nicht nur diesen Abend zusammen verbringen würde. Glücklich, dass er zumindest ein kleines Weihnachtswunder vollbracht und zwei Menschen einen Weg aus der Einsamkeit gewiesen hatte, blickte er vom Eingang der Kathedrale über den Platz und sah den Menschen, die nach der Messe nach Hause gingen, zu. Friede auf Erden – wenigstens für kurze Zeit war der Wunsch in der Weihnachtsnacht wahr geworden.

Doch mit dem Weihnachtsfest endete der Krieg nicht. Fast vier Jahre ging er noch weiter. Die Zivilbevölkerung von Reims musste im März 1918 evakuiert werden. Am Ende des Ersten Weltkrieges war die Stadt zu sechzig Prozent zerstört. Sie lag in Ruinen. Doch die Menschen wollten zurückkehren. Die Comtesse de Mun startete die Aktion »Zurück nach Reims!« und als 1919 der Staatspräsident Poincaré die Stadt besuchte, lebten wieder 25 000 Menschen dort. Der Wiederaufbau dauerte Jahrzehnte. Heute wohnen ca. 200 000 Menschen in der Stadt, die durch die Begegnung von Konrad Adenauer und Charles

de Gaulle 1962 zum Symbol der deutsch-französischen Freundschaft geworden ist. Und der lächelnde Engel? Er empfängt noch heute die Menschen, die sich die Kathedrale ansehen wollen, und lächelt dabei in der Hoffnung, dass die Menschheit vielleicht doch aus den Kriegen des 20. Jahrhunderts gelernt hat und die friedlichen Zeiten für immer bewahrt werden.

Weihnachten 2018

Wenn das erste Laub fällt

»*Wenn das erste Laub von den Bäumen fällt, dann sind wir wieder daheim*«, hatten die Soldaten gesagt, als sie voller Begeisterung an einem heißen Tag im August 1914 in den großen Krieg gezogen waren. So hatte es der Kaiser versprochen und alle hatten fest daran geglaubt, während ihnen der Jubel ihrer Angehörigen und Freunde, die sie am Bahnhof verabschiedet hatten, noch in den Ohren klang. Sie wollten ihre Gegner überrollen, in einem Blitzkrieg von Sieg zu Sieg eilen und dann ihren Erfolg an Weihnachten im Kreise ihrer Familien feiern. So hatte man sich das gedacht, doch inzwischen war es bereits Dezember 1915 und ein Sieg war weiter entfernt als je zuvor. Stellungskrieg nannte man das. In Schützengräben lagen sich die Soldaten gegenüber, versuchten ein paar Meter Feindesland zu erobern, nur um es bei der nächsten Angriffswelle wieder zu verlieren. Inzwischen hatte sich die Frontlinie so verhärtet, dass man sich nicht einmal mehr diese wenigen Meter vor oder zurück bewegte. Die Soldaten lagen frierend im Matsch, husteten sich die Lunge aus dem Leib und fluchten auf diesen verdammten Krieg, den sie gewollt hatten, aber dessen Sinn ihnen längst nicht mehr klar war.

Wilhelm Fricke, ein achtundzwanzigjähriger Soldat, lag bei eisiger Kälte im Schützengraben und dachte über all das, was er im vergangenen Jahr erlebt hatte, nach. Die Langeweile, die er empfunden hatte, als er noch nicht an der Front war. Heute sehnte er sich nach ihr zurück. Wie hatte er nur so naiv sein können, den Krieg als ein großes Abenteuer zu betrachten? Mit den ersten Leichen, die er hatte sehen müssen, war ihm die Begeisterung ausgetrieben worden. Jetzt war Weihnachten nahe und es sah ganz danach aus, als würde er es im zweiten Jahr in Folge an der Front verbringen müssen. Seine Tochter Luise war fünf Jahre alt. Nächstes Jahr würde sie in die Schule kommen. Viel hatte sie bisher nicht von ihrem Papa gehabt. Wilhelm hatte vor, ihr einen Brief zu schreiben, sobald er beim Wachdienst abgelöst wurde. Wenn dieser verdammte Krieg nur endlich vorbei wäre! Er wollte die Zeit mit seiner Tochter nachholen, das hatte er sich fest vorgenommen.

Unterdessen saß seine Frau Elfriede Fricke mit Luise zu Hause in einem kleinen Ort bei Hanau am Küchentisch. Sie überlegte, was sie wohl an Weihnachten auf den Tisch bringen konnte. Ein opulentes Mahl wie zu Friedenszeiten würde es nicht werden. Die Versorgungslage war in den vergangenen Monaten immer angespannter geworden. Lebensmittel wurden zunächst an die Front geschickt. Jeder war bereit, zu verzichten, um die Soldaten zu stärken. Durch die Blockade der Gegner, den Ernteeinbruch mangels Kunstdüngers und den Einsatz so vieler Männer an der Front waren die Ernteerträge knapp geworden. Lebensmittel waren schlichtweg teuer. Familie Fricke hatte zum Glück einen kleinen Garten und konnte so das Nötigste anbauen. Doch die eingelagerten Kartoffeln wurden knapp. Brot war schon längst rationiert. Vor einiger Zeit hatte sich Elfriede eine kleine Broschüre mit Kriegsrezepten gekauft. Besonders schmackhaft waren die Gerichte nicht. Mehlsuppen, Saure Rüben, Milzsoße und immer wieder Kohl in allen Variationen kamen auf den Tisch. Brot wurde mit Kleie und Kartoffeln gebacken, aus roter Grütze und allerlei Abfällen wurde Kriegswurst hergestellt. Kaffee bestand aus Brotrinden vermischt mit Zichoriewurzeln. Eines Tages hatte Elfriede einen solchen Heißhunger auf Fleisch, dass sie zu einem Schwarzmarkt ging, den ihr eine Freundin empfohlen hatte. Der Appetit verging ihr jedoch, als sie sah, dass dort Eichhörnchen, Dachs und sogar Katzen angeboten wurden. Es war einfach widerlich. Alles würde schnell vorbei sein, hatte sich Elfriede anfangs noch gesagt. Doch Monat für Monat verging. Die Zeitungen meldeten immer wieder eine entscheidende

Kriegswende. In der Realität tat sich jedoch nichts. Nein, das war falsch gesagt. Es tat sich schon etwas – die Lebensmittelsituation wurde immer schlechter und immer mehr Männer verloren an der Front ihr Leben.

Jetzt stand bereits das zweite Kriegsweihnachten kurz bevor. Elfriede überlegte, wie sie den Heiligabend feierlich gestalten konnte, wie sie ihrer kleinen Tochter eine Freude machen konnte. Und natürlich auch ihrem Mann, von dem sie nicht wusste, ob er an Weihnachten den lange geplanten Heimaturlaub nehmen konnte. Wahrscheinlich wieder nicht. Was konnte sie ihm ins Feld schicken? Zigaretten vielleicht? Warme Wäsche? In den Zeitungen standen alle möglichen Anzeigen mit Werbung für Weihnachtsgeschenke für die Soldaten an der Front. Elfriede blätterte eine Zeitung durch, aber eine richtige Inspiration war diese nicht. Stattdessen blieb sie an einem Gedicht hängen. *»Die Witwe und ihr Kind«* hieß es. Ein grausiges Gedicht. Es handelt von einer Frau, die im Krieg ihren Mann verloren hat. Zum ersten Mal muss sie Weihnachten ohne ihn verbringen. Doch sie erfüllt ihrem kleinen Sohn den Wunsch nach Kriegsspielzeug. Während der Kleine außer sich vor Freude mit den Zinnsoldaten und den Spielzeugwaffen unterm Weihnachtsbaum spielt, muss die Mutter bei dem Anblick mit den Tränen kämpfen, denn sie denkt an ihren toten Mann. Zum Glück wünschte sich Luise keine solchen Spielsachen. Beim Lesen des Gedichts hatte Elfriede jedoch ein ungutes Gefühl bekommen. Was würde aus ihnen werden, wenn ihr Mann nicht mehr aus dem Krieg zurückkommen sollte? Nein, daran durfte sie nicht denken. Alles musste gut enden. Ganz sicher. Sie rief sich zur Ordnung und dachte wieder an Weihnachten. Der Abend sollte wie jedes Jahr sein. Krieg hin oder her. Ein Tag im Jahr sollte wenigstens ohne die Bedrohung durch den Krieg sein. Das war sie Luise schuldig.

Nicht nur Elfriede dachte so, sondern ein großer Teil der deutschen Bevölkerung. Die Soldaten an der Front sollten für ihren Dienst am Vaterland Geschenke bekommen. Sie sollten wissen, dass sie nicht vergessen wurden. Schulklassen stellten Weihnachtspäckchen zusammen und sogar Kriegsgefangene konnten Post aus der Heimat bekommen. Für Wilhelm Fricke war dieses Weihnachtsfest ein Wechselbad der Gefühle. Er hatte keinen Urlaub bekommen. Erst Mitte Januar sollte er, wenn alles gut ging, für ein paar Tage zurück in die Heimat reisen. Tagsüber hatte noch heftiger Feindbeschuss geherrscht, doch am Abend wurde es ruhiger. Wilhelm wurde aus dem Schützengraben abgezogen. Es war eisig kalt, Schnee lag in der Luft. Zu Hause sollte es vierzehn Grad warm sein. Ungewöhnlich für die Jahreszeit, doch er hätte sich solche Temperaturen bei seinen Wachdiensten gewünscht. Mit schmerzenden Knochen und verdreckt kam Wilhelm zu seiner Unterkunft. Am liebsten hätte er sich auf sein Feldbett gelegt und geschlafen. Doch stattdessen ging er mit einem Teil seiner Kompanie in die Pfarrkirche des kleinen Ortes, in dem sie Quartier bezogen hatten. Was für eine eigenartige Stimmung dort herrschte! In der Kirche war es still. Der Altar war mit Tannenzweigen geschmückt und sogar ein kleiner Weihnachtsbaum, an dem Strohsterne hingen, stand neben dem Altar. Mehrere Messdiener kamen und zündeten die Kerzen an. Die Kirche wurde immer heller. Eine friedliche Stimmung herrschte in ihr. Die Feindseligkeit, die ihnen von der Bevölkerung des besetzten Ortes sonst entgegenschlug, war für diesen einen Abend verschwunden. Fast hätte man meinen können, dass man in der Heimat war und das Fest mit seinen Liebsten verbrachte, wenn da nicht das dumpfe Dröhnen der Geschütze in der Ferne zu vernehmen gewesen wäre. Selbst am Heiligabend ruhten die Waffen nicht.

Als der Pfarrer mit seinen Ministranten, die die Weihrauchgefäße kräftig hin und her schwenkten, einzog und alle zu singen anfingen, geriet der Gedanke an den Feind in den Hintergrund. Das Fest des Friedens wurde gefeiert wie immer. Die Weihnachtsgeschichte wurde auf Französisch und Deutsch vorgelesen, wunderschöne alte Lieder erklangen, die Orgel spielte. Doch kaum waren die letzten

Töne verklungen und die Soldaten wieder in die Kälte hinausgegangen, befanden sie sich auch schon wieder in der Realität. Die Geschütze donnerten und spätestens nach der Ansprache des Kommandanten war jedem klar, dass man sich nicht im Frieden befand. Mit seiner kräftigen Befehlsstimme, bellte er in die dunkle Nacht seiner Kompanie entgegen: »Hier unter dem Christbaum geloben wir unserem Kaiser aufs Neue feste Treue, für ihn und unser liebes Vaterland opfert ein jeder von uns alles auf, und so rufe ich euch zu: ›Frohes Weihnachtsfest!‹ mit Gott für Kaiser und Vaterland.«

Wilhelm hatte auf ein Päckchen seiner Familie gehofft. Oder doch wenigstens auf eine Karte. Nichts war gekommen. Aber das hatte nicht unbedingt etwas zu bedeuten. Die Feldpost kam öfter mit Verspätung. Vielleicht war morgen etwas für ihn dabei.

»Komm schon, Willi«, wurde er von einem Kameraden aus den Gedanken gerissen. »Lass uns feiern. Es gibt Bier, Zigarren und Salzheringe.«

Sein Kamerad hatte recht. Trübsal zu blasen, war sinnlos. Schon morgen würden alle wieder in den Schützengräben liegen, frieren und beten, dass sie nicht von einer Granate getroffen oder in einen Angriff mit Senfgas geraten würden. Heute war Weihnachten und Wilhelm wollte alles vergessen, was ihn bedrückte. Er ging zu seinen Kameraden, die ihm schon lachend ein Glas Bier entgegenhielten und stimmte in ihren fröhlichen Gesang ein, der gelegentlich durch einschlagende Granaten in einiger Entfernung übertönt wurde.

Unterdessen feierten auch Elfriede und Luise in der Heimat Weihnachten. Den Baum hatten sie wie immer geschmückt. Strohsterne sowie rote und silberne Kugeln. Elfriede wusste, dass es immer noch Freunde gab, die den Baum in den Nationalfarben schmückten, statt Kugeln kleine Kanonen an die Zweige hängten oder auch Christbaumkugeln mit dem Gesicht des Kaisers darauf. Den Kaiser in allen Ehren. Auch Elfriede mochte ihn. Aber als Christbaumschmuck war er nun wirklich nicht geeignet. Weihnachten war ein Fest der Liebe und des Friedens. Da hatten der Oberbefehlshaber des Heeres oder Kanonen wirklich nichts zu suchen. Elfriede war es gelungen, einen Christstollen zu backen. Plätzchen gab es auch. Außerdem das traditionelle Weihnachtsgericht – Kartoffelsalat und Bratwürste. Im Vorfeld hatte sie sich maßlos geärgert. Während die Lebensmittel rationiert waren, sie gerade einmal je 100 Gramm Mehl, Nudeln, Reis, Weihnachtsgebäck und Schinken pro Woche kaufen konnte, wurde in Anzeigen in Zeitungen für ein besonderes Weihnachtsmenü mit lebendfrischem Steinbutt aus Ostende oder grobkörnigem Kaviar geworben. Nicht jeder schnallte offenbar seinen Gürtel für das Vaterland enger.

Weihnachten wurde diesmal im kleinen Kreise gefeiert. Nur Elfriede und Luise sowie Wilhelms Mutter waren zusammen. Der Vater war längst gestorben und Elfriedes Eltern lebten nicht in dem kleinen Dorf in Hessen. Man sah sich nur noch selten. Nach dem Essen, bei dem sich die beiden Erwachsenen auch ein Glas Wein gegönnt hatten, wurden die Geschenke geöffnet. Luise hatte Bilder gemalt. Einige davon hatte sie auch ihrem Vater geschickt. Für Luise gab es eine Puppe, ein Bilderbuch von der Großmutter und ein kleines Päckchen, das die Feldpost gestern geschickt hatte und das Elfriede jetzt an Luise feierlich überreichte. Luise behandelte es dagegen alles andere als feierlich. Sie war zu neugierig, was ihr Vater wohl geschickt hatte. Neben einer Karte, die sie achtlos beiseitewarf, denn sie konnte noch gar nicht lesen, war eine große Tafel Schokolade in dem Päckchen. Wilhelm hatte sie in Belgien sündhaft teuer gekauft. Wie lange hatte das kleine Mädchen schon keine Schokolade mehr gegessen? Gierig wollte sie das Papier aufreißen, doch da nahm ihr die Mutter die Tafel aus der Hand.

»Du musst sie dir einteilen. Dann hast du länger etwas davon«, belehrte sie ihre Tochter.

Etwas missmutig beobachtete Luise ihre Mutter, während sie

ein Stück des Papiers von der Tafel entfernte und ein paar Rippen Schokolade abbrach. Das erste Stück schluckte das kleine Mädchen gierig hinunter. Dann jedoch genoss sie mit geschlossenen Augen die anderen Stücke. Gerne hätte sie weitergegessen, doch ihre Mutter verpackte die Schokolade wieder sorgfältig.

»Morgen bekommst du wieder etwas davon«, sagte sie und legte die Schokolade beiseite.

Langsam war es Zeit, in die Messe zu gehen. Der Gottesdienst begann wie immer mit weihnachtlichen Chören. Alles war wunderschön, der Krieg war für kurze Zeit vergessen. Doch dann geschah etwas, was Elfriede regelrecht abschreckte. Der Priester beschrieb den Krieg in seiner Predigt als Strafgericht Gottes. Er habe eine reinigende Wirkung und würde die Auswüchse der Moderne wie Geld- und Genusssucht, Abwendung von der Religion, verseuchte Literatur und die schreckliche Frauenmode hinwegfegen. Als dann auch noch Kinder an den Altar traten und mit stolzen Stimmen erklärten, was sie dereinst für ihr geliebtes Vaterland tun wollten, hätte Elfriede vor lauter Empörung am liebsten das Gotteshaus verlassen. Wie konnte die Kirche den Krieg gutheißen? Wie konnte sie das massenhafte Sterben verteidigen und sogar die Kinder für die Kriegspropaganda einspannen? Sie musste an Wilhelm denken und was er wohl an der Front durchstehen musste. Sie musste an die vielen Toten und Verletzten denken und sich beherrschen, nicht in Tränen auszubrechen angesichts des Leids und der Ignoranz der Kirche und vieler anderer Menschen.

Wilhelm Fricke hatte inzwischen schon etwas getrunken und die Stimmung mit seinen Kameraden war heiter geworden. Da konnte man plötzlich ein nur allzu bekanntes Geräusch hören.

»In Deckung!«, rief einer der Kameraden, doch da war es schon zu spät. Das Letzte, woran sich Wilhelm erinnern konnte, war ein ohrenbetäubender Krach, Erde, die in alle Richtungen geschleudert wurde, und dann wurde es dunkel um ihn. Als er wieder aufwachte, lag er in einem Krankenbett. Es dauerte etwas, bis er um sich herum das Stöhnen von Verletzten wahrnahm. Wilhelm spürte einen Schmerz in seinem linken Bein. Es war verbunden, wie auch sein Kopf. Alle Glieder taten ihm weh. Er rief nach einem Arzt. Doch stattdessen kam eine Krankenschwester, die ihm berichtete, dass man sein Bein habe retten können, er aber für die nächsten Wochen oder gar Monate nicht fronttauglich sei. Sobald wie möglich sollte er zur Erholung nach Hause geschickt werden. Wahrscheinlich schon vor Silvester. Wilhelm hätte, wenn er gekonnt hätte, am liebsten einen Luftsprung vor Freude gemacht. Seine Verletzung war wie ein Sechser im Lotto. Sie würde verheilen, ihn aber für einige Zeit von der Front befreien. Vielleicht für immer. Er hatte Kameraden erlebt, die einen Arm oder ein Bein verloren hatten, und außer sich vor Freude waren, weil der Krieg für sie damit vorbei war. Ein Zivilist konnte sich so etwas nicht vorstellen. Mit zitternden Händen suchte Wilhelm in seiner Feldjacke, die neben dem Bett lag, nach einem Blatt Papier. Es war ein Bild, das ihm seine Tochter gemalt hatte. Mama, Papa und sie selbst unter dem Weihnachtsbaum. Kurz vor dem Angriff hatte er es noch per Feldpost bekommen. In wie weiter Ferne war diese Wunschvorstellung von einer gemeinsamen Feier unter dem Weihnachtsbaum noch vor Kurzem gewesen. Mit etwas Glück konnte dieser Wunsch nun doch noch wahr werden.

Elfriede und Luise waren in der Heimat in größter Sorge. Seit Tagen hatten sie nichts mehr von Wilhelm gehört. Der erste und der zweite Weihnachtsfeiertag waren vergangen. Längst ging es auf Silvester zu und noch immer keine Nachricht. Normalerweise schrieb Wilhelm fast täglich. Gerade an Feiertagen fühlte er sich besonders einsam und verfasste lange Briefe. Dass diesmal Briefe ausblieben, war ein schlechtes Zeichen. Elfriede war zum Rathaus gegangen, wo Vermisstenanzeigen aushingen, die täglich aktualisiert wurden. Wilhelms Name war nicht darauf, ebenso wenig auf der Liste der Gefallenen. Das gab ihr wieder etwas Hoffnung. Und dennoch konnte sie an nichts anderes als an Wilhelm denken. Warum meldete er sich nicht? Elfriede hatte die letzten Nächte kaum ein Auge zumachen können, so sehr war sie beunruhigt, dass etwas Schlimmes passiert sein könnte. Tagsüber versuchte sie, Luise etwas vorzuspielen, doch Luise war ein sehr empfindsames Kind und spürte, dass etwas nicht stimmte.

Als Elfriede nach Hause ging, fielen erste Schneeflocken. War es an Weihnachten noch ungewöhnlich warm gewesen, so waren die Temperaturen bereits an den Feiertagen gefallen und jetzt war es richtig winterlich geworden. So grau, wie der Himmel aussah, würde es wahrscheinlich lange und viel schneien. Schon jetzt fielen die Flocken dichter. Elfriede beeilte sich, schnell nach Hause zu kommen, bevor es richtig losging.

Auf der dünnen Schneeschicht konnte sie Spuren erkennen. Scheinbar war irgendjemand mit zwei Krücken die Straße entlanggegangen. Deutlich waren die Abdrücke der Krücken und von einem Fuß zu sehen. Der andere Fuß hatte zwischendurch Schleifspuren hinterlassen. Von einer Minute auf die andere frischte der Wind auf und die Schneeflocken fielen jetzt dicht von Himmel. Zum Glück waren es nur noch ein paar Meter bis nach Hause. Nur noch um die Ecke und dann ... stand da ein Mann in Uniform, der auf Krücken gestützt war, direkt vor ihrem Haus. Die Uniform war zerschlissen und schmutzig. Der Mann war gebeugt. Von hinten strahlte er eine solche Zerbrechlichkeit und Verletzlichkeit aus, dass Elfriede mit den Tränen kämpfen musste. Als er sich umdrehte und sie in ihm Wilhelm erkannte, ließ sie ihrer Freude freien Lauf. Fast hätte sie ihren Mann umgeworfen, so stürmisch war die Begrüßung. Luise hatte ihren Vater auch bereits vom Fenster aus gesehen und war nach draußen gerannt. Zu dritt standen sie lange im Schnee und konnten sich nur mit Mühe aus ihrer Umarmung lösen. Im Wohnzimmer saßen sie schließlich am Kaminfeuer unter dem Weihnachtsbaum, erzählten sich Geschichten und lachten. Der Krieg war weit weg. Vielleicht war er vorbei, wenn die Bäume die nächsten Blätter tragen würden. An diesem Dezembertag am Ende des Jahres 1915 genoss die kleine Familie die Zeit, die ihnen geschenkt wurde, während sie am Fenster standen und beobachteten, wie sich die Umgebung in ein friedliches, schneebedecktes Winterwunderland verwandelte.

Weihnachten 2016

Teddy und der Erste Weltkrieg

Ein helles Licht blendete Nummer 1054, als er aus seiner Holzkiste herausgehoben und in das Schaufenster gesetzt wurde. Der Stoffbär hatte noch keinen Namen. In der Firma, die ihn hergestellt hatte, wurden die Kinderspielzeuge nummeriert. Einen eigenen Namen bekamen sie erst, wenn sie verkauft worden waren und ein Kind sich einen Namen ausgedacht hatte. Darauf wartete Nummer 1054 jetzt sehnsüchtig. Er war eher zurückhaltend und mochte es gar nicht, in einem Schaufenster präsentiert zu werden. Andererseits hatte das auch den Vorteil, dass ihn bald ein kleines Mädchen oder ein kleiner Junge entdecken und unbedingt mitnehmen wollte.

Nummer 1054 konnte sich nicht erinnern, wie lange er bereits in diesem Schaufenster saß. Es kam ihm wie eine Ewigkeit vor. Dabei waren es gerade einmal zwei Wochen gewesen. Der Regen, der seit Tagen fiel, war in Schnee übergegangen. Das Schaufenster war geschmückt worden. Einige Christbaumkugeln waren an Tannenzweige gehängt worden. Je näher Weihnachten heranrückte, desto mehr Kunden betraten den Spielzeugladen und desto öfter war das Klingeln der sich öffnenden Kasse zu hören. Nur Nummer 1054 saß auf seinem Platz und fand keine Beachtung. Bis eines Tages ein Mann vor dem Schaufenster stehen blieb und sehr intensiv hineinschaute. Sein Blick blieb an ihm hängen. Wollte dieser Mann, der in seiner Militäruniform und mit dem nach oben gezwirbelten Schnurrbart sehr schneidig aussah, tatsächlich sein Dasein im Schaufenster des Spielzeughändlers beenden? Der Mann verschwand aus dem Sichtfeld von Nummer 1054. Im nächsten Moment spürte der Stoffbär, wie er aus dem Schaufenster genommen und in eine kleine Holzkiste gelegt wurde. Es wurde dunkel um ihn. Er hörte leise durch das Holz Stimmen und dann begann es zu schwanken. Scheinbar trug jemand die Kiste herum. Es dauerte lange, dann hörte Nummer 1054, wie die Kiste abgestellt wurde. Man machte sich an ihr zu schaffen. Sie wurde hin und her geschwenkt. Es raschelte und dann geschah gar nichts mehr. Wieder hieß es warten. Man könnte meinen, Nummer 1054 hätte sich daran gewöhnt, aber dem war nicht so. Als er im Schaufenster stand, hatte er wenigstens Abwechslung gehabt. Leute liefen vorbei, einige kamen in den Laden, er konnte Gespräche mitverfolgen. Aber jetzt? Jetzt lag er eingequetscht in einer engen dunklen Kiste, in der er sich schrecklich langweilte.

Er wusste nicht, wie viel Zeit vergangen war, aber eines Tages spürte er, wie die Kiste angehoben und irgendwo hingetragen wurde. Zwar war es immer noch dunkel, aber die Atmosphäre war eine andere. Es war wärmer geworden und durch die Wände der Kiste drang Musik. Einige Menschen sangen etwas, während sie von einem Pianisten begleitet wurden. Dann wurde geredet, aber was gesagt wurde, konnte Nummer 1054 nicht verstehen. Schließlich wurde die Kiste bewegt. Er hörte das Rascheln von Papier. Jemand machte sich am Deckel zu schaffen, öffnete ihn und Nummer 1054 wurde von einem hellen Licht geblendet, wie er das bereits einmal erlebt hatte. Als er wieder sehen konnte, hatte ihn ein kleines Mädchen bereits aus der Schachtel genommen und drückte ihn fest an sich. »Mein Teddy«, sagte sie und küsste ihn ins Gesicht. Teddy – das war jetzt also der Name für Nummer 1054. Besonders originell war das nicht. Vor einigen Jahren hatte man die Stoffbären nach dem amerikanischen Präsidenten Theodore »Teddy« Roosevelt benannt. Die einen sagten, weil er auf der Jagd ein kleines Bärenjunges verschont habe, die anderen, weil seine Tochter ihren Stoffbären nach dem Vater »Teddy« genannt habe. Wie es auch immer gewesen sein mag, es wurden jedenfalls Hunderttausende der Bären so genannt. Doch davon wusste Nummer 1054 nichts. Er war froh, endlich einen Namen zu haben und eine kleine Besitzerin, die ihn offensichtlich liebte. Der Stoffbär genoss die Weihnachtstage in der Familie. Er liebte die Weihnachtslieder, die gesungen wurden, die fröhliche und entspannte Stimmung. Wenn gegessen wurde, dann saß er mit am Tisch neben dem Mädchen, das einen kleinen Stuhl neben ihren eigenen gestellt hatte. So konnte er die Köstlichkeiten sehen, die aufgetischt wurden. Die knusprig gebratene Gans, das Rotkraut und die dampfenden Klöße. Obwohl er keine Ahnung hatte, wie das alles schmeckte, freute er sich darüber, die Familie zu beobachten, die glücklich war.

Ja, mit dem Mädchen und dessen Familie hatte er Glück gehabt. Wie sich herausstellte, hieß sie Elisabeth von Liebenau. Ihr Vater war ein ehemaliger Offizier und jetzt hoher Beamter im preußischen Außenministerium. Somit war Teddy in eine wohlhabende Familie geraten, die in einem kleinen, aber umso gemütlicheren Stadtpalais in Berlin wohnte. Elisabeth war sechs Jahre alt, hatte dunkle Haare und, was ihrer Mutter, die Wert auf eine noble Blässe legte, nicht behagte, immer ein braungebranntes Gesicht. Sobald sich auch nur ein paar Sonnenstrahlen zeigten, war Elisabeth im Garten. Schnee und Eis im Winter hielten sie so wenig ab wie stürmisches Wetter. Nur strömender Regen ließ sie eher missmutig in ihrem Zimmer spielen. Doch von schlechtem Wetter war man an Weihnachten 1913 weit entfernt. Elisabeth nahm ihren Teddy also gleich am nächsten Morgen mit nach draußen, setzte ihn auf einen Schlitten und fuhr ihn durch den großen Park, wo auch andere Kinder spielten. Schon nach den ersten Stunden in seinem neuen Zuhause wusste Teddy, dass es ihm hier sehr gut gefallen würde, und freute sich auf die Zeit, die er hier verbringen durfte.

Zunächst hatte er Elisabeths volle Aufmerksamkeit, denn das Mädchen hatte keine Geschwister und wohl auch nur wenige Freunde. Ab und zu kam eine Cousine zum Spielen vorbei. Allerdings wusste Teddy, dass sich dies bald ändern würde, denn im Herbst 1914 war für Elisabeth die von ihr sehnlichst herbeigewünschte Einschulung. In der Schule würde sie andere Kinder kennenlernen und Teddy musste dann wohl ins zweite Glied zurücktreten. Aber daran dachte er nicht, wie er auch sonst wenig an die Zukunft dachte. Wozu auch? Seine Gegenwart war so schön, dass er sie nicht mit schlechten Gedanken verdüstern wollte. Er genoss einfach jeden Tag und so machten es viele in jener Zeit. Der Kaiser hatte den Deutschen eine Friedensperiode von über vierzig Jahren geschenkt. Nur alte Menschen konnten sich noch an den letzten Krieg erinnern. Deutschland war wohlhabend und fortschrittlich. Niemand wollte daran denken, dass sich das ändern könnte.

Eines Tages spürte Teddy, dass etwas Außergewöhnliches geschehen würde. Elisabeth hatte ihm ein weißes Hemd, eine schwarze Hose und ein Jackett angezogen. An die Jacke hatte sie einen großen Orden geheftet, der wohl irgendeinem ihrer Ahnen verliehen worden war. Auch sie selbst war festlich gekleidet. Als dann auch noch der Vater in Galauniform ins Zimmer kam und seine Tochter zur Eile aufforderte, war klar, dass etwas Großes bevorstand. Mit der Kutsche fuhr man die Berliner Prachtstraße »Unter den Linden« entlang. Es war Sonntag und man ging in den Berliner Dom. Als die Reihen fast bis zum letzten Platz besetzt waren und die Glocken zum Beginn des Gottesdienstes läuteten, ging ein Raunen durch die Menge. Der Kaiser und seine Familie hatte den Dom betreten und begaben sich in die Loge der kaiserlichen Familie.

Teddy ließ den Kaiser keinen Moment aus den Augen. Seine Uniform mit den vielen Orden sah prachtvoll aus. Er hatte seinen Schnurrbart elegant noch oben gedreht, wie dies auch Herr von Liebenau gemacht hatte, und folgte mit ernster Miene dem Gottesdienst. Seinen linken Arm, der von Geburt an verkürzt war, hielt der Kaiser leicht angewinkelt auf dem Schoß. Dieser Geburtsfehler war ihm immer peinlich gewesen, weshalb er sich auf Fotos und auch sonst bemühte, ihn zu verbergen. Für Teddy machte diese vermeintliche Schwäche den Kaiser nur noch sympathischer, zeigte sie doch, dass auch ein so mächtiger Mensch wie der Kaiser Schwächen wie alle anderen hatte. Irgendwann stand der Kaiser auf und ging nach vorne zur Kanzel. Er las mit seiner rauen Stimme aus dem

Evangelium vor und begann im Anschluss die Stelle aus der Bibel zu deuten. Schließlich war der Gottesdienst vorbei. Schnell verließ die kaiserliche Familie den Dom und Familie von Liebenau fuhr ebenfalls nach Hause, wo die Köchin bereits das Mittagessen zubereitet hatte. Es war ein heiterer Nachmittag. Die Gespräche waren ausgelassen. Jeder berichtete, wie er den Kaiser und dessen Familie gesehen hatte. Man sprach von früheren Begegnungen mit der kaiserlichen Familie, vor allem von der großen Hochzeit im vergangenen Jahr, bei der der Hochadel aus ganz Europa in Berlin zusammengekommen war. Schließlich sprach man auch über Reisepläne für den Sommer. Die von Liebenaus wollten an die Ostsee fahren. Teddy freute sich. Er war noch nie am Meer gewesen. Immer schon hatte er von den Sandstränden, den heranbrausenden Wellen und den Schiffen, die am Horizont vorbeifuhren, geträumt. Leider sollte es noch zwei Monate dauern, bis man Mitte oder Ende Juli abreisen wollte.

Bis dahin verging noch viel Zeit. Aber sie verging wie im Flug. Das Wetter war gut, die Familie machte so oft wie möglich lange Ausfahrten mit der Kutsche. Oft gab es ein Picknick am See. Alle waren bester Stimmung bis zum 28. Juni. Diesen Tag würde nicht nur Teddy für immer in seinem Gedächtnis behalten. Es lag eine unheimliche Stimmung in der Luft. Die Menschen waren aufgeregt. Familie von Liebenau war gerade auf dem Kurfürstendamm unterwegs, um neue Badekleidung für die Sommerfrische einzukaufen. Da kamen Zeitungsjungen mit Flugblättern, auf denen die Druckertinte noch nicht einmal ganz getrocknet war.

»Extrablatt! Extrablatt!«, riefen sie aufgeregt. »Attentat auf den Thronfolger Franz Ferdinand in Sarajevo! Extrablatt! Extrablatt!«

Elisabeths Mutter kaufte eines dieser Extrablätter und las mit vor Aufregung zitternder Stimme vor. Der österreichische Thronfolger und seine Frau waren ermordet worden. Was das bedeutete, war allen klar – Krieg! Österreich würde sich rächen und Serbien den Krieg erklären. Teddy verstand nicht ganz, worum es ging. Er wusste nicht, wo Sarajevo war, und genauso wenig, warum diese

Serben, genauer gesagt ein gerade einmal achtzehnjähriger Student mit dem Namen Gavrilo Princip, den zukünftiger Kaiser von Österreich-Ungarn umgebracht hatte. Elisabeth war genauso ratlos. Als sie zu Hause waren, gingen sie zunächst an den großen Globus, der im Salon der von Liebenaus stand. Das Deutsche Reich hatten sie sofort gefunden, ebenso die benachbarte Doppelmonarchie Österreich-Ungarn. Aber wo war dieses Serbien? Schließlich fanden sie es und auch die Stadt mit dem so fremd und geheimnisvoll klingenden Namen Sarajevo. Dieser Ort faszinierte sie beide um so viel mehr als Heringsdorf, wo sie ihren Urlaub verbringen sollten. Beim Blick auf den Globus legte sich jedoch die Angst vor einem Krieg wieder. Da war das große Österreich-Ungarn, das mächtige Deutsche Reich und auf der anderen Seite dieses kleine Serbien. Sollte es zu einem Krieg kommen, dann war klar, dass ihn Serbien nach kurzer Zeit verlieren musste. Also kein Grund zur Besorgnis.

So sahen das wohl auch die Erwachsenen. Hatten sie an den Tagen nach dem Anschlag noch beunruhigt über die möglichen Folgen gesprochen, so kehrte sehr bald der Alltag wieder ein, was man ganz deutlich an den Urlaubsvorbereitungen im Hause von Liebenau sehen konnte. Die Eltern hatten nicht die Absicht, den Urlaub abzusagen. Stattdessen wurden Koffer gepackt, Kleider ein- und wieder ausgeräumt. Es sah fast danach aus, als würde man umziehen statt für drei bis vier Wochen an die See zu fahren. Endlich war alles gepackt und in der Kutsche verstaut, die zum Bahnhof fuhr. Es gab zwar schon einige Autos auf den Straßen von Berlin, aber die Kutschen waren noch deutlich in der Überzahl, was sich in den kommenden Jahren schnell ändern sollte. Am Bahnhof herrschte buntes Treiben. Die Familie stieg in den prunkvoll ausgestatteten Salonwagen, während Dienstmänner das Gepäck einluden. Dann ging es los. Teddy war sehr aufgeregt. Es war schließlich die erste große Reise seines Lebens. Er sah den Qualm aus dem Schornstein der großen Lokomotive steigen, hörte sie zischen und dann ertönte ein lauter Pfiff. Rumpelnd setzte sich die Lokomotive in Bewegung. Die Fahrt begann.

Elisabeth und Teddy schauten die ganze Fahrt über aus dem Fenster. Sie beobachteten, wie die Häuser an ihnen vorüberzogen, es wurden immer weniger, bis sie die Stadt hinter sich gelassen hatten. Sie fuhren durch Wälder, vorbei an Seen, die in der Sonne glitzerten, und an kleinen und größeren Ortschaften. Beide liebten es, die Menschen zu beobachten, die an Bahnschranken warteten oder auf den Feldern ihren Tätigkeiten nachgingen. Die Erwachsenen schien das alles jedoch nicht zu interessieren. Sie hatten es sich im Salon bequem gemacht, lasen Zeitungen, tranken Tee oder manche auch Sekt und unterhielten sich über alles Mögliche.

Anfangs waren Elisabeth und Teddy aufgeregt, doch je länger sie fuhren, desto mehr ließ die Aufregung nach und die beiden wurden durch das gleichmäßige Geruckel des Zuges müde. Zwar rissen sie sich immer wieder zusammen, wenn ihnen die Augen zufielen, doch der Schlaf war stärker und übermannte sie. Erst als sie in den Bahnhof einfuhren, wachten sie wieder auf. Sie ärgerten sich, weil sie so viel verpasst hatten, doch die Erwachsenen ließen ihnen wenig Zeit zum Ärgern. Kaum war man am Bahnhof angekommen, brach schon wieder die Hektik aus. Nichts durfte zurückgelassen werden. Man verabschiedete sich in dem Wissen, dass man sich im Urlaub ständig über den Weg laufen würde, der Abschied also nur von kurzer Dauer war.

Der Bahnhof war, wie die meisten Bahnhöfe dieser Zeit, prunkvoll ausgestattet. Sie waren sozusagen die Fenster zur Welt. Das Erste, was Gäste zu sehen bekamen, und das Letzte, was man bei der Abreise wahrnahm. Daher legte jeder Ort, selbst wenn er noch so klein war, Wert auf einen schönen Bahnhof, der eine Visitenkarte für den jeweiligen Ort darstellte. Elisabeth war, nachdem sie den Hauptstadtbahnhof gesehen hatte, nicht sonderlich beeindruckt und auch Teddy achtete nicht weiter auf die Verzierungen und die Nobelgeschäfte, die sich in dem Gebäude befanden. Sie hielten Ausschau nach dem Meer, das sie so sehnlichst erwarteten. Doch es war zunächst weit und breit nicht zu sehen. Wieder wurde das Gepäck in eine Kutsche geladen, diesmal unter der strengen

Aufsicht der Mutter, die dem fremden Personal nicht traute. Als alles verstaut war, machte man sich auf den Weg zum Hotel. Die letzte Etappe dieses an Fahrten reichen Tages. Heringsdorf hieß der Ort, an dem die Familie Urlaub machte. Teddy und Elisabeth mussten über den Namen lachen. Ob dieser Ort wohl von Heringen bewohnt war? Eine lustige Vorstellung. Überall kleine und größere Aquarien, in denen die Heringe ihr Leben mehr oder weniger genossen. So war es dann doch nicht. Eine Villa stand neben der anderen. Kein Wunder, denn seitdem der damalige Kronprinz Friedrich mit seiner Frau Victoria hier Urlaub gemacht hatte, war der Ort bei den oberen Zehntausend in Mode gekommen.

Und endlich war es so weit – das Meer war zu sehen! Als Elisabeth mit Teddy im Arm vor dem Hotel Atlantic aus der Kutsche sprang, rannte sie zur Promenade und blickte zum Meer. Es funkelte in der untergehenden Sonne. Am liebsten wäre Elisabeth gleich im Meer geschwommen, doch das ging leider nicht. Ihre Eltern wollten natürlich erst die Zimmer beziehen und danach war es zu spät zum Schwimmen. Etwas mürrisch ging Elisabeth mit aufs Zimmer, betrat jedoch sogleich den Balkon und blickte auf das Meer hinunter. Wie herrlich war es, das Rauschen der Wellen zu hören, die weiße Gischt zu sehen. Dazu das Schreien der Möwen, das allerdings auch ziemlich auf die Nerven gehen konnte, Elisabeth und Teddy jedoch nicht weiter störte. Sie genossen jeden Augenblick, bis die Sonne endgültig untergegangen war.

Am nächsten Morgen konnten sie es kaum erwarten, endlich zum Meer hinunterzugehen. Natürlich tat man das damals ganz formal in Anzug oder Kleid. Elisabeth hatte einen Rock an und trug einen kleinen Sonnenschirm. Die Bediensteten schleppten die Körbe mit der Strandkleidung, die man erst in Umkleidekabinen anzog, wenn überhaupt. Elisabeths Vater zum Beispiel trug einen hellen Sommeranzug mit Krawatte und einem Strohhut, wie sie damals in Mode waren. Er saß unter einem Sonnenschirm und las Zeitung. Auch Elisabeths Mutter war weit davon entfernt, sich leichter zu bekleiden oder gar ins Wasser zu gehen. Sie konnte nicht einmal schwimmen. Elisabeth hatte jedoch inzwischen ihre Badekleidung angezogen. Im hellen Sand begann sie eine große Burg zu bauen. Das Wasser war noch ziemlich frisch. Mit einem Bad wollte sie bis zum Nachmittag warten, aber sie wagte dann doch den Sprung in die kühlen Fluten. Teddy ging nicht mit ins Wasser. Er blieb lieber in der Sandburg sitzen und beobachtete Elisabeth, die schnell Kontakt zu anderen Kindern fand. Die Tage vergingen wie im Flug. Es ist kaum zu glauben, wie schnell es Meer und Strand schaffen, den Alltag hinter sich zu lassen und sich ganz dem Müßiggang hinzugeben. Ist man am ersten Tag noch etwas nervös und denkt an die Dinge, die noch zu erledigen sind, so verschwindet die Anspannung schon am zweiten Tag. Man lässt sich einfach treiben und lebt in den Tag hinein. Und so vergeht Tag für Tag, Woche für Woche, bis der Urlaub im Handumdrehen wieder vorbei ist und man sich einbildet, man sei gerade erst vorgestern angereist.

Doch noch war der Urlaub nicht vorbei. Eines Tages herrschte große Aufregung. Die Erwachsenen waren durcheinander. Ständig kam jemand ins Hotelzimmer und redete vom Krieg. Elisabeth und Teddy verstanden nicht so recht, was das zu bedeuten hatte. Im Gegenteil. Sie freuten sich über die Parade der jungen Männer, die zum Bahnhof zogen, manche bereits in Uniform, andere noch in Zivil. Es war ein großer Menschenauflauf am Bahnhof. Eine Musikkapelle spielte. Viele sangen Lieder von der »Wacht am Rhein« oder über die Franzosen, denen man es jetzt zeigen wollte. Frauen umarmten ihre Männer stürmisch, schwenkten heiter weiße Taschentücher und weinten erst dann, wenn es die Männer nicht mehr sehen konnten. Teddy konnte nicht verstehen, warum sie so schnell ihre Stimmung wechselten. Waren sie nicht gerade noch stolz und glücklich gewesen, dass die Männer fortgingen, um für ihr Vaterland zu kämpfen? Warum weinten sie dann? Er konnte die Menschen einfach nicht verstehen.

Auch Elisabeths Mutter war in Aufregung. Zwar war ihr Mann noch zu Hause, aber er traf Vorbereitungen für seinen Einsatz im Feld, wie immerzu gesagt wurde. Einen Tag nach der Kriegserklärung ging die Familie ins Kino. Teddy durfte mit. Zum ersten Mal in seinem Leben sah er einen Film. Es war eine eigenartige Atmosphäre. Der Raum, in dem der Film gezeigt wurde, war der Tanzsaal eines Lokals. Vorne befand sich eine Leinwand, daneben ein Klavier und davor einige Stuhlreihen. Es wurde dunkel, ein Mann bediente einen Projektor und begleitet von einem leisen Rattern, das von der Klaviermusik übertönt wurde, begann der Film. Zunächst spielte der Pianist einen schmissigen Militärmarsch. Man konnte Soldaten marschieren sehen, wenn auch in seltsam abgehackten Bewegungen. Das Bild flimmerte immer wieder. Trotzdem war Teddy von den schwarz-weißen Bildern beeindruckt. Er hatte noch nie zuvor bewegte Bilder gesehen. Es erschien ihm wie ein Wunder. Dann erblickte er einen Mann auf der Leinwand, den er kannte. Es war der Kaiser. Neben dem Pianisten stand nun ein zweiter Mann in Uniform. Er las eine Erklärung von einem Blatt Papier ab. Es war wohl das, was der Kaiser auf der Leinwand sprach, was man aber nicht hören konnte, denn der Film hatte keinen Ton. Was der Mann vorlas, klang bedrohlich. Er berichtete, dass Deutschland von Feinden umgeben sei, die nur darauf gewartet hatten, es zu zerstören. Doch der Kaiser war zuversichtlich und verkündete, dass Deutschland noch nie überwunden worden sei, wenn es einig war. Kaum hatte er geendet, sah man schon wieder andere Bilder. Viele Menschen, die jubelten. Es war in Berlin. Sie hielten weiße Taschentücher in die Höhe und winkten den vorüberziehenden Soldaten. Alle sahen glücklich aus. Das kam Teddy seltsam vor. Der Kaiser hatte doch gerade den Krieg erklärt. Soweit er wusste, wurde im Krieg geschossen und Menschen starben. Irgendwie passte das alles nicht zusammen. Dann war der Film zu Ende. Der Pianist spielte ein weiteres Lied, bei dem alle aufstanden. Teddy erkannte es. Die Nationalhymne. Kaum war sie verklungen, redeten alle durcheinander. Es ging natürlich um den Krieg und welchen Beitrag man leisten musste. Immer wieder hörte Teddy die Worte Vaterland und Ehre. Teddy fragte sich, ob es sich lohnte, für das Vaterland zu kämpfen, wenn man dabei sein Leben verlieren konnte. Und Ehre? Na ja, auch die war bald vergessen, wenn man tot war. Dann doch lieber unehrenhaft sein, dafür aber leben.

Aber scheinbar war Teddy der Einzige, der das so sah. Selbst Elisabeth war Feuer und Flamme für den Krieg. Schon am nächsten Tag hatte Teddy andere Klamotten an. Eine Militäruniform. Teddy war unwohl zumute, aber ihm blieb ja nichts anderes übrig, als mitzuspielen. Er konnte sich nicht dagegen wehren. Leider! Von jetzt an waren die Spiele von Elisabeth völlig anders. Mal war sie eine Krankenschwester, die einen verwundeten Soldaten verarztete. Wer war wohl der Patient? Richtig! Teddy. Dann war sie ein General, der seine Soldaten immer wieder antreten und marschieren ließ. Und wer marschierte? Natürlich Teddy. Sie erklärte Teddy auch anhand einer Geschichte, die ihre Mutter ihr vorgelesen hatte, wie es zum Krieg gekommen war. Da gab es Michl und Seppl, einen Deutschen und einen Österreicher, die einen Garten hatten, den sie pflegten. Eines Tages kommt der serbische Nachbarjunge Lausewitsch in den Garten, der Seppl ärgert und schließlich noch seinen großen Bruder Nikolaus aus Russland mitbringt. Sie fangen eine Schlägerei an, die zwar zunächst den Garten verwüstet, doch am Ende gehen Seppl und Michl als Sieger hervor und stellen alles wieder her, schöner, als es je zuvor war. Teddy erschien diese Geschichte zwar sehr simpel, aber er konnte nicht widersprechen und schwieg.

Elisabeths Vater hatte vor einigen Tagen Abschied von der Familie genommen, um an der Front zu kämpfen. Elisabeth weinte nicht. Sie glaubte dem Kaiser, dass die Soldaten an Weihnachten wieder zu Hause sein würden. Siegreich selbstverständlich. Ihr Vater würde dann mit einem Orden ausgezeichnet als Held geehrt werden. Dass er im Krieg verletzt werden oder gar sterben könnte, war für Elisabeth unvorstellbar. Etwas Derartiges kam in ihren Gedanken nicht vor. Teddy behielt seine weniger optimistischen Gedanken für sich. Warum sollte er das Mädchen verunsichern?

Als Elisabeths großer Tag, die Einschulung, anstand, war der Vater irgendwo in Frankreich. Natürlich hätte ihn Elisabeth gerne an ihrer Seite gehabt, aber die Väter der anderen Kinder waren auch nicht anwesend. Außer der von einem Mädchen, das Elisabeth leid tat. Wie sehr musste sie sich schämen, dass ihr Vater nicht seinen Dienst für Deutschland tat! Wegen ihres feigen Vaters würde sie es in der Schule sicher nicht leicht haben. Das war vom ersten Tag an deutlich, denn der Schulleiter hielt eine patriotische Ansprache, in der die Schülerinnen, denn selbstverständlich war Elisabeth an einer reinen Mädchenschule, aufgefordert wurden, ihren Beitrag zum Krieg zu leisten. Gerne wollte Elisabeth das machen. Teddy, den sie an diesem ersten Schultag noch mitgenommen hatte, war dabei im Wege. Fortan blieb er zu Hause.

Wenn er Glück hatte, dann berichtete Elisabeth ihm, was sie am Vormittag in der Schule alles gemacht hatte. Dann erzählte sie von den Erfolgen der deutschen und österreichischen Armee, denn die Schülerinnen bekamen immer die neuesten Heeresberichte vorgelesen. Wenn es ein ganz großer Erfolg war, dann gab es sogar schulfrei. Den Kindern wurde ein Gedicht beigebracht, das Elisabeth am Abend auch immer wieder inbrünstig betete:

»Hilf uns Deutschen, lieber Gott,
Gib uns Milch und Butterbrot;
Doch der Feind im Schützengraben
Soll von alledem nichts haben.
Mach, dass unsre Truppen siegen,
Dass wir wieder schulfrei kriegen.«

Anfangs war das häufig der Fall, doch dann wurde es immer seltener. Das hätte Elisabeth eigentlich zum Nachdenken bewegen müssen, doch noch war sie nicht bereit, die Realität anzuerkennen. Stattdessen schrieb sie Briefe an Soldaten. Das heißt, es waren eher Bilder mit wenigen Worten, die sie mehr abmalte, als selbständig schrieb. Aber sie nannte es Briefe. Elisabeth bastelte für die Soldaten und wollte auf diese Weise ihren Beitrag zum Krieg leisten.

Wenn sie tatsächlich einmal Zeit für Teddy hatte, dann musste er für die Kriegsspiele herhalten, die er im Laufe der Zeit satt hatte. Wieder einen General spielen, an dem die Soldaten in einer Parade vorbeimarschierten, oder einen Soldaten, der sich in den Schlamm werfen musste, während um ihn herum die Bomben explodierten, oder der Verwundete sein, der seinen Arm oder sein Bein eingebunden bekam – das alles machte Teddy traurig. Was war nur aus dem heiteren Mädchen geworden, das er vor einem Jahr an Weihnachten kennengelernt hatte? So optimistisch Elisabeth auch über den Krieg sprach, es konnte ihr nicht verborgen geblieben sein, dass ihre Mutter sehr beunruhigt war. Die Mutter las ihr die Feldpostbriefe des Vaters vor, aber selbst Teddy merkte, dass sie manche Stellen ausließ und die Berichte ihres Mannes veränderte, um ihrer Tochter keine Angst zu machen. Wie es wirklich an der Front zuging, das erfuhr Elisabeth nicht von ihren Lehrern und auch nicht von ihrer Mutter. Erst viele Jahre später, als ihr die alten Feldpostbriefe in die Hände fielen, erfuhr sie die Wahrheit und war entsetzt, dass man sie als Kind so sehr getäuscht hatte.

Es wurde Herbst. Die ersten Blätter fielen. Doch die Soldaten kamen nicht zurück. Im Gegenteil. Elisabeth war es nicht entgangen, dass einige ihrer Mitschülerinnen schwarz trugen, weil ihre Väter gefallen waren. Immer häufiger musste Teddy in der Ecke sitzen. Elisabeth übte für die Schule und malte Bilder für ihren Vater. Wenn sie tatsächlich einmal wieder mit Teddy spielte, dann war er nach wie vor ein deutscher Soldat und andere Puppen, die feindlichen Franzosen, bekamen kräftig Dresche. Das war es, was sich Elisabeth wünschte. Einen Sieg über die Franzosen, damit ihr Vater endlich wieder nach Hause zurückkommen konnte. Doch die Nachrichten von der Front waren ernüchternd. Sie lernte zwei neue Begriffe, die von den Erwachsenen immer wieder verwendet wurden – Schützengraben und Stellungskrieg. Beide Begriffe bedeuteten etwas Schlechtes. Wenn sie es richtig verstand, dann bedeutete es, dass die Soldaten in irgendwelchen Gräben standen, bei jedem Wetter, auch bei Regen und Matsch, und auf der anderen Seite die Franzosen ebenfalls in solchen Gräben waren. Man kämpfte gegeneinander, viele wurden verletzt und starben sogar, aber keine der beiden Seiten kam auch nur einen Meter voran.

Den Sinn des Ganzen konnte Elisabeth nicht verstehen. Immer mehr kamen ihr Zweifel, ob der Krieg wirklich so eine gute Sache war, wie behauptet wurde. Sie wagte aber nicht, diese Zweifel in der Schule anzusprechen, denn die Lehrer und wohl auch die meisten ihrer Mitschülerinnen sahen das völlig anders. So blieb ihr Teddy als stummer Gesprächspartner, dem sie sich anvertraute.

Doch wenn in der Schule patriotische Lieder über Hindenburg oder den Zeppelin gesungen wurden, dann war sie immer noch dabei. Die Marschmusik ging ins Blut und gerade Hindenburg erschien den Mädchen ihrer Klasse nicht nur als ein Held, sondern schon fast als ein übermenschliches Wesen, das alleine die Last des Krieges auf seinen Schultern trug und letzten Endes Deutschland zum Sieg führen würde. Solange der Kaiser und das deutsche Volk Hindenburg an der Spitze des Heeres hatten, solange der Held von Tannenberg für sein Reich kämpfte, konnte nichts schiefgehen. Und deshalb sangen sie aus voller Kehle ein populäres Lied von Victor Hollaender:

Wenn der Krieg glücklich zu Ende, alle Helden ziehen ein,
die Vertreter aller Stände brausend Hurrarufe schrein.
Unser Kaiser an der Spitze von dem siegesreichen Heer,
jeder, selbst der olle Fritze, macht vor ihnen stramm honeur!
Und ein Jubel ohne End laut ertönt, wenn man erkennt
Dann unsern tapfern Hindenburg, wie der kommt
Untern Linden durch
nun haben wir endlich Ruh und Michel lacht dazu.

Besonders gut gefiel ihr die Stelle, an der Hindenburg, den sie natürlich im Berliner Dialekt »Hindenburch« aussprach, unter den Linden durchziehen sollte. An dem Tag wollte sie auch an der Prachtstraße stehen, um ihm zuzujubeln.

Elisabeth schwankte zwischen patriotischen Tönen und den Zweifeln, die immer häufiger wurden. Eines Tages kippte die Stimmung. Teddy hatte schon bemerkt, dass mit Elisabeths Mutter etwas nicht stimmte. Sie war aufgeregter als sonst, hatte sogar geweint, obwohl sie die Spuren der Tränen zu verbergen versuchte. Teddy waren sie nicht entgangen. Und auch Elisabeth nicht, als sie von der Schule nach Hause kam. Sie kannte ihre Mutter als eine sehr beherrschte, eher kühle Dame, von der sie keine großen Gefühle erwartete. Dass sie nun Elisabeth bat, sich zu ihr zu setzen, hatte nichts Gutes zu bedeuten. Man konnte ihr deutlich anmerken, dass die Mutter nicht so recht wusste, wie sie beginnen sollte.

»Elisabeth, dein Vater ...«, sagte sie schließlich mit stockender Stimme.

Das Mädchen befürchtete das Schlimmste. Wollte ihr die Mutter sagen, dass ihr Vater gestorben war? Gefallen auf dem Feld der Ehre. Das war es, was die Erwachsenen immer sagten.

»Dein Vater wurde verwundet«, beendete die Mutter schließlich den Satz. Verwundet? Was bedeutete das? War er tödlich verwundet, musste ihm ein Bein amputiert werden oder hatte er vielleicht nur ein paar Kratzer abbekommen? Wenn sie doch nur weiterreden würde! Dieses langsame Gerede mit den ständigen Pausen machte Elisabeth wahnsinnig. Ihre Mutter ließ sich jedoch Zeit. Sie stand auf, ging zu ihrem Schreibtisch und holte den Feldpostbrief, der am Morgen gekommen war. Als sie vorlesen wollte, was darin stand, musste sie wieder zurückgehen, denn sie hatte ihre Lesebrille vergessen. Beim Aufsetzen der Brille zitterten ihre Hände. Es musste schlimm um den Vater stehen, wenn Elisabeths sonst so beherrschte Mutter Gefühle zeigte.

Sie übersprang die ersten Zeilen und kam sofort zum Wesentlichen: »... müssen wir Ihnen mit Bedauern mitteilen, dass Ihr Ehemann Leutnant Hermann von Liebenau in einem Gefecht mit dem Feind am 04. Dezember 1914 schwer verletzt wurde. Er befindet sich zur Zeit im Lazarett von Mons, von wo aus wir ihn in ein Heimatlazarett verlegen, sobald dies möglich ist...«

Den Rest des Briefes musste sie nicht vorlesen. Elisabeth brach in Tränen aus. Die Mutter versuchte sie zu trösten, indem sie ihre Tochter umarmte, doch der Versuch scheiterte. Elisabeth hatte nicht nur Angst um das Leben ihres Vaters, sondern mit dieser

Nachricht war endgültig die bisherige Hoffnung, dass der Krieg einen Sinn hatte, zerbrochen.

Sie riss sich voller Wut und Verzweiflung von ihrer Mutter los, schnappte sich Teddy und rannte in ihr Zimmer. Mit einem lauten Knall schlug sie die Tür hinter sich zu. Schluchzend warf sie sich auf ihr Bett und schlug mit den Fäusten gegen die Matratze. Ihre Mutter wusste, dass Elisabeth jetzt mit sich allein sein musste und unterließ es daher, ihr nachzugehen. Als sich das Mädchen wieder ein bisschen beruhigt hatte, sah sie Teddy, den sie höchst unsanft ebenfalls auf das Bett geworfen hatte. Er trug noch die Uniform und die vielen Orden, die sie ihm angesteckt hatte. Da packte sie ihn mit einem Mal heftig, riss die Orden von der Jacke und warf sie mit Wucht an die Wand. Dann riss sie ihm die Uniform vom Leib und warf sie den Orden hinterher.

»Schluss mit dem Krieg!«, rief sie außer sich vor Wut. »Ich pfeife auf das Vaterland. Die Soldaten sollen zurückkommen. Und Papa soll leben!«

Teddy sah das genauso. Er stand Elisabeth von diesem Moment an wieder viel näher. Das Mädchen war nun davon überzeugt, dass der Krieg nur Leid hervorbrachte und keinerlei Sinn hatte. War sie zuvor eine glühende Anhängerin der Kriegsbefürworter, so war sie nun für einen sofortigen Frieden. Elisabeth war nicht gerade dafür bekannt, dass sie ihre Meinung für sich behielt. Nein, sie sagte sie auch in der Schule und stellte zu ihrer großen Überraschung fest, dass auch andere Mädchen wie sie dachten. Dennoch waren sie noch in der Minderheit und bekamen natürlich Ärger mit den Lehrerinnen, die schließlich patriotische Gefühle unterstützen und Kritik sofort einstellen sollten, ganz gleich wie sie vielleicht privat über den Krieg dachten. Strafarbeiten, in denen sie sich mit dem Krieg auseinandersetzen musste, nahm Elisabeth klaglos hin. Eines Tages wurde auch ihre Mutter in die Schule einbestellt. Die stellte sich jedoch hinter ihre Tochter, was die Lehrerinnen angesichts der Verwundung von Herrn von Liebenau durchaus nachvollziehen konnten. Sie einigten sich schließlich darauf, dass Elisabeth ihre

Meinung zum Krieg nicht mehr offen in der Klasse kundtun sollte. Dann könne man auf weitere Konsequenzen verzichten.

In einem langen Gespräch versuchte ihre Mutter Elisabeth klarzumachen, dass es manchmal besser war, zu schweigen und seine Meinung für sich zu behalten. Es war hoffnungslos, den Lehrerinnen etwas über Sinn und Unsinn des Krieges zu erzählen. Einige von ihnen waren selbst gegen den Krieg, mussten aber offiziell dafür sein. Sie waren Staatsdienerinnen und mussten schließlich in ihrem Beruf so handeln, wie es ihr Arbeitgeber verlangte. Das sah Elisabeth ein, obwohl sie sich nur sehr ungern den Mund verbieten ließ.

Inzwischen kamen neue Nachrichten aus dem Lazarett in Belgien. In einem weiteren Brief, den ein Kamerad ihres Vaters geschrieben hatte, erfuhren Elisabeth und ihre Mutter, dass von Liebenau bei einem Angriff des Feindes von einem Granatsplitter am Bein getroffen worden war. Die Ärzte hatten alles versucht, um sein Bein zu retten, was ihnen auch gelungen war. Zumindest vorläufig. Allerdings eiterte die Wunde stark und noch war die Gefahr nicht vorbei, dass das Bein amputiert werden musste oder es sogar zu einer Blutvergiftung kommen konnte. Noch konnte die Familie von Liebenau nicht aufatmen.

Elisabeth und ihre Mutter beschlossen, einfach weiterzumachen wie immer. Weihnachten stand vor der Tür und man musste alles für ein schönes Fest vorbereiten. So, als ob der Vater zu Hause wäre. Teddy musste in diesen Tagen oft daran denken, wie er vor einem Jahr aus dem Schaufenster genommen und an die Familie von Liebenau verkauft worden war. Es war ein aufregendes Jahr gewesen. Viele schöne Momente hatte Teddy erleben dürfen. In den vergangenen Tagen allerdings auch leider viel Schmerz. Er hoffte sehr, dass der Vater wieder gesund werden und sehr bald in den Kreis der Familie zurückkommen werde. Unterdessen beobachtete er die Vorbereitungen auf das Weihnachtsfest. Das Haus wurde von oben bis unten geputzt. Man stellte es regelrecht auf den Kopf. Normalerweise hatte immer der Vater einen Weihnachtsbaum besorgt.

Diesmal kümmerte sich Mutter darum und ließ einen besonders großen und prachtvollen Baum liefern. In der Stadt konnte man Weihnachtsbäume sehen, auf deren Kugeln die Gesichter von Kaiser Wilhelm oder Hindenburg prangten. Ja, man konnte sogar kleine Kanonen an die Bäume hängen. Davon nahm Elisabeths Mutter jedoch Abstand. Sie schmückte den Baum wie jedes Jahr mit roten und silbernen Kugeln, mit weißen Kerzen und mit Äpfeln und Nüssen. Auch sonst wurde alles so vorbereitet wie jedes Jahr. Plätzchen wurden gebacken, was Elisabeth viel Spaß machte und sie wenigstens kurz von den Sorgen um ihren Vater ablenkte. Die Mutter, die das Backen sonst immer den Angestellten überlassen hatte, wirkte diesmal tatkräftig mit. Auch sie hatte Ablenkung dringend nötig. Am Nachmittag sah Elisabeth die Mutter oft am Schreibtisch sitzen. Nahezu täglich schrieb sie einen Brief an den Vater, in dem sie minutiös den Tagesablauf schilderte. Außerdem schrieb sie die Weihnachtskarten an Freunde und Verwandte.

Elisabeth tat es ihr gleich. Sie konnte zwar noch keine Briefe schreiben, sondern höchstens Worte wie »Frohe Weihnachten« zeichnen, aber sie konnte Bilder malen und das tat sie auch. Jeden Tag ein Bild für den Vater, das sie ihrer Mutter gab, damit sie es ihren Briefen beilegte. So fleißig sie und ihre Mutter auch waren, so wenig hörten sie aus dem Feldlazarett. Das war nur zu verständlich. Der Vater konnte nicht schreiben und von den Ärzten und Krankenschwestern konnte man nicht verlangen, dass sie jeden Tag einen Bericht verfassten. Sie hatten es schließlich mit hunderten von Patienten zu tun, die alle versorgt werden mussten. Und doch warteten Elisabeth und ihre Mutter auch nur auf die kleinste Nachricht und durchsuchten sie nach einem Hinweis, ob es dem Vater besser oder schlechter ging.

Nur noch eine Woche bis Weihnachten. Dass der Vater zum Fest zu Hause sein würde, erschien ausgeschlossen. Noch immer kämpften die Ärzte darum, dass das Bein nicht amputiert werden musste. Wahrscheinlich hätten sie nicht so lange gezögert, wenn nicht ein guter Freund der Familie als Arzt in dem Lazarett tätig gewesen wäre und sich persönlich so gut es ging um von Liebenau kümmerte. Teddy dachte darüber nach, was wohl gewesen wäre, wenn Herr von Liebenau nur ein ganz normaler Gefreiter gewesen wäre. Die Frage war leicht zu beantworten und doch scheute Teddy davor zurück. Von Liebenau wäre wahrscheinlich nicht mehr am Leben oder hätte zumindest sein Bein verloren. Diese Ungerechtigkeit empörte den Stoffbären. War er bisher immer kaisertreu gewesen und hatte die Gesellschaft mit all den sozialen Unterschieden, die es im Kaiserreich gab, so wie sie war, akzeptiert, änderte sich das nun. Immer wieder hatte er im Hause der von Liebenaus Gespräche gehört, in denen es um sogenannte Sozialisten ging. Das waren, wenn er es richtig verstanden hatte, Leute, die nicht aus der Oberschicht stammten. Arbeiter, die nicht viel verdienten, was nach Ansicht der von Liebenaus auch nicht weiter schlimm war. Schließlich hatten sie nur eine geringe Bildung und daher war es gerechtfertigt, dass sie nicht auf ihrer Stufe standen. Diese Arbeiter stellten nun allerdings Forderungen. Sie wollten weniger arbeiten, mehr Geld verdienen, weniger Steuern zahlen und vor allen Dingen genauso behandelt werden wie die Mittel- und Oberschicht. Teddy hielt diese Ansichten für vernünftig, doch damit durfte er Elisabeth oder gar ihren Eltern nicht kommen. Mit einem gewissen Hochmut blickten sie auf die Arbeiter herunter und wenn diese gar Sozialisten waren, dann mit Verachtung oder gar Hass. Die von Liebenaus und ihre Standesgenossen würden alles unternehmen, damit es zu keiner Gleichstellung kam und die Unterschiede gewahrt blieben. So viel stand für Teddy fest. Und doch beobachtete er mit Genugtuung das ungute Gefühl, das im Raum hing, wenn sie über die Arbeiter sprachen. Es gab scheinbar viele von ihnen. Viel mehr als Adlige oder Großbürgertum zusammen. Was, wenn sie sich eines Tages zusammenschließen und dann nicht mehr nur reden? Was wäre, wenn sie ihre Forderungen mit Gewalt umsetzen würden? Wenn sie gar … nein, daran durfte man nicht denken. Auch Teddy verbat sich, an eine Revolution zu denken. Es war Krieg und der musste gemeinsam gewonnen werden. Was danach kam, würde man sehen.

Teddy war froh, dass Herr von Liebenau eine gute Behandlung hatte, auch wenn sie anderen vielleicht versagt blieb. Auch am 24. Dezember gab es noch keine Nachricht, ob und wann er in seine Heimatstadt Berlin verlegt werden könnte. Elisabeth und ihre Mutter hatten die feste Absicht, Weihnachten wie immer zu feiern und wenn es noch so schwerfiel. Am Morgen legte die Mutter persönlich Hand an, wenn es um die letzten Dekorationen ging. Um die Weihnachtsgans musste sie sich nicht kümmern. Das machte die Köchin. Nicht auszudenken, was dabei herausgekommen wäre, wenn die Mutter selbst versucht hätte, zu kochen. Elisabeth saß dagegen am Klavier und übte fleißig Weihnachtsmelodien. Teddy saß daneben in einem Sessel, hörte zu und sah immer wieder aus dem Fenster. Es war nicht sehr schön draußen. Dunkle Wolken zogen vorüber und es wehte ein heftiger Wind. Gerade war der Postbote gekommen und hatte Weihnachtsbriefe gebracht. Die Mutter öffnete einen nach dem anderen und las Elisabeth vor, was ihre Freunde, Bekannten und Verwandten geschrieben hatten. Immer wieder erkundigten sie sich nach Herrn von Liebenau. Von ihm selbst oder dem Lazarett war jedoch kein Brief dabei.

Am Nachmittag begann das lange Warten auf das Christkind. Jedes Jahr zog sich der Nachmittag schrecklich in die Länge. Kurz vor 17 Uhr kam noch einmal der Postbote. Ein zweites Mal las die Mutter Briefe vor. Teddy hatte so sehr gehofft, dass einer von Elisabeths Vater dabei wäre. Doch die Hoffnung wurde erneut enttäuscht. Inzwischen hatte es draußen zu schneien angefangen. Allerdings war Elisabeth nicht so begeistert davon wie im vergangenen Jahr. Es war sehr stürmisch und ungemütlich draußen, was sie unter normalen Umständen sicher nicht davon abgehalten hätte, einen Schneemann zu bauen oder eine Schneeballschlacht zu veranstalten. Heute jedoch hatte sie keine Lust rauszugehen. Sie stand am Fenster und sah mit betrübten Blick hinaus, in Gedanken war sie bei ihrem Vater, der weit weg in einer Stadt namens Mons, die sich in Belgien befand, war. Beides waren nur Begriffe für Elisabeth, die sie in einem Atlas nachgeschlagen hatte. Für sie waren es furchtbar weit entfernte Orte, deren Klang schon viele düstere Gedanken bei ihr auslösten.

Schließlich war es Zeit für das Abendessen. Schweigend aßen die Mutter und Elisabeth die Gans mit Rotkraut und Klößen. Teddy hätte beim Anblick dieser Szene weinen können. Immer wieder versuchten Mutter und Tochter ein Gespräch in Gang zu bekommen, doch es kam über ein paar Worte nicht hinaus. Worüber hätten sie auch sprechen können? Dass der Platz des Vaters am Tisch leer war, konnte nicht ignoriert werden und trübte die Stimmung. Nach dem Essen begann das weihnachtliche Ritual wie jedes Jahr. Die Mutter hatte die alte Familienbibel aus dem Schrank geholt und las die Geschichte der Geburt von Jesus Christus vor. Obwohl Elisabeth sie schon unzählige Male gehört hatte, war sie jedes Mal aufs Neue faszinierend. Dass der Heiland, der Retter der Welt, in einem erbärmlichen Stall geboren worden war, schlug Elisabeth in ihren Bann. Ebenso die Erzählung von den drei heiligen Königen, die von weit her gekommen waren, um dem Kind eines gewöhnlichen Schreiners und seiner Frau zu huldigen. Das alles war im Grunde genommen unglaublich und wie in einem Märchen. Als die Mutter geendet hatte, kam das, was Elisabeth Jahr für Jahr ersehnt hatte – die Bescherung! In diesem Jahr jedoch hatte sie keine rechte Freude daran. Zwar strahlte der Weihnachtsbaum im Glanz der Kerzen und der funkelnden Kugeln wie jedes Jahr. Zwar lagen die Geschenke wie von Zauberhand darunter. Doch Elisabeth wusste, dass ihr einziger Wunsch nicht in Erfüllung gehen würde. Ihr Vater konnte Weihnachten nicht mit der Familie verbringen. Alle anderen Geschenke, die sie zu trösten versuchten, erschienen ihr wertlos.

Aber sie wollte nicht undankbar sein und öffnete daher die Geschenke mit einem Lachen. Teddy konnte genau erkennen, wie viel Anstrengung es Elisabeth kostete, für die Mutter das glückliche Mädchen zu spielen. Und auch die Mutter hatte große Mühe, gegen die Tränen zu kämpfen. Teddy erinnerte sich an die feierliche und freudige Stimmung im vergangenen Jahr. Der Krieg war weit entfernt gewesen, dass der Vater um sein Leben kämpfen würde, hätte niemand vorhersagen können. Und das alles für ein Vaterland, das noch immer von vielen Deutschen als wichtig und allen anderen Ländern überlegen angesehen wurde. Teddy hatte vor Augen, was viele Familien dem Vaterland zu verdanken hatten. Angst, Trauer, Verzweiflung. Es gefiel ihm gar nicht.

Elisabeth hatte verschiedene Süßigkeiten, ein Kleid, Bücher und Puppen zu Weihnachten geschenkt bekommen. Für ihre Mutter hatte sie ein Bild gemalt, das die Familie zeigte, und sie hatten in der Schule Topflappen gehäkelt, die die Mutter zwar ganz bestimmt nicht gebrauchen würde, sondern viel eher die Köchin, die Elisabeth ihr aber trotzdem schenkte. Als die Mutter das Bild sah, das eine glückliche Familie unter dem Weihnachtsbaum zeigte, konnte sie sich nicht mehr zusammenreißen. Sie ließ ihren Tränen freien Lauf. Elisabeth umarmte ihre Mutter und weinte ebenfalls. Nur Teddy saß daneben und war zum Zuschauen verdammt.

Irgendwann war es Zeit, zur Christmette zu gehen. Alle zogen sich warm an. Der starke Wind hatte nachgelassen, aber es schneite immer noch leicht. Teddy war überrascht, als Elisabeth ihn in die Tasche ihres Mantels steckte, sodass er noch nach draußen sehen konnte. Als sie zur Haustür kamen, sah Elisabeth etwas am Boden liegen. Sie bückte sich und hob einen Brief auf. Wahrscheinlich war er vorhin unbemerkt heruntergefallen.

»Mama, da ist noch ein Brief!«, rief sie und gab ihn weiter an die Mutter. Die wollte ihn, da sie schließlich zur Christmette gehen wollten und schon spät dran waren, auf eine Kommode legen und später öffnen. Dann fiel ihr Blick auf den Absender und sie riss das Kuvert hastig auf. Elisabeth sah, dass ihre Mutter plötzlich Tränen in den Augen hatte. Dabei strahlte jedoch ein Lächeln über ihr Gesicht. Elisabeth und Teddy sahen die Mutter erwartungsvoll an. Sie brauchte einen Moment um sich zu fassen, dann rief sie: »Der Brief ist von Papa. Er wird in einer Woche nach Berlin verlegt. Es geht ihm besser. Er ist außer Lebensgefahr.«

Elisabeth stieß einen lauten Schrei aus, rannte zu ihrer Mutter und umarmte sie. Teddy wurde dabei fast zerquetscht, freute sich aber sehr mit den beiden. Nach allem, was sie in den letzten Wochen mitgemacht hatten, war diese Nachricht für sie das größte und schönste Geschenk, das sie sich nur vorstellen konnten. Aufgedreht gingen beide durch den Schnee zur Kirche und Teddy war völlig überrascht, als er Frau von Liebenau dabei sah, wie sie einen Schneeball formte und nach ihrer Tochter warf. Der Gottesdienst in der festlich geschmückten und erleuchteten Kirche war in diesem Jahr noch bewegender als in früheren Jahren. Der Pfarrer erinnerte an die Soldaten, die Weihnachten an der Front begehen mussten, die verletzt oder gar gestorben waren. Als dann die alten Weihnachtslieder gesungen wurden, blieb wohl kein Auge trocken. »Oh du fröhliche, oh du selige, Gnaden bringende Weihnachtszeit!« Als Teddy das hörte, verstand er den Zauber von Weihnachten. Alles erschien ihm plötzlich möglich. Eine fröhliche Zeit sollte anbrechen, wenn Herr von Liebenau wieder zu Hause und gesund war. Das nächste Jahr sollte besser werden als das vergangene. Daran glaubte er fest, als sie durch den Schnee zurückstapften, sich zum Teil wildfremde Passanten ein frohes Fest wünschten und die Welt mitten im Krieg plötzlich friedlich und harmonisch wirkte. Teddy hoffte, dass der Geist von Weihnachten die Menschen ergreifen würde, sie dazu bringen würde, Hass und Streit einzustellen. In dieser Nacht schien ihm alles möglich. In dieser heiligen Nacht und vielleicht auch darüber hinaus …

Weihnachten in der Heimat

Schnee fiel auf die winterliche Landschaft, in der man einen kleinen Jungen mit Schlitten inmitten einiger schneebedeckter Bäume sehen konnte. Wenn die alte Dame das Glas schüttelte, dann verursachte sie ein erneutes Schneegestöber in der Kugel. Wenn sie dann jedoch aus dem Fenster sah, dann verging ihr die weihnachtliche Stimmung sofort wieder. Es regnete, Schnee war bei den relativ warmen Temperaturen nicht zu erwarten. Dann doch lieber die Glaskugel ansehen und von vergangenen Weihnachtstagen träumen, die eine völlig andere Stimmung hervorriefen. In ihrer Kindheit vor über achtzig Jahren hatte es immer Schnee gegeben. Zumindest meinte das die alte Dame. Es ist schon sehr eigenartig mit der Erinnerung – viele Menschen behaupten, dass in ihrer Kindheit der Winter noch ein richtiger Winter gewesen sei. Kalt und mit Schnee von November bis März. Schaut man sich dann jedoch die Aufzeichnungen der Meteorologen an, dann stellt man fest, dass es auch vor Jahrzehnten nicht so war, wie oft behauptet wird.

Doch es gab vor allem ein Weihnachtsfest, an das sich die alte Dame erinnerte. Weihnachten 1946 hatte sich ihr in das Gedächtnis eingeprägt wie kein anderes. Während sie in das Glas mit den Schneeflocken sah, verlor sich die alte Dame in ihren Erinnerungen. In ihrer Fantasie war sie wieder in jenem Jahr, das sie als ihr Schicksalsjahr oder auch »annus horribilis«, Schreckensjahr, bezeichnete. Sie sah sich in der kleinen Küche in Rohr in Niederbayern stehen, wo sie damals mit ihrer Familie lebte.

Vor einem Jahr, Deutschland hatte gerade den Zweiten Weltkrieg verloren, hatte sie noch Weihnachten in ihrem Heimatort Wudingrün im Egerland feiern können. Damals schwebte schon das Damoklesschwert der »Umsiedlung«, wie man die Vertreibung aus der Heimat verharmlosend im Bürokratendeutsch nannte, über ihren Köpfen. Und doch – so lange man noch in den eigenen vier Wänden war, blieb die Hoffnung, dass sich vielleicht noch alles zum Guten wenden würde. Die Hoffnung wurde jedoch bitter enttäuscht. Im Juni kam die Anweisung, dass die Familie sich im Sammellager am Bahnhof einzufinden hatte. Fast alles, was sich im Laufe ihres Lebens angesammelt hatte, mussten sie zurücklassen. Nur zwanzig Kilo Gepäck pro Person waren erlaubt. Nach einer Wartezeit im Sammellager, wurden sie in Züge verladen. Eine Reise in eine ungewisse Zukunft, denn wo sie hingebracht werden sollten, hatte man ihnen verschwiegen. Mit ihrem Mann, den fünf Kindern und den über siebzig Jahre alten Schwiegereltern kam sie wie erwähnt nach Rohr in Niederbayern. Es war schwer, auf engsten Raum in nur zwei Zimmern zusammenzuleben. In der alten Bäckerei, in der sie in der Heimat gewohnt hatten, war genug Platz gewesen. Man konnte sich auch einmal aus dem Weg gehen, wenn man allein sein wollte.

Schwierig war es, mit den Einheimischen in Kontakt zu kommen. Von ihnen wurden sie zu Beginn misstrauisch beäugt. Die »Kartoffelkäfer«, wie die Bauern, die sich für etwas Besseres hielten, die Vertriebenen nicht nur heimlich hinter ihrem Rücken nannten, waren nicht willkommen, wurden aber geduldet. Was blieb den Einheimischen auch anderes übrig, denn die Militärverwaltung sorgte dafür, dass sie ihnen Wohnungen zur Verfügung stellen mussten.

Nach einem halben Jahr hatten sich die Einheimischen so langsam daran gewöhnt, dass die Vertriebenen wohl für lange Zeit bleiben würden. Sie wurden freundlicher. Aber es war klar, dass man sie nie so richtig in ihre Dorfgemeinschaft aufnehmen würde. »Mia san mia«, das war ihr Motto. Und »mia« waren eben nur Leute, die in Rohr geboren und deren Familie seit etlichen Generationen dort gewohnt hatte.

Das erste Weihnachtsfest in dieser Umgebung war daher im Vorfeld alles andere als fröhlich. Anna, wie die alte Dame hieß, die inzwischen längst in ihren Erinnerungen versunken war und alles so erlebte, als würde es gerade erst geschehen, überlegte damals ständig, wie sie ihren Kindern einen unvergesslichen Heiligabend bereiten könnte. Natürlich hatten die Kinder schon überdeutlich von ihren Wünschen gesprochen, von denen ihre Mutter genau wusste, dass sie diese nicht erfüllen konnte. Das Geld reichte gerade so zum Leben. Jede Mark musste zusammengehalten werden. An Sparen für Weihnachtsgeschenke war nicht zu denken. Die drei kleinen Kinder, die ein, drei und fünf Jahre alt waren, würden es verschmerzen, wenn es keine Geschenke gab, die größeren, die elf und fast acht Jahre alt waren, hatten schon ihre Erwartungen. In den vergangenen Jahren war auch immer genügend Geld vorhanden gewesen. Die Bäckerei in der Heimat hatte floriert. Man fuhr ein Auto, konnte sich ein Kindermädchen und eine Hausangestellte leisten und hatte auch mitten im Krieg und in der unmittelbaren Nachkriegszeit nicht unter Hunger zu leiden gehabt.

Nie hätte sich Anna träumen lassen, dass sie einmal alleine ihre ganze Familie über Wasser halten musste, indem sie in einem alten Koffer Strickwaren von Haus zu Haus in die umliegenden Ortschaften fuhr und hoffte, ein paar dieser Kleidungsstücke zu verkaufen. Das Geld war dringend nötig für die Haushaltskasse, um Kleidung für die Kinder zu kaufen, denn ihr Mann war arbeitslos, verdiente nur gelegentlich mit Aushilfsarbeiten ein paar Mark dazu. Sie selbst, die so früh ihre Mutter verloren hatte und auf eigenen Beinen hatte stehen müssen, hatte von klein auf gelernt mit wenig zurechtzukommen. Ihr fiel es nicht so schwer, sich einzuschränken. Sie konnte improvisieren und aus wenig etwas machen. Darin war sie gut. Man erträgt viel, wenn man muss. Es war nicht Annas Art, zu jammern, aber wenn sie jetzt an Weihnachten dachte, dann wurde ihr doch etwas bang und ihr Improvisationstalent wurde aufs Äußerste strapaziert.

Anna sah aus dem Fenster. Ihre älteren Kinder waren draußen im Hof und spielten. Sie bauten einen Schneemann und bewarfen sich mit Schneebällen. Die Kleinen machten einen Mittagsschlaf. Ihr Vater ebenfalls. Und Franz, ihr Ehemann, war im Kloster, wo er von Zeit zu Zeit bei den Hausschlachtungen helfen konnte. Jetzt vor Weihnachten war das eine willkommene Aufbesserung der Haushaltskasse. Außerdem gaben die Mönche der Familie oft auch einen kleinen Teil des geschlachteten Schweines mit, sodass es neben dem vielen Gemüse auch einmal Fleisch zum Mittagessen gab. Wenn sie den Kindern beim Spielen zusah, dann hatte Anna den Eindruck, als wäre alles wie immer. Erstaunlich schnell hatten sie sich an die neue Umgebung in Niederbayern gewöhnt. Nur selten sprachen sie einmal von der alten Heimat, an die Anna und ihr Mann ständig dachten. Nur die älteste Tochter erwähnte sie ab und zu. Sie hatte mit ihren elf Jahren die Vertreibung ganz bewusst miterlebt und litt wohl am meisten unter ihr. Vor der Zeit war sie erwachsen geworden, hatte erwachsen werden müssen. Ihre Freunde aus Wudingrün hatte sie verloren und es war nicht leicht, neue Freunde zu finden, denn im Ort kannte man sich und jeder Fremde hatte es zunächst schwer.

Anna wischte die trüben Gedanken beiseite. Sie musste aus dem, was vorhanden war, das Beste machen. Klagen war nicht ihre Sache, also machte sie sich an die Arbeit. Sie begann alles für den Heiligabend vorzubereiten. Die kleine Wohnung hatte sie so gut sie konnte weihnachtlich geschmückt. Franz hatte einen kleinen Weihnachtsbaum aus dem Wald geholt. Die Kinder hatten Stroh- oder Papiersterne gebastelt, die Anna an die Fenster geklebt oder damit den Weihnachtsbaum geschmückt hatte. Lametta gab es auch und ein paar Weihnachtskugeln hatte sie ebenfalls besorgen können. Zu guter Letzt gab es auch noch einen selbst gebastelten Adventskranz. Sie gab ihr Bestes, die Stube wenigstens etwas gemütlich und weihnachtlich herzurichten, was ihr auch gelungen war. Draußen war es immer noch eisig kalt. Daher hatte die Natur etwas Besonderes sozusagen kostenlos zu den Weihnachtsvorbereitungen dazugegeben – Eiskristalle hatten sich an den Fensterscheiben gebildet. Wenn man hinaussah und die Eisblumen betrachtete, kam man sofort in eine melancholische Stimmung. Vor allem, wenn die Sonne schien und die Eisblumen in ihrem Glanz funkelten. Wie schön waren sie! So kunstvoll, so elegant und doch so zerbrechlich.

Hinzu kam der Geruch von Christstollen, der im Ofen gebacken wurde. Gerne hätten die Kinder ihn schon probiert, doch sie mussten bis zum Heiligabend warten. Der Tag verlief wie immer für Anna hektisch. Sie musste alles herrichten, putzen, kochen – es war schrecklich für sie. Die Kinder hatten keine Schule mehr, weshalb sie zu Hause waren und auf die Bescherung warteten. Eines war an Weihnachten wohl immer gleich – in der Familie gab es Streit. Wahrscheinlich waren alle so in Hektik und die Kinder konnten es kaum abwarten, bis der Weihnachtsmann endlich kommen würde. Ein Wort ergab das andere und schon gab es Krach. So auch dieses Mal. Franz schickte die Kinder aus dem Haus zum Schneemannbauen, damit er seine Ruhe hatte. Doch da hatte er sich getäuscht. Auch Anna hatte alle möglichen Anweisungen für ihn, was seine Laune nicht gerade aufhellte.

Die Stimmung besserte sich, als es dunkel wurde. Alle waren in der gemütlich geheizten Stube. Der Tisch war längst festlich gedeckt. Es würde nicht mehr lange bis zum Abendessen dauern. Anna werkelte in der Küche. Es roch nach Fisch. Dazu hatte Anna Kartoffelsalat gemacht. Vor dem Essen wurde natürlich gebetet. Das Festessen war köstlich und die Spannung der Kinder steigerte sich immer mehr. Nach dem Fisch gab es noch einen Nachtisch. Anna stellte den Christstollen in die Mitte des Tisches. Jeder bekam eine Scheibe. Dazu gab es Honig, den man daraufstreichen konnte. Schließlich kam der Höhepunkt. Franz brachte einen großen Apfel. Feierlich schälte er ihn und schnitt ihn dann in Stücke. Dabei musste er aufpassen, dass er nicht einen Kern durchschnitt, denn das würde Unglück im kommenden Jahr bedeuten. Feierlich legte er schließlich jedem ein Stück des Apfels auf den Teller.

Bevor es zur Mitternachtsmesse ging, wurde das Weihnachtsevangelium vorgelesen. Es wurde mucksmäuschenstill, bis die Geschichte zu Ende war. Durch den Schnee stapfte man dann zur Mitternachtsmesse. Die Glocken ertönten, in der Kirche war alles hell erleuch-

tet. Am Weihnachtsabend entfaltete die Kirche ihren ganzen Prunk. Die Mönche des Klosters zogen in einer feierlichen Prozession zum Gesang des Chores und der Gemeinde ein. Sie wurden begleitet von vielen Messdienern, die freudig ihre Weihrauchgefäße schwenkten und die Kirche im Handumdrehen in den Qualm des Weihrauchs hüllten. Man sang die alten Lieder und plötzlich waren alle eine Gemeinschaft, ganz gleich, ob man nun hier zu Hause war oder als Vertriebener erst vor Kurzen in das Dorf gekommen war. Weihnachten war das Fest der Familie. Es blieb gleich über die Jahre und Jahrzehnte. Viele der älteren Menschen erinnerten sich an ihre Jugend. Da konnte man über manches vom Leben gezeichnete und hart gewordene Gesicht ein kurzes Lächeln huschen sehen oder ein freudiges Funkeln in den Augen. Als der Gottesdienst zu Ende war, schneite es und die Kinder formten auf dem Nachhauseweg immer wieder Schneebälle, mit denen sie sich bewarfen. Es dauerte einige Zeit, bis die aufgeregten Kinder ins Bett gegangen und dann auch tatsächlich eingeschlafen waren. Im Haus wurde es ruhig. Nur Anna war noch wach. Sie bereitete die Bescherung vor, die traditionell erst am ersten Weihnachtstag in der Familie stattfand. Unter den Weihnachtsbaum legte sie die kleinen Geschenke, in der Regel praktische Sachen. Kleidungsstücke und etwas Obst. Dann war es auch für sie Zeit, endlich schlafen zu gehen.

Früh am nächsten Morgen stand Anna wieder auf. Sie zündete die Kerzen am Weihnachtsbaum an, deckte den Frühstückstisch, warf noch einmal einen Blick auf die Geschenke, bevor sie ein Glöckchen nahm und klingelte. Unter lautem Geschrei stürzten sich die Kinder in die gute Stube auf die Geschenke. Neben Kleidung gab es für die beiden kleinen Mädchen zwei Puppen, mit denen sie auch gleich zu spielen anfingen. Obwohl die Bescherung nicht reichlich ausfiel, waren alle zufrieden. Sie wussten, dass mehr nicht möglich war. Das Entscheidende war für alle jedoch zusammen zu sein, die schrecklichen Zeiten hinter sich gebracht zu haben und einfach Zeit miteinander zu verbringen.

Das Telefon schrillte und brachte die alte Dame unsanft zurück in die Gegenwart. Am Telefon war ihre Tochter und berichtete vom Weihnachtsstress, der sie wie jedes Jahr gepackt hatte, und wie schön doch die Weihnachtsfeste der Kindheit gewesen waren, so friedvoll und entspannt. Vor allem aber so einfach. Heute wäre das gar nicht mehr möglich. Die alte Dame musste lächeln, während sie zuhörte. Als das Gespräch zu Ende war, ging sie wieder zum Fenster. Die Dämmerung hatte eingesetzt, die Straßenlaternen waren eingeschaltet. Hatte sie gerade im Lichtschein ein paar Schneeflocken fallen sehen? Nein, das musste eine Täuschung gewesen sein. Dazu war es viel zu warm. Sie ließ die Rollläden herunter, nahm die Schneekugel und setzte sich in ihren Sessel. Anna schüttelte die Kugel, sah die Schneeflocken in ihr auf den Boden fallen und befand sich wieder in der Vergangenheit, die ihr mit einem Mal viel schöner als die Gegenwart erschien. Die Erinnerung ließ sie golden leuchten. Die alte Dame schloss die Augen und träumte von schneebedeckten Landschaften, dem Geruch von Christstollen, den Glocken der Mitternachtsmesse und dem Gesang des Chores in der Kirche.

Weihnachten 2017

Ein denkwürdiger Nikolausabend

Dass ich eines Tages den Nikolaus spielen sollte, hätte ich mir vor ein paar Jahren nicht vorstellen können. Es war noch gar nicht so lange her, dass ich selbst zu den Kindern gehört hatte, die aufgeregt auf den Heiligen Nikolaus, der von dem grimmigen Krampus begleitet wurde, im großen Saal des Internats gewartet hatte. Einige waren in banger Erwartung einer Strafpredigt, weil sie sich sehr genau an Verfehlungen aus dem vergangenen Jahr erinnerten. Andere freuten sich auf Geschenke. Vielleicht waren sie wirklich brav gewesen, vielleicht hatten sie aber auch nur verdrängt, was sie falsch gemacht hatten. Als Kinder erstarrten wir in Ehrfurcht, wenn der würdevolle Mann mit seinem langen weißen Bart und dem prunkvollen roten Gewand mit weißem Pelzkragen, einer Bischofsmütze und einem goldenen Bischofsstab durch die Reihen schritt. Der Krampus sah dagegen zum Fürchten aus. Er trug meist ein weißes Schafsfell und eine hässliche braune Maske. Unter dem großen brauen Schlapphut waren die Teufelshörner. Zumindest dachten wir das. Gesehen hatten wir sie nie. Außerdem hatte er kleine Glocken an einem Gürtel, die bei jeder Bewegung schepperten sowie eine lange Rute, mit der er versuchte, die Kinder zu schlagen. Wir wichen mit lautem Schreien zurück. Merkwürdigerweise traf er mit der Rute nie und ich hatte es auch nicht erlebt, dass er ein besonders freches Kind in seine »Butte«, einen Korb, den er auf dem Rücken trug, warf und mitnahm. Wohin war für uns immer ein Rätsel gewesen, denn wo sich der Krampus das ganze Jahr über aufhielt, war ein großes Geheimnis. Wahrscheinlich hauste er irgendwo im tiefsten Wald.

Dass ich im Saal bei den anderen Kindern gesessen hatte, erschien mir unendlich lange her, dabei war ich selbst erst fünfzehn. In diesem Jahr war ich dazu ausersehen worden, den Heiligen Nikolaus zu spielen. Das war eine große Ehre und natürlich wollte ich mich nicht blamieren. Tagelang hatte ich geübt. Der würdevolle Gang durch den Saal zur Bühne, wo ein riesiger alter Sessel stand, in den ich mich setzen sollte, während Krampus neben mir stehen und mir die Geschenke aus dem Sack reichen sollte, gelang schon ganz gut. Ebenso die verstellte Stimme, der ich einen tiefen und feierlichen Ton verlieh. Ich war gut vorbereitet und dennoch war ich nervös, als ich mich für den großen Auftritt umzog. Der Lärm, den die Kinder machten, war auch in unserem Umkleideraum zu hören. Krampus setzte seinen Hut auf, ich warf noch einmal einen Blick in den Spiegel. Der Bart saß gerade, ebenso die Bischofsmütze. Ich nahm den Bischofsstab in die Hand, Krampus den Sack mit den Geschenken auf den Rücken. Jeden Moment würden wir das Zeichen bekommen, dass wir in den Saal gehen sollten.

Die Anspannung stieg. Es wurde plötzlich ruhig. Eine Stimme war zu vernehmen. Es war die Direktorin, die ein paar Worte sprach. Was sie sagte, konnten wir nicht verstehen. Dann hörten wir, wie die Kinder anfingen zu singen. Das war das Zeichen, dass es losging.

Alles klappte wie am Schnürchen. Die Kinder sangen, ich winkte als Heiliger Nikolaus würdevoll in die Runde und der Krampus sprang immer wieder plötzlich nach vorne, grunzte schauerlich und schlug mit der Rute in die Luft, was einige der kleinen Kinder so erschreckte, dass sie nicht mehr weitersingen konnten, sondern stattdessen den Tränen nahe waren. Auf der Bühne angekommen, ließ ich den großen Sessel, den man mir hingestellt hatte, zunächst stehen. Bevor es zu einer kleinen Bescherung kommen sollte, sagte Krampus seinen Spruch auf, nämlich das Gedicht »Von draus vom Walde komm ich her …«. Die Kinder hörten aufmerksam zu, vor allem, als er am Ende sagte: »Nun spreche, wie ich's hier innen find. Sind's gute Kind, sind's böse Kind?« Dabei sah er in die Runde und drohte den bösen Kindern ein weiteres Mal mit seiner Rute. Entsetzt schrien einige auf. Hoffentlich bekamen sie keine Alpträume.

Jetzt war es meine Aufgabe, vorzulesen, was es zu den einzelnen Kindern zu sagen gab. Die Schulleiterin kam mit einem großen Buch und überreichte es mir. Ich setzte mich langsam und würdevoll in den großen Sessel. Da geschah es! Der Stuhl stand etwas wacklig auf einem Podest, auf das eine rote Decke gelegt worden war, damit alles feierlicher aussah. Nervös war ich nach wie vor, weshalb ich auf dem Stuhl etwas hin und her rutschte, um bequem zu sitzen. Dabei rückte der Sessel wohl etwas zu weit nach hinten. Mitsamt dem Stuhl fiel ich von dem etwa achtzig Zentimeter hohen Podest. Es gab einen lauten Knall, einen entsetzten Aufschrei. Die Lehrerinnen waren in heller Aufregung, weil sie befürchteten, ich hätte mich bei dem Sturz verletzt. Eine Schrecksekunde – doch als ich mich bewegte und alle merkten, dass ich mich nicht verletzt hatte, ging das Gelächter los. Die Kinder amüsierten sich köstlich. Der Nikolaus am Boden liegend zwischen den Trümmern des Sessels. Der Bart war verrutscht, die Bischofsmütze herabgefallen. In der Tat ein lustiger Anblick. Krampus drohte den Kindern zwar erneut mit seiner Rute, aber er selbst konnte sich kaum beherrschen und musste wie sie über die peinliche Situation lachen. Ich sprang so schnell ich konnte auf, richtete meinen Bart, suchte die Bischofsmütze und brachte mein Gewand wieder einigermaßen in Form. Für einen Moment drehte ich mich mit dem Rücken zu den Kindern. Zwar war mir der Sturz überaus peinlich, aber es war andererseits auch eine komische Situation, sodass selbst ich kurz lachen musste. Als ich mich wieder gefasst hatte, drehte ich mich um und versuchte den Rest der Veranstaltung so würdevoll wie möglich über die Bühne zu bringen, was natürlich nicht mehr möglich war. Ich las die Texte aus dem großen Buch vor, überreichte Geschenke und für kurze Zeit ging ich so in der Rolle auf, dass der Sturz vergessen war. Am Ende sangen wir alle zusammen noch einmal das Weihnachtslied

»Oh, du fröhliche«. Beim Auszug aus dem Raum klatschten die Kinder, manche lachten, doch alle hatten strahlende Augen und würden diesen Abend bestimmt genauso wenig vergessen wie ich.

Weihnachten in Bethlehem

»So zog auch Josef von der Stadt Nazareth in Galiläa hinauf nach Judäa in die Stadt Davids, die Bethlehem heißt; denn er war aus dem Haus und Geschlecht Davids. Er wollte sich eintragen lassen mit Maria, seiner Verlobten, die ein Kind erwartete. Es geschah, als sie dort waren, da erfüllten sich die Tage, dass sie gebären sollte, und sie gebar ihren Sohn, den Erstgeborenen.«

Wie oft hatte ich diese Worte aus der Bibel wohl schon gehört? Jedes Jahr an Weihnachten wurden sie vorgelesen und jeder, der sie vernommen hatte, hatte sich wohl in seiner Fantasie ein Bild des Geburtsortes von Jesus Christus gemacht. Bethlehem war für mich ein kleines Dorf. Ländlich, weitab von größeren Städten. Einige Schäfer lebten dort und betrieben Landwirtschaft. Sie lebten in kleinen Häuschen. Die Tiere waren in benachbarten Ställen untergebracht und in einem dieser schlichten Ställe war Jesus geboren worden. So viel zu meiner romantischen Vorstellung, die vielleicht auf die Zeit von Christi Geburt zutraf, aber sicher nicht mehr auf die Gegenwart. Dennoch wollte ich Weihnachten einmal an dem Ort verbringen, wo alles oder zumindest das Neue Testament begonnen hatte. Einmal Weihnachten in Bethlehem feiern. Lange hatte ich diesen Wunsch aufgeschoben. Es gab viele ernst zu nehmende Bedenken. Sollte man wirklich angesichts des Nahostkonflikts ins Westjordanland reisen und sich der Gefahr eines Anschlags aussetzen? Mehrfach verschob ich die Reise, bis ich mir sagte, dass ich wahrscheinlich noch Jahrzehnte warten müsste, bis der Nahostkonflikt beendet wäre. Es war kaum vorstellbar angesichts der vielen Konfliktfelder, dass ich dies erleben sollte. Außerdem: Hatte ich nicht aus nächster Nähe gesehen, wie in Paris Straßen wegen Bombendrohungen abgesperrt wurden, wie bei den Opernfestspielen in Orange Scharfschützen in der Arena postiert waren, um mögliche Anschläge abzuwenden? Die Welt war in den vergangenen Jahren gefährlicher geworden. Damit musste man leben und entweder weitermachen wie bisher oder sich zurückziehen. Ich hatte nicht die Absicht, mich zurückzuziehen und buchte schließlich die Reise.

Mein Hotel war in Jerusalem. Hätten Josef und Maria heutzutage versucht, in Bethlehem zur Weihnachtszeit eine Herberge zu finden, sie wären kläglich gescheitert. Alles war schon Monate zuvor ausgebucht. Das war allerdings nicht so schlimm, denn Jerusalem ist nicht weit entfernt. Mit einem Taxi war man in nicht ganz einer halben Stunde mitten im Zentrum von Jesus Geburtsort. Natürlich dauerte es an Weihnachten länger, weil Pilgerscharen in die Stadt zogen und seit einigen Jahren noch mehr Kontrollen stattfanden. Bethlehem bot aus der Ferne keinen schönen Anblick. Wer ein idyllisches Dorf wie zu Zeiten von Jesus Christus erwartete, der wurde bitter enttäuscht. Von Weitem konnte man bereits die hässliche graue Mauer erkennen, die Bethlehem seit einigen Jahren umschloss. Auf einer Strecke von 759 Kilometern sollten diese Grenzbefestigungen Israel vom Westjordanland abtrennen, teilweise mit Stacheldraht, aber auch mit hohen Mauern. Kritik gab es, allerdings nicht so heftig wie an den Plänen von US-Präsident Trump, wenn er den Bau einer Mauer an der Grenze zu Mexiko forderte. Scheinbar leben wir in einem neuen Zeitalter der Grenzmauern. Auch die EU hat in den vergangenen Jahren ihr Möglichstes getan, um ihre Außengrenzen mit Zäunen, Mauern und Stacheldrähten abzusichern. Im Fall von Bethlehem erregte die Frage, wo man denn nun die Grenze ziehen sollte, seit Langem die Gemüter. Darüber kam es immer wieder zu Streit und zu überaus kuriosen Situationen. Ein palästinensisches Haus, das immer wieder auch im Fernsehen gezeigt wurde, um den Wahnsinn dieses ganzen Mauerbauunternehmens zu illustrieren, war beispielsweise von drei hohen Mauern umgeben. Wie furchtbar musste es sein, dort zu leben! Ohnehin wirkte die Stadt schon von Weitem wie ein Hochsicherheitsgefängnis und wahrscheinlich fühlten sich die dort lebenden Palästinenser auch wie Gefangene in ihrer eigenen Stadt. Als ich an die Grenze kam, die auf israelischer Seite hässlich grau war, musste der Fahrer anhalten und ich musste meinen Ausweis vorzeigen.

Kaum war ich auf der palästinensischen Seite, änderte sich die Mauer. Sie war nicht mehr grau, sondern wurde plötzlich bunt. Da das Taxi anhielt und mich der Fahrer aufforderte, die restliche Strecke zur Geburtskirche zu laufen, konnte ich mir die Gemälde und Parolen auf der Mauer etwas genauer ansehen. »Peace« war immer wieder zu lesen. Frieden war in dieser Gegend der Welt ein hohes Gut, das es zu erreichen galt, sich aber in weiter Ferne befand. »Make Hummus not War« war ein Spruch, der mir besonders gefiel, denn er hatte Witz und zeigte, was die Menschen wirklich brauchten – Essen statt Kriege. Es waren aber auch kunstvolle Gemälde zu sehen. Touristen pilgerten zu den berühmten Werken von Banksy – dem palästinensischen Steinewerfer, der statt eines Steins einen Blumenstrauß in der Hand hält, oder dem Engel, der mit einem Brecheisen versucht, die Mauer zu öffnen. Nicht zu vergessen das Mädchen, das einem Soldaten die Waffe abnimmt, oder die Friedenstaube mit kugelsicherer Weste, die Bethlehem-Besucher begrüßt. An Weihnachten hatte Banksy auch einmal eine Krippe mit der Heiligen Familie vor einem Einschussloch an der Mauer dargestellt. Diese Kunstwerke berührten ebenso wie diejenigen von unbekannten Künstlern, die beispielsweise Kriegsszenen darstellen oder ein Mädchen, das versucht, mithilfe einer Leiter die Mauer zu überwinden. Der Kontrast zwischen der Mauer, die Teilung symbolisiert, und der Hoffnung, für die Bethlehem als Geburtsort des Erlösers steht, war bestürzend und machte mich nachdenklich.

Der Strom der Pilger in Richtung Geburtskirche hatte bereits deutlich zugenommen. Weihnachtsstimmung kam bei mir angesichts der vielen Menschen und den bisher wenig fröhlichen Eindrücken von Bethlehem noch nicht auf, obwohl es mit ungefähr zehn Grad durchaus kalt war. Immerhin schien die Sonne. Mit Schnee in Palästina hatte ich ohnehin nicht gerechnet. An der Mauer stand ein geschmückter Baum. Allerdings befanden sich an den Zweigen keine Christbaumkugeln, sondern Handgranaten und Transparente, die an die Unterdrückung der Palästinenser erinnerten. Eine Musikkapelle, die Lieder auf Dudelsäcken spielte, trug auch nicht gerade zu weihnachtlicher Stimmung bei. Je näher ich dem Krippenplatz vor der Geburtskirche kam, desto mehr Händler stürzten auf mich zu, die mir teilweise sehr rabiat ihre geschnitzten Krippenfiguren oder Ähnliches andrehen wollten. Bettelnde Kinder ließen sich kaum abschütteln. Nein, so hatte ich mir Weihnachten in Bethlehem wirklich nicht vorgestellt. Ich begann schon zu bedauern, dass ich diese Reise auf mich genommen hatte. Manchmal war es besser, wenn man Orte, von denen man träumte, nicht in der Realität sah. Vielleicht war das hier auch der Fall.

Jetzt kam ich an erneute Absperrungen, an denen man kontrolliert wurde. Um in die Messe gehen zu können, benötigte man eine Einlasskarte, die ich rechtzeitig zuvor besorgt hatte. Ich musste durch einen Metalldetektor, wurde abgetastet und befand mich schließlich auf dem Krippenplatz, der von vielen palästinensischen Polizisten bewacht wurde. Sie würden nicht zögern, sofort zu schießen, wenn sie Gefahr vermuteten. In Kürze sollte auch Palästinenserpräsident Abbas eintreffen, der jedes Jahr die Mitternachtsmesse mitfeierte. Auf dem Krippenplatz war der riesige Tannenbaum zu sehen, der mit einer Vielzahl von Kugeln in allen Farben geschmückt war. Was bei uns als furchtbar kitschig empfunden worden wäre, das gefiel den Menschen hier. Alles war sehr farbenfroh geschmückt. Über den Straßen befanden sich grüne Girlanden. Wenn es am Abend dunkel wurde, dann konnten die vielen Lichter erst ihren ganzen Glanz entfalten. Noch war es nicht so weit, was aber nicht bedeutete, dass es ruhig zuging. Ich beschloss, durch die Gassen des Basars zu streifen und mir ein Café zu suchen, in dem ich mich noch etwas stärken konnte, bis am Abend der Gottesdienst losgehen würde.

Ich ging ein Stück die Mauer entlang und betrachtete die Malereien darauf. Neben einigen anti-israelischen Parolen, gab es auch einiges zu entdecken, das mich durchaus schmunzeln ließ. So konnte man einen Pinguin sehen, der mit einem Regenschirm in den Nationalfarben Palästinas scheinbar mühelos über die Mauer flog. Da mir der Basar zu voll war, suchte ich mir einen Platz in einem Café. Ich setzte mich direkt ans Fenster mit einem schönen Blick auf die Geburtskirche, trank einen Minztee und ließ das Leben an mir vorüberziehen. Langsam wurde es dunkel. Die Lichter gingen an. Jetzt konnte ich zum ersten Mal die Magie von Weihnachten am Geburtsort von Jesus Christus spüren. Alles leuchtete, funkelte, strahlte im Glanz der Lichter. Als der große Baum vor der Kirche erleuchtet wurde, gingen zugleich unzählige Handylichter an. Ein wahres Blitzlichtgewitter, das aber aus der Ferne bezaubernd aussah. Ich hatte keine Lust, wieder hinaus in die Kälte zu gehen. Eigentlich könnte ich auch sitzen bleiben und beobachten. Plötzlich stand ein kleines Mädchen vor dem Fenster. Sicher eine Palästinenserin. Sie trug dunkle Kleidung, ihr Gesicht war braungebrannt und ihre dunkelbraunen Augen sahen mich direkt an. Ihre Haare waren unter einem auffälligen roten Kopftuch mit schwarzen Mustern verborgen. Das Mädchen hatte mich fest mit ihrem Blick fixiert. Es war wie ein Wettkampf. Wer von uns würde zuerst wegsehen? Ich verlor den Kampf. Ein Lächeln huschte für einen winzigen Moment über ihr sonst ausdrucksloses Gesicht. Sie winkte mir zu, hinauszukommen. Wahrscheinlich war sie eines der vielen Straßenkinder, die Geld von Touristen wollten. Aber sie sah gar nicht danach aus. Ihre Kleidung war sauber. Sie war selbstbewusst, aber nicht dreist. »Du bist dumm, wenn du ihr folgst«, sagte ich mir. »Sie will nur Geld, was sonst?« Noch während ich das dachte, legte ich ein paar Münzen für den Tee auf den Tisch und ging hinaus.

Als ich draußen war, schlug mir die kalte Luft entgegen. Seit die Sonne untergegangen war, war es noch kälter geworden. Ich sah mich um. Das Mädchen war weg. Mein Blick schweifte über den Platz. Da entdeckte ich in der Menge das rote Kopftuch. Das Mädchen lief in Richtung Geburtskirche, blieb stehen, drehte sich um und sah mich an. Dann lief es unbeirrt weiter. Ich ging ihr nach, verlor sie mehrmals aus den Augen, doch sie tauchte immer wieder auf. Das Mädchen lief zur Geburtskirche, allerdings nicht zum Haupteingang, vor dem sich immer mehr Menschen drängten, um auf die Ankunft des Patriarchen zu warten, sondern ging auf einem schmalen Weg seitlich vom Gebäude. Auf dem Hauptplatz fand eine Prozession mit Musikgruppen statt. Die Tore der Kirche waren vorübergehend geschlossen worden, um die Messe vorzubereiten. Gebete, Gesänge, Dudelsackmusik, Trompetenklänge – alles durcheinander ergab einen Heidenlärm und doch eine faszinierende Stimmung. Es war nicht leicht, sich durch die Menschengruppen zu schlängeln, um ebenfalls zu der engen Gasse zu gelangen. Gerade hatte ich noch das rote Kopftuch gesehen. Doch im nächsten Moment war es erneut verschwunden. Als ich mich umsah, bemerkte ich, dass eine Treppe hinunter zu einer Tür führte, durch die man in die Geburtskirche gelangen konnte. Viel Gerümpel stand herum. Der Eingang wurde wohl kaum benutzt. Erstaunlich, dass er offen war und keine Sicherheitskräfte sich in der Nähe befanden. Hier musste das Mädchen hinuntergegangen sein. Bevor ich ihr in die Kirche folgte, steckte ich meinen Geldbeutel in die Innentasche meiner Jacke und machte sie zu. Als Tourist war man irgendwie immer misstrauisch, wobei die Situation, in der ich mich befand, auch alles andere als vertrauenerweckend war.

Vorsichtig ging ich die Stufen hinunter. Es war dunkel und roch modrig. Sollte ich wirklich weitergehen? Die Neugierde war zu groß. Ich befand mich in einem unterirdischen Gang. Schwach drang Licht herein. Am Ende des Ganges erkannte ich undeutlich das Mädchen. Es winkte mir zu. Langsam näherte ich mich ihm, doch es bog erneut um die Ecke. Hinter ihr befand sich ein prachtvoll ausgeschmückter Raum. Der Raum war mir von vielen Bildern und Filmaufnahmen bekannt. Es war die Kapelle oberhalb der Geburtsgrotte. Der Ort, an dem vor über zweitausend Jahren Jesus Christus der Überlieferung nach geboren worden war. Und ich war ganz allein in der Kapelle. Nein, nicht ganz. Das Mädchen stand am anderen Ende des Raums und sah mir zu, wie ich zu der Stelle ging, an der ein silberner Stern am Boden angebracht worden war. Rund herum waren viele Kerzen, die den Raum in ein warmes Licht tauchten und mich nach der Kälte im Freien wieder aufwärmten. Eine Menge silberner Leuchter hingen von der Decke herunter. Ich ging zu der Nische, die ein wenig an einen Kamin erinnerte, und kniete mich an der Stelle, an der sich ein silberner Stern rund um ein kleines Loch befand, hin. Mein Blick ging hinunter in die Geburtsgrotte. Ich fing gerade an, ein Gebet zu sprechen, als ein Chor zu singen begann. Sicher war das reiner Zufall. Doch es berührte mich so sehr, dass ich meine Tränen kaum zurückhalten konnte. Vor über zweitausend Jahren war hier ein Kind geboren worden, dessen Leben die Welt verändert hatte. Wenn seine Botschaft nur verstanden werden würde, dann würde uns all das erspart bleiben, was man nur wenige Meter entfernt außerhalb der Kirche sehen konnte. Mauern, Hass, Krieg, Leid. Ob Jesus nur im Entferntesten geahnt hatte, wie viel Leid eine falsche und fanatische Auslegung der Religion über die Menschheit bringen würde? Oder war das vielleicht alles eine Prüfung? Ich konnte nicht länger darüber nachdenken. Ein Pfiff riss mich aus den Gedanken. Das Mädchen, das bisher kein Wort gesprochen hatte, winkte mir zu, dass ich ihm folgen sollte. Draußen wurde es lauter. Die Zeit für den Einzug des Patriarchen in die Geburtskirche war gekommen. Schnell ging ich durch das Hauptschiff der Kirche, das wegen Renovierungsarbeiten eingerüstet war und keinen schönen Anblick bot, in die Katharinenkirche, in der die Mitternachtsmesse stattfinden sollte.

Einige Priester gingen ebenfalls durch die Kirche, nahmen aber keine Notiz von mir. Der Höhepunkt des Jahres stand für sie in wenigen Minuten an. Die Augen der Welt richteten sich auf Bethlehem. Da durfte nichts schiefgehen. Von draußen war bereits Musik zu hören und auch in der Kathedrale wurde der Gesang fortgesetzt.

Alles erstrahlte mit einem Mal im Lichterglanz. Es war kurz vor Mitternacht. Ein Chor begann erneut zu singen, die Orgel ertönte. Der Patriarch zog in die Kirche ein. Ihm voran gingen eine ganze Schar von Messdienern und Priestern in prunkvollen Gewändern. Alle waren sie eingehüllt in Weihrauchschwaden, die einen Hustenreiz auslösten. Hinter dem Patriarchen kamen die Gläubigen, die schnell die Kirche bis zum letzten Platz füllten. Für einen kurzen Moment sah ich die weißen Haare von Präsident Abbas, der von seinen Sicherheitskräften begleitet wurde. Dann begann die Messe. Es wurden viele feierliche Lieder gesungen, der Patriarch predigte, aber ich verstand nichts davon. Er hatte wohl bewegende Worte gesagt, denn einige der Gläubigen weinten. Ich selbst hatte ebenfalls Tränen in den Augen. An diesem besonderen Ort an diesem besonderen Tag müsste man ein Herz aus Stein haben, wenn man keine Rührung empfand. Die ganzen Umstände der Anreise, die Mauern, die Geschäftemacherei der Händler vor der Geburtskirche, das Leid und Elend der Bevölkerung waren in diesem Moment, in dem der Geburt des Sohnes Gottes gedacht wurde, verschwunden. Stattdessen gab es Hoffnung, dass die Menschheit ihre Fehler doch noch buchstäblich im letzten Moment begreifen und sich ändern würde. Darüber dachte ich nach und glaubte in diesem Augenblick fest daran.

Plötzlich spürte ich eine kleine Hand. Ich sah hinunter und neben mir stand das Mädchen mit dem roten Kopftuch. Es hatte meine Hand umschlossen und lächelte mich an. Wir sprachen kein Wort, waren aber für einen Moment eng miteinander verbunden. Ich wusste nicht, warum mich das Mädchen ausgewählt hatte, mir den Zauber der Geburtsgrotte vor dem Ansturm der vielen Pilger zu zeigen. Ich wusste nicht einmal, wer das Mädchen war. Und doch waren wir uns nah. Wir verfolgten den Gottesdienst weiter. Schließlich ging ich zur Kommunion. Als ich an meinen Platz zurückkam, war das Mädchen verschwunden. Mir fehlte die Zeit, darüber nachzudenken. Nach dem Segen zog der Patriarch unter sich steigernden Chorgesang hinüber zur Geburtskirche, um an der Stelle der Geburt von Jesus Christus zu beten. Die Menschen waren außer sich vor Begeisterung. Jetzt gingen die Handys wieder nach oben, es blitzte ununterbrochen. Der Gottesdienst war überwältigend gewesen, doch diese andere Seite von Weihnachten in Bethlehem musste ich mir nicht mehr ansehen. Das kannte ich aus Rom, wo sich inzwischen der Papst schon über die hoch über die Köpfe der Menschen erhobenen Handys und die fehlende Andacht während der Gottesdienste empört hatte.

Ich ging hinaus in die kalte Nacht und lief noch ein Stück in Richtung Grenze, bevor ich mir ein Taxi rufen wollte. Der Gottesdienst und die Erlebnisse der Nacht hatten mich zu sehr aufgewühlt, um sofort zurück ins Hotel zu fahren. Ich brauchte nach diesem Fest der Freude, den Menschenmassen und dem Rausch an Musik und Lichtern für einen Moment Stille, um meine Gedanken zu ordnen. Ich fand sie an der großen Mauer von Bethlehem. Man könnte sie auch als eine Art Klagemauer bezeichnen, nur dass hier nicht Juden ihrem Gott von ihren Sorgen berichteten, sondern die Palästinenser sich über die unwürdige Behandlung durch Israel beklagten. Wie schön wäre es, eines Tages zurückzukehren und die Mauer wäre für immer verschwunden! Jeder, der einmal hier war, müsste mit seinen Möglichkeiten, und seien sie noch so begrenzt, gegen diesen Schandfleck ankämpfen. »Merry Christmas from Bethlehem Ghetto«, stand auf der Mauer in leuchtend roter Farbe. Tannenbäume mit bunten Kugeln waren daneben gemalt. Der Gedanke von Weihnachten, die Sehnsucht nach Frieden in einer unruhigen Welt, war überall. Und mit ihm auch Hoffnung. Die Menschen in Bethlehem hatten es in dieser Nacht auf das Schönste bestätigt. »Frohe Weihnachten«, rief ich einem Mann entgegen, der kein Wort verstand, aber dennoch mit einem Lachen etwas auf Arabisch antwortete. Dieses Lachen und die Erinnerung an ein kleines Mädchen mit einem roten Kopftuch mit schwarzen Punkten begleiteten mich nicht nur zurück in mein Hotel, sondern in mein weiteres Leben.

Weihnachten 2017

Der Geist von Weihnachten

Vor einem Jahr war Weihnachten noch wie immer. Am späten Nachmittag war Alfons Mildenbergers Sohn bei ihm vorbeigekommen und hatte ihn zum Abendessen abgeholt. Seit dem Tod seiner Frau lebte Mildenberger allein. Er hatte die Achtzig längst überschritten und eigentlich ging er am Abend nicht mehr gerne aus dem Haus. Der alte Mann hatte seinen täglichen Ablauf, an dem er so wenig wie möglich ändern mochte. Das Alleinsein machte ihm nichts aus. Im Gegenteil – er fühlte sich nach den vielen Ehejahren, die nicht unbedingt glücklich gewesen waren, frei. Er genoss es regelrecht, nur für sich da zu sein. Probleme anderer Menschen interessierten ihn nicht mehr. Wenn er die Wahl hatte, dann zog er ein Buch oder einen Film einem Menschen vor. Das Buch konnte er beiseitelegen, den Film ausschalten, wenn er gelangweilt wurde. Bei seinen Mitmenschen funktionierte das nicht so leicht und problemlos. Am liebsten wäre der alte Mann nach dem Tod seiner Frau gar nicht mehr an Weihnachten zur Familie seines Sohnes gegangen, aber er wusste, dass es dem Sohn und auch seinen Enkeln viel bedeutete, wenn er mit ihnen den Heiligabend verbrachte. Ihm selbst war Weihnachten egal. Es war nur ein Tag, der seine Routine unterbrach und Stress verursachte. Er war immer heilfroh, wenn die Feiertage vorbei waren. Aber bis dahin saß er in seinem dunkelblauen Jackett am Wohnzimmertisch im Haus seines Sohnes, denn seine Schwiegertochter legte Wert auf festliche Kleidung. Bestimmt würde sie wieder viele Fotos mit ihrem Smartphone machen und an Gott und die Welt verschicken. Es störte ihn nicht, wenn er auch wenig Verständnis dafür hatte, dass, bevor man mit dem Essen beginnen konnte, erst einmal die vollen Teller fotografiert und die Bilder verschickt werden mussten. Das vergaß seine Schwiegertochter, im Gegensatz zu einem Tischgebet, nie.

Nach dem Essen – die Kinder waren inzwischen schon sehr aufgeregt – gab es die Bescherung. Alfons Mildenberger las jedes Jahr die Weihnachtsgeschichte vor. Dann waren die Kinder nicht mehr zu halten. Sie rissen die Geschenke förmlich auf. Mal waren sie begeistert, ein anderes Mal enttäuscht. Das war so ziemlich die einzige Überraschung am Heiligabend. Entweder saßen die Kinder nach der Bescherung friedlich und glücklich mit ihren Geschenken spielend unter dem Weihnachtsbaum oder sie schmollten und dann war die Stimmung für den Abend verdorben. Unterdessen unterhielten sich die Erwachsenen. Mildenbergers Schwiegertochter ließ als Hintergrundmusik CDs mit Weihnachtsliedern laufen. Das sollte wohl gemütlich sein, doch leider waren sie immer zu laut, sodass die Unterhaltungen anstrengend wurden. Spätestens um 21 Uhr wurde der alte Herr ungeduldig. Es wurde Zeit, ihn nach Hause zu fahren. Sein Sohn machte für ihn immer einen Umweg, um ihm die weihnachtlich beleuchtete Hauptstraße der kleinen Stadt zu zeigen. Der Weihnachtsschmuck war immer gleich, nur im vergangenen Jahr hatte man sich etwas Neues einfallen lassen und auf die Fassade der Kirche Sterne projiziert. Dann kamen sie bei ihm zu Hause an. Er bedankte sich noch einmal für den Abend und die Geschenke. Wenn er endlich die Tür hinter sich abschließen konnte, atmete Mildenberger tief durch. Er ging in sein Wohnzimmer und ließ sich in den Sessel fallen. Diese Ruhe war wunderbar. Das Geschrei der Kinder, die laute Musik, die Unterhaltungen – das alles strengte den alten Mann, der seine ruhige Umgebung gewohnt war, sehr an und es erfüllte ihn eine Welle des Glücks, wenn er den Abend überstanden hatte.

So lief es Jahr für Jahr ab, doch in diesem Jahr war alles anders. Deutschland befand sich in der sogenannten »Zweiten Welle« der Covid-19-Pandemie. Nach den Lockerungen im Sommer gab es längst wieder Kontaktbeschränkungen, ja sogar wieder einen harten Lockdown, nachdem ein sogenannter »Lockdown light« nichts gebracht hatte. Ein Weihnachtsfest mit der Familie hätte dennoch stattfinden können. Die Politik hatte sich nicht getraut, dies zu verbieten, obwohl die Virologen schlimme Folgen für Januar prognostizierten. Er hätte also durchaus mit einem weiteren Hausstand, wie sich das nannte, Weihnachten verbringen können. Doch Mildenberger hatte längst die Chance, Weihnachten alleine bei sich zu Hause bleiben zu können, erkannt und setzte sie nun in die Tat um. Wortreich legte er seinem Sohn dar, dass er sich aufgrund seines Alters in der Hochrisikogruppe befinde. Gerne hätte er seine Enkel gesehen und natürlich würde er das Weihnachtsfest mit der Familie vermissen, aber er müsse auf seine Gesundheit Rücksicht nehmen. Schließlich wolle er noch ein paar Jahre leben und sich wegen eines gemeinsamen Beisammenseins nicht der Gefahr aussetzen, sich mit dem Virus zu infizieren. Mildenberger hielt sich für sehr überzeugend, doch sein Sohn glaubte ihm kein Wort. Er wusste, dass sein Vater sich wenig aus Weihnachten und der Familie machte. Um einen Streit zu vermeiden, stimmte er dem Vater zu. Er fügte jedoch hinzu, dass er immer willkommen wäre, wenn er seine Meinung ändern würde.

Diese Absicht hatte der alte Mann jedoch nicht. Im Gegenteil. Er war überaus erfreut, dass er so einfach mit seiner Ausrede durchgekommen war. Was hätte sein Sohn auch erwidern können? Für den Weihnachtsabend hatte Mildenberger sich eine Flasche Wein kühl gestellt. Zum Essen sollte es ein paar Bratwürste geben. Mit Kartoffelsalat, den ihm sein Sohn als Gruß von der Schwiegertochter bereits am Mittag vorbeigebracht hatte. Er hatte ihn vor die Tür gestellt und dann mit ausreichend Sicherheitsabstand ein paar Worte mit seinem Vater gesprochen. Dieses Weihnachtsfest sollte ganz nach Mildenbergers Geschmack werden. Ohne Familie, nur er allein und der Fernseher. Der alte Mann setzte sich nach dem Essen in seinen Fernsehsessel und sah sich die Sendung »Weihnachten mit dem Bundespräsidenten« an. Besonders spannend war das nicht. Die üblichen Reden, immer dieselben Weihnachtslieder.

Zum Einschlafen. Als dann auch noch irgendwelche Trachtengruppen auf dem Bildschirm erschienen und bayerische Lieder sangen, schaltete er um. In anderen Sendern war es nicht viel besser. Mildenberger fragte sich seit etlichen Jahren, warum ausgerechnet an Weihnachten die Fernsehsender alte Kriegsfilme ausgruben. Anlässlich des »Festes des Friedens und der Liebe« war dies völlig unangebracht. Und auch sonst kam nur Kitsch.

Er schaltete den Apparat aus. Stattdessen nahm er eine alte Schallplatte mit Weihnachtsliedern von Bing Crosby, die er viel lieber hörte als »Last Christmas« und die anderen Lieder, die im Radio unzählige Male gespielt wurden. Dazu ein gutes Buch und der Abend war gerettet. Der alte Mann sah auf die Uhr. Es war noch nicht einmal 19 Uhr. Merkwürdig, wie lang sich der Abend hinzog. Für einen Moment dachte er an seine Familie. Wahrscheinlich saßen sie jetzt unter dem Weihnachtsbaum und packten die Geschenke aus. Einen Anruf von ihnen hatte er schon erwartet, doch es kam keiner. Bestimmt fehlte er ihnen nicht besonders und sie dachten gar nicht an ihn. Enttäuschend war das schon. Mildenberger hätte allerdings, wenn er seine Familie unbedingt hätte sprechen wollen, auch zum Hörer greifen und deren Nummer wählen können. Aber das tat er aus Prinzip nicht. Schließlich war er der Ältere. Sie sollten ihn anrufen und wenn sie das nicht machten, dann eben nicht.

Inzwischen war es 19 Uhr. Sollte er sich die Nachrichten im Fernsehen anschauen? Nein, es würde doch nur wieder um Corona gehen. Er konnte das nicht mehr hören. Die neuesten Infektionszahlen. Einen Tag stiegen sie, am nächsten gingen sie zurück. Aber sie verschwanden nie ganz. Welches Land stand gut da, welches nicht? Es war der reinste Wettbewerb wie bei den Medaillenspiegeln bei den Olympischen Spielen. Dabei hatte vieles mit Glück zu tun. Und vieles war auch in der Panik, die zu Beginn der Pandemie geherrscht hatte, falsch gemacht worden. Alfons Mildenberger wollte der Politik keine Vorwürfe machen, aber dass man auch nach vielen Monaten die Besuchsbeschränkungen in Altenheimen und Krankenhäusern aufrechterhielt, während andererseits Massendemonstrationen und der Schulunterricht ohne Beachtung von Abstandsregeln stattfanden, das war beim besten Willen nicht mehr nachvollziehbar. Wie viele alte Menschen saßen jetzt an Weihnachten allein in ihrer Wohnung und wünschten sich den Besuch ihrer Familie? Wie viele waren über Videokonferenzen mit ihren Kindern und Enkeln verbunden, um wenigstens auf Distanz an den Weihnachtsfeiern teilnehmen zu können? Und vor allem, wie viele alte und kranke Menschen verstanden überhaupt nicht, was diese ganzen Maßnahmen zu bedeuten hatten? Die Masken konnten angsteinflößend wirken. Er wusste, dass viele Menschen sich nach Besuch sehnten und im Gegensatz zu ihm sehr unter der Isolation litten.

Dieses merkwürdige Corona-Jahr hatte den Menschen viel abverlangt. Er selbst war seit Monaten nicht mehr in der Oper gewesen, die er so sehr liebte. Diese ganzen Fernsehübertragungen und das Streaming im Internet waren schön und gut, doch sie konnten einen Opernabend nicht ersetzen. Sie waren nur ein Erlebnis aus zweiter Hand. Es fehlten die Gespräche in der Pause, das Glas Wein oder Sekt, die leichte Aufregung, wenn der Vorhang sich öffnete, der Ärger, wenn jemand in eine besonders schöne Stelle laut hinein hustete, aber auch das Gefühl, einen einmaligen Augenblick zu erleben. Beim Reisen sah es ähnlich aus. Da konnten die Politiker, die Zeitungen und das Fernsehen noch so oft sagen, wie schön doch Deutschland sei. Das war ja durchaus richtig, aber der Sinn des Reisens war es doch, andere Länder und Kulturen kennenzulernen. Man wollte schließlich auch nicht jeden Tag Nürnberger Rostbratwürste mit Senf und Sauerkraut essen, sondern auch einmal Pizza, Gyros oder Hähnchen süß-sauer. Für ein paar Tage oder auch Wochen mochte die Isolation ganz angenehm gewesen sein, doch irgendwann waren auch die letzten Fotos in die Alben einsortiert und auch der hinterste Winkel der Wohnung geputzt. Obwohl er gerne allein war und es genoss, sich von dem hektischen Leben vor seiner Haustüre zurückziehen zu können, war selbst

Alfons Mildenberger die Isolation zu viel geworden. Er sehnte sich nach der Kultur, die ihm so viel bedeutete, dass er wegen ihr immer wieder seine Routine über den Haufen warf, was seine Familie, für die er das nur sehr ungern tat, nicht so recht verstehen konnte.

19:30 Uhr – der Abend ging nicht vorbei! Und das Telefon hatte immer noch nicht geklingelt. Mildenberger wusste nicht, wie oft er schon die Weihnachtsgeschichte von Charles Dickens gelesen hatte. Aber sie begeisterte ihn jedes Mal aufs Neue. Je älter er wurde, umso mehr. Sollten ihm die Geister der vergangenen, gegenwärtigen und zukünftigen Weihnacht erscheinen, würde er besser dastehen als der verbitterte Ebenezer Scrooge? Wahrscheinlich ja, obwohl auch er in seinem Leben viele Fehler gemacht hatte. Er las gerade die Stelle, als der erste Geist erschien, als die Klingel ertönte. Es konnte nur sein Sohn mit seiner Familie sein. Sie hatten ihn also doch nicht vergessen. Der alte Mann musste sich eingestehen, dass es ihn sehr enttäuscht hätte, wenn sie sich nicht gemeldet hätten. Er öffnete die Tür – doch da war niemand! Bestimmt waren es die nervigen Kinder des Nachbarn gewesen. Eine ungezogene Bande! Nicht einmal Weihnachten war ihnen heilig. Verärgert schloss er die Tür hinter sich.

Als er sich umdrehte, erschrak er. Direkt vor ihm stand eine Frau in langem Kleid. Sie trug einen Hut mit einem Schleier vor dem Gesicht. Wie war sie hereingekommen? Er hätte sie bemerken müssen, wenn sie an ihm vorbeigegangen war.

»Wer sind Sie? Was machen Sie in meinem Haus?«, fragte er und versuchte, seiner Stimme einen entschlossenen Tonfall zu geben, obwohl er nervös war. Mit einer Hand suchte er den Griff seiner Haustür hinter sich, um sie öffnen zu können. Sollte die Person ihm etwas antun wollen, dann könnte er um Hilfe rufen. Die Gestalt sagte nichts, doch sie musste es auch nicht. Alfons Mildenberger erkannte trotz des Schleiers, dass es Annalena, seine verstorbene Frau war.

»Was willst du von mir?«, fragte er mit brüchiger Stimme.

Sie sagte nichts, sondern machte nur mit einer Hand eine Bewegung. Er sah seinen Sohn, dessen Frau und die Enkel unter einem Weihnachtsbaum sitzen. Sie sangen fröhliche Lieder. Alles wirkte friedvoll und harmonisch. Ein schöner Anblick, der den alten Mann mit einem Mal sentimental werden ließ. Gerne wäre er jetzt dort gewesen, um mit seinen Verwandten gemeinsam das Fest der Liebe zu feiern. Wie dumm war er doch gewesen, dass er all die Jahre mit Widerwillen den Weihnachtsabend mit seiner Familie verbracht hatte und diese das auch hatte spüren lassen! Würde er noch die Zeit haben, diese Fehler wieder gutzumachen? Das wollte er seine Frau fragen, doch im nächsten Moment erschrak er wegen eines lauten Schlages. Er saß in seinem Sessel, das Buch mit den Weihnachtsgeschichten von Dickens war zu Boden gefallen. Die Begegnung mit seiner Frau war ein Traum gewesen. Alles war wieder wie zuvor.

Nein, nicht alles. Herr Mildenberger stand auf und griff zum Telefonhörer, um seinen Sohn anzurufen. In diesem Moment schrillte erneut die Hausklingel. Der alte Mann zögerte. Eigentlich wollte er nicht an die Tür gehen, weil er befürchtete, dass sich die Situation aus seinem Traum wiederholte. Obwohl das natürlich Unsinn war. Dann legte er jedoch den Hörer auf und ging zur Tür. Vor dem Haus standen sein Sohn und seine Familie.

»Frohe Weihnachten!«, riefen sie. Am liebsten hätte er sie umarmt, doch wegen Corona ging dies leider nicht. Er holte sich seine Jacke und sie standen im Garten mit einigem Abstand zusammen. Sein Sohn hatte heißen Weihnachtspunsch mitgebracht, wobei seine Schwiegertochter sogar an alkoholfreien Punsch für die Kinder gedacht hatte. Die Stimmung war trotz allem heiter. Ungewöhnlich war dieses Weihnachtsfest allemal, allerdings nicht unbedingt weniger feierlich. Die Geschenke wurden im Freien ausgetauscht und plötzlich fing der Sohn an, ein Weihnachtslied zu singen, in das alle einstimmten. Als die Nachbarn dies hörten, kamen sie ebenfalls herüber. Herr Mildenberger und sein Sohn hatten einige Stühle geholt, sodass sie mit Abstand im Garten sitzen konnten. Alle lachten, aßen Plätzchen und erzählten sich Geschichten. Es war eine Stimmung wie auf einem der vielen Weihnachtsmärkte, die in diesem Jahr leider hatten abgesagt werden müssen. Herr Mildenberger genoss den Abend. Als sich die Gäste verabschiedeten, fielen einige Schneeflocken. »Frohe Weihnachten und bis bald!«, rief er seiner Familie nach und sah den Scheinwerfern des Autos nach. Er blieb noch etwas im Freien und sah zu, wie Schneeflocken zu Boden fielen und ihn mit einer weißen Schicht bedeckten.

Weihnachten 2020

Das Licht der Hoffnung

»Obwohl es für viele eine Zeit großer Freude und Fröhlichkeit ist,
kann Weihnachten schwierig sein für diejenigen,
die geliebte Menschen verloren haben.
Besonders in diesem Jahr, verstehe ich, warum.«
Queen Elizabeth II. am 25. Dezember 2021

Eine alte Dame mit schneeweißen Haaren in einem roten Kleid saß müde in einem Sessel und blickte aus dem Fenster. Ein hartes Jahr lag hinter der Queen. Eigentlich hatte 2021 vielversprechend begonnen. Es gab Impfstoffe gegen Corona, was bedeutete, dass die schlimmste Zeit der Pandemie bald hinter allen liegen würde. Die Königin selbst war mit gutem Beispiel vorangegangen und hatte sich impfen lassen, um auch die Bevölkerung zur Impfung zu ermutigen. Der Piks habe überhaupt nicht wehgetan, hatte sie mitgeteilt, und man solle doch an andere Menschen denken, nicht nur an sich selbst. Diesen Satz hätte man als Motto über ihr Leben schreiben können. Auch während der Pandemie war die alte Dame ihrer täglichen Arbeit nachgegangen, allerdings gab es nur selten öffentliche Auftritte, denn diese wären zu gefährlich gewesen. Ihren Aufgaben ging die Königin virtuell in Videokonferenzen nach, anstatt durch das Land zu reisen und ihren Untertanen zu begegnen. *»Ich muss gesehen werden, damit man an mich glaubt«*, hatte die Queen vor vielen Jahren einmal gesagt, was sie auch bei ihrer diesjährigen Weihnachtsansprache beherzigen sollte. In ihrem roten Kleid mit einer Brosche, die sie 1947 anlässlich ihrer Flitterwochen trug, war sie nicht zu übersehen. Nichts war dem Zufall überlassen, alles hatte seine Bedeutung. Zunächst hatte die Queen die Farbe Grün gewählt, um die Hoffnung zu symbolisieren. Da sie dies jedoch bereits bei der Weltklimakonferenz getan hatte, sah sie in Rot die bessere Alternative. Das Licht der Hoffnung sollte auch ohne das symbolische Kleid durch ihre Worte scheinen. Hoffnung hatte sie während der Pandemie immer wieder ihrem Land und der ganzen Welt gegeben. Dank der vielen technischen Möglichkeiten konnte die Queen auch während der Lockdowns präsent bleiben. Man sah sie nicht nur auf vielen Fotos, sondern auch zunächst noch etwas ungewohnt bei Videokonferenzen mit anderen Menschen sprechen, was ihr Freude zu machen schien. An Ostern 2020 hielt sie eine Fernsehansprache, die in die Geschichte eingehen sollte. »Wir werden uns wiedersehen!«, hatte sie eindringlich formuliert und damit das Licht der Hoffnung in die Welt gesandt. So bald es möglich war, hatte sie sich den Menschen wieder außerhalb der Palastmauern gezeigt. Die Auszeit in Windsor hatte für die Queen auch eine positive Seite, so wie der Lockdown auch für viele andere Menschen nicht nur schlecht gewesen ist. Sie hatte Zeit für ihren Mann Prinz Philip. Wohl nie zuvor waren sie und ihr Mann so lange zusammen gewesen wie im dreiundsiebzigsten Jahr ihrer Ehe. Diese gemeinsame Zeit war ein spätes Geschenk für sie gewesen.

Die Queen hatte noch etwas Zeit, bevor die Weihnachtsansprache aufgezeichnet werden sollte. Ihre Gedanken schweiften in die Vergangenheit und sie erinnerte sich an ihre Kindheit. Damals, 1932, hatte ihr »Großvater England«, wie sie König George V. nannte, zum ersten Mal seine Weihnachtsansprache über das Radio gehalten. Später hatte sie erfahren, dass ihr Großvater die Rede nicht selbst geschrieben hatte, sondern Rudyard Kipling, der große Schriftsteller. Heute, fast neunzig Jahre später, sollte sie selbst zum neunundsechzigsten Mal zu ihren Untertanen sprechen. Im Gegensatz zu ihrem Großvater schrieb sie die Rede immer selbst. Dieses Mal sollte sie so persönlich werden wie selten zuvor. Sie erinnerte sich noch sehr gut daran, wie sie ihrem Vater 1936 bei dessen erster Weihnachtsansprache zuhörte. Zehn Jahre alt war sie damals gewesen. Für ihren Vater war die Weihnachtsansprache Anlass für schlaflose Nächte. Er stotterte und litt entsetzlich, denn die Rede wurde damals noch nicht aufgezeichnet, sondern live übertragen. Längst weiß die ganze Welt davon, wie ihr Vater gelitten hatte. Der Film »The King's Speech« hatte dafür gesorgt. Auch die Queen war inzwischen mehrmals Gegenstand von Filmbiografien geworden, die dafür sorgten, dass Realität und Fiktion sich immer mehr miteinander vermischten. Für sie war es immer seltsam, wenn sie sich auf der Leinwand von Dame Helen Mirren, Claire Foy, Olivia Coleman, Imelda Staunton, Dame Penelope Wilton oder anderen dargestellt sah. Manchmal erkannte sie ihre Charakterzüge, andererseits musste sie herzhaft lachen, wenn wieder einmal etwas vollkommen falsch dargestellt worden war. Längst war die Königin zu einer weltweiten Ikone geworden, einem Wesen, dem manch einer übermenschliche Fähigkeiten zutraute. Für viele war sie immer schon da gewesen und es erschien undenkbar, dass sie eines Tages nicht mehr da sein sollte. Aber auch die Queen würde die Welt verlassen müssen. Sie war realistisch genug, um zu wissen, dass dieser Zeitpunkt nicht mehr fern war.

Das vergangene Jahr war für die Queen so etwas wie ihr zweites »annus horribilis« gewesen. Der Ärger mit Prinz Harry und seiner Frau Meghan, deren Fernsehinterview schlimmste Erinnerungen an die Medienkampagne der selbst ernannten Königin der Herzen in den 1990er Jahren weckte, stand am Anfang. Die angekündigten Buchveröffentlichungen der Sussexes würden erneut für Aufregung sorgen. Dann war ihr Mann, Prinz Philip, krank geworden und schließlich im Alter von fast hundert Jahren verstorben. *»Das schelmische und interessierte Funkeln war noch genauso hell am Ende seines Lebens, wie als ich ihn zum ersten Mal sah«*, wollte sie in ihrer Ansprache in Anspielung auf seinen Humor, den er in jeder Situation zeigte, sagen. Sie vermisste ihn sehr und doch wusste sie, dass er es gewollte hätte, dass sie Weihnachten wie jedes Jahr genießen würde. Ihr blieb nach seinem Tod nichts anderes übrig, als Haltung zu bewahren, so wie sie es ein Leben lang gemacht hatte. Die Öffentlichkeit erwartete es von ihr. Bei der Beerdigung ging sie ganz alleine durch die St. George's Chapel. Wegen der Corona-Bestimmungen saßen ihre Kinder und Enkel weit von ihr entfernt. Dieses Bild sollte ein weiteres ikonisches Bild von ihr werden, an das sich die Menschen noch viele Jahrzehnte später erinnern würden. In den Wochen nach dem Tod ihres geliebten Mannes, den sie seit über achtzig Jahren kannte und mit dem sie unglaubliche dreiundsiebzig Jahre verheiratet gewesen war, nahm sie weiterhin ihre Aufgaben wahr. Nach vielen Terminen wie den Parlamentseröffnungen in Schottland oder Cardiff hatte sie sich im Oktober auf den Rat ihrer Ärzte hin ausruhen müssen, was zu vielen Spekulationen in den Medien geführt hatte. Der Queen war dies nicht recht, denn sie wollte immer noch ihre Pflicht erfüllen und auf keinen Fall die Menschen in Unruhe versetzen oder gar bemitleidet werden. Wahrscheinlich hatten viele Menschen mehr Verständnis dafür, dass sie sich mit ihren 95 Jahren etwas ausruhen musste, als sie selbst. Schmerzhaft war für sie, dass sie bei der Klimakonferenz in Glasgow nicht dabei sein konnte. Aber sie schickte eine Videobotschaft mit Ermahnungen an die Staats- und Regierungschefs. »*Ich für meinen Teil hoffe, dass diese Konferenz eine der seltenen Gelegenheiten sein wird, bei der jeder die Chance hat, sich über die Politik des Augenblicks zu erheben und wahre Staatskunst zu erlangen*«, sagte sie wohl wissend, dass das Ergebnis der Konferenz hinter den hohen Erwartungen zurückbleiben würde. Sie appellierte daran, an die Zukunft zu denken, auch wenn man diese nicht mehr selbst erleben werde, denn »niemand von uns wird ewig leben«. Diese Worte versetzten viele in Aufregung, dabei hatte die alte Dame nur eine Selbstverständlichkeit ausgesprochen, die sie nicht sonderlich aufregte.

Langsam stand die Königin auf und ging zu einem Fenster. Mit einem Mal fühlte sie sich sehr einsam. Wie gerne hätte sie an Weihnachten wie jedes Jahr ein großes Festessen für ihre Kinder, Enkelkinder und inzwischen schon zwölf Urenkel gegeben. Sie hatte es immer genossen, wenn alle zusammen waren, was viel zu selten vorkam. Doch auch in diesem Jahr musste das Essen wegen der Ausbreitung der neuen Corona-Mutante namens Omikron abgesagt werden. Aus demselben Grund konnte sie auch nicht Weihnachten in Sandringham verbringen, sondern musste auf Windsor bleiben. Nicht einmal einen Gang zum traditionellen Gottesdienst hatte man ihr gestattet. Dabei hätte sie sich gerade in diesem Jahr nach dem Tod von Prinz Philip Gesellschaft gewünscht. Vereinzelt würde sie Besuch bekommen, aber das war etwas anderes als ein großes Familienfest, das bereits im Jahr zuvor wegen der Pandemie ausgefallen war. Sie wusste, dass es ihr wie vielen anderen Menschen ging und ertrug die Einschränkungen mit der sprichwörtlichen steifen Oberlippe der Briten. Natürlich konnte sie sich mit ihren Kindern und Enkeln unterhalten, notfalls auch per Videokonferenz, aber ihr fehlten immer mehr die Vertreter ihrer Generation. Menschen, die erlebt hatten, was sie erlebt hatte. Freunde aus der Kindheit und Jugend. Aber die waren in den vergangenen Jahren verstorben. Ab und an konnte sie noch mit Lady Pamela Hicks sprechen, der Cousine von Prinz Philip und ihrer einstigen Lady-in-Waiting, mit der sie 1953/54 auf große Commonwealth-Tour gegangen war. Gelegentlich kam es zu Begegnungen mit Sir David Attenborough, dem berühmten Filmemacher, der vor wenigen Jahren mit ihr eine Dokumentation mit dem Titel »The Queen's Green Planet« gedreht hatte. Das war es dann auch schon. Zwar konnte sie mit anderen über ihr Leben und ihre Erinnerungen sprechen, aber verstanden sie wirklich, was sie als Kind in den dreißiger Jahren und als junge Frau im Zweiten Weltkrieg erlebt hatte?

Als sie aus dem Fenster sah, blickte sie auf den schneebedeckten Park von Windsor. Es lag nicht viel Schnee, aber genug, um für eine verzauberte Stimmung zu sorgen. Gerne wäre sie mit ihrem Pferd ausgeritten, doch das hatten ihr die Ärzte seit September verboten. Ein weiterer Tribut, den sie dem Alter zollen musste. Widerwillig, doch sie musste sich eingestehen, dass sie sehr viel Glück gehabt hatte, so lange noch im Sattel sitzen zu können. Selbst Prinz Philip war im Alter von 95 Jahren nur noch Kutsche gefahren. Beim Blick aus dem Fenster erinnerte sie sich, wie sie als Kind mit ihrer Schwester Margaret unter der Aufsicht ihres Kindermädchens Crawfie einen Schneemann gebaut hatte, wie sie sich mit Schneebällen beworfen hatten und mit dem Schlitten einen Hügel hinuntergefahren waren. Unbeschwerte Zeiten verbrachten sie in Windsor oder Sandringham mit ihren Eltern und Großeltern. In ihrer Erinnerung hatte es in ihrer Kindheit immer lange harte Winter mit viel Schnee gegeben. Aber wahrscheinlich täuschte die Erinnerung. Zumindest behaupteten die Meteorologen das. Doch die Erinnerungen an die Kindheit erfüllten sie mit nostalgischer Freude, weshalb es ihr gleichgültig war, ob sie einer Überprüfung mit der Realität standhielten oder nicht.

Die Königin wurde durch ein Winseln direkt hinter ihr aus ihren Erinnerungen gerissen. Es war ihr Corgi Muick, den sie Anfang des Jahres als Welpen bekommen hatte und der wieder einmal alle Aufmerksamkeit für sich haben wollte. Ihr anderer Dorgie Candy lag in seinem Körbchen und döste. Er war bereits einige Jahre alt und längst nicht mehr so verspielt. Muick dagegen wollte immer spielen. Das war ein Grund gewesen, warum die Queen sich keine neuen Hunde mehr hatte anschaffen wollen. Sie befürchtete, dass sie zu stürmisch wären und sie vielleicht über sie stolpern könnte. Nach dem Tod von Prinz Philip war sie jedoch sehr froh, die Hunde um sich zu haben. Eine bessere Ablenkung hätte sie nicht haben können. Doch gerade konnte sie Muick nicht gebrauchen. Sie musste sich konzentrieren. Daher gab sie ihm ein Leckerli, das er mit Freuden verspeiste und dann ließ er sie in Ruhe.

Die Queen setzte sich wieder. Vor ihr auf dem Tisch lagen Fotoalben, mit deren Hilfe sie sich in die richtige Stimmung für die Aufzeichnung der Weihnachtsansprache bringen wollte. Was war ihr schönstes Weihnachtsfest in all den Jahren gewesen? Sie konnte sich nur schwer entscheiden. Weihnachten bei ihren Großeltern als kleines Kind? Die ersten Weihnachtsfeiern mit ihren ältesten Kindern Charles und Anne? Oder die großen Treffen mit all ihren Kindern, Enkeln und Urenkeln? Wenn sie sich entscheiden musste, dann waren es wohl die Weihnachtsfeste während des Krieges 1941 bis 1944. In diesen Jahren lebte sie mit ihrer jüngeren Schwester Margaret isoliert in Windsor. Ein wenig wie in der Pandemie achtzig Jahre später. Margaret hatte die Idee, für Weihnachten eine Pantomime vorzubereiten. Ihr Lehrer schrieb die Texte zu vier Pantomimen, die auf Märchen wie »Cinderella« oder »Aladdin« beruhten. Während Margaret darauf bestand, immer die weiblichen Rollen zu spielen, schlüpfte Elizabeth auch in Männerrollen. Besonders begeistert war Margaret, wenn sie Lieder singen konnte. Auch später sollte sie oft ihre Verwandten und Gäste am Klavier mit ihren Songs begeistern. Ihre Mutter war bei den Proben dabei und alle hatten viel Spaß. Eine gute Ablenkung in den auch für die königliche Familie schweren Kriegszeiten. Die schönsten Aufführungen waren für sie diejenigen von Aladdin, den Elizabeth selbst spielte, denn an Weihnachten 1943 war ein besonderer Gast im Publikum – Prinz Philip! Wehmütig erinnerte sie sich an den jungen attraktiven Marineoffizier, den sie nur wenige Jahre später heiraten sollte. Vergangenheit und Gegenwart vermischten sich für die Queen immer wieder. Vor Kurzem noch hatte sie eine Ausstellung mit den Originalkostümen der Weihnachtspantomimen in Windsor eröffnet. Je älter sie wurde, desto mehr wurde die Vergangenheit für sie gegenwärtig und sie musste sich eingestehen, dass dies keineswegs unangenehm war.

Ein weiteres herausragendes Weihnachtsfest war jenes im Jahr 1951 für sie gewesen, allerdings konnte sie das erst im Rückblick erkennen. Ihr Vater König George VI. war an Lungenkrebs erkrankt. Doch nach einer Operation hatte er sich so weit erholt, dass im ganzen Land Dankesgottesdienste gefeiert wurden. Zum ersten Mal war die Weihnachtsansprache vorab aufgezeichnet worden, was den König sehr entgegenkam. Es gab ein großes Weihnachtsfest auf Schloss Sandringham, bei dem neben ihren Eltern und ihrer Schwester auch ihre geliebte Großmutter Queen Mary, viele ihrer Cousins und Cousinen sowie natürlich Prinz Philip und ihre beiden kleinen Kinder Charles und Anne dabei waren. Friedvolle Tage waren es. Dem König ging es besser. Nie hätte sie gedacht, dass er nur sieben Wochen später tot und sie selbst Königin sein würde. Für die Queen war dieses Weihnachtsfest das letzte ohne die Bürde der Krone gewesen, obwohl sie bereits damals im Kronrat saß und für ihren Vater viele Aufgaben übernahm. Doch das war etwas anderes als selbst Monarchin zu sein.

Das Weihnachtsfest im Jahr 2021 würde für die Queen noch einsamer werden als das Fest im Jahr zuvor, doch es war nicht das erste Weihnachten, das sie ohne Prinz Philip verbringen musste. 1956 war er zu einer Weltreise in ihrem Auftrag mit der Königlichen Yacht Britannia aufgebrochen. Die Reise führte ihn zu den entlegensten Inseln des Commonwealth, die nie zuvor ein Mitglied der königlichen Familie betreten hatte. Um die Jahreswende befand sich Prinz Philip damals in der Antarktis. Dass er an Weihnachten nicht bei seiner Familie war, führte zu Gerüchten, dass es eine Ehekrise zwischen der Queen und ihrem Mann gab. Sie sah sich sogar genötigt, diese Gerüchte dementieren zu lassen. Beide hatten sie herzlich darüber gelacht, als er von der Reise wieder zurück war. Wie sehr fehlte ihr dieses Lachen!

In diesem Moment betrat Angela Kelly, ihre Assistentin, den Raum und stellte fest, dass das Kamerateam bereit sei. Die Königin stand auf und betrat langsam den White Drawing Room, in dem sich ein großer funkelnder Weihnachtsbaum befand. Sie begrüßte die Anwesenden und ging auf den auf Hochglanz polierten Schreibtisch zu, auf dem ein Bild von ihr und Prinz Philip stand, das anlässlich ihres Diamantenen Hochzeitsjubiläums vor inzwischen auch schon wieder vierzehn Jahren aufgenommen worden war. Die Queen liebte dieses Bild. Bevor sie mit der Rede begann, betrachtete sie es noch für einen Moment, dann gab sie das Zeichen, dass sie bereit war. Sie sah in die Kamera und begann zu sprechen: *»Obwohl es für viele eine Zeit großer Freude und Fröhlichkeit ist, kann Weihnachten schwierig sein für diejenigen, die geliebte Menschen verloren haben. Besonders in diesem Jahr, verstehe ich, warum.«*

Nachdem sie die Verdienste ihres Mannes aufgezählt hatte, kam die Monarchin auf Weihnachten zu sprechen, das ihr schon immer so viel bedeutet hatte:

»Während die Covid-Pandemie erneut bedeutet, dass wir Weihnachten wieder nicht so feiern können, wie wir dies wünschen, so können wir doch viele glückliche Traditionen genießen. Sei es das Singen von Weihnachtsliedern (solange die Melodie uns wohlbekannt ist), das Schmücken des Weihnachtsbaumes, das Verteilen und Erhalten von Geschenken oder das Ansehen unseres Lieblings-Weihnachtsfilms, dessen Ende wir bereits kennen. Es ist keine Überraschung, dass jede Familie ihre eigenen Weihnachts-Traditionen bewahrt. Wir sehen wie unsere eigenen Kinder und ihre Familien die Traditionen und Werte, die uns so viel bedeuten, fortführen und von einer Generation zur nächsten weitergeben, manchmal den veränderten Zeiten angepasst.«

Für einen kleinen Moment geriet die Queen von Erinnerungen überwältigt ins Stocken. Vor zwei Jahren hatten sie noch Weihnachten mit der ganzen Familie verbringen können. Damals hatte sie die Welt mit einem Video überrascht, in dem sie gemeinsam mit ihrem Sohn Charles und ihrem Enkel William ihrem Urenkel George beim Plätzchenbacken zugesehen hatte. Da er nicht gerade vorsichtig mit dem Teig umging, musste sie sich in Sicherheit bringen, damit ihr Kleid keine Teigspritzer abbekam. Sie hatte damals nicht ahnen können, wie sehr dieses Video und ein Foto, in der ihre einstigen Nachfolger mit ihr posierten, ihren Enkel Harry und dessen Frau Meghan aufregen würden. Herzogin Meghan hatte ihr übrigens 2017 beim ersten von zwei gemeinsam verbrachten Weihnachtsfesten einen singenden Hamster geschenkt, der vor allem bei ihren Corgies gut ankam. Es hatte Tradition, dass sich die Royals Scherzartikel zu Weihnachten schenkten und in diesem einen Punkt hatte die Frau ihres Enkels die Tradition respektiert.

Da sie etwas zu lange ihre Rede unterbrochen hatte, bat sie der Regisseur den letzten Absatz noch einmal zu wiederholen. Was sie souverän erledigte, um dann auf das kommende Jahr, in dem ihr siebzigstes Thronjubiläum stattfinden sollte, zu sprechen zu kommen. Doch am Ende der Rede ging es noch einmal um Weihnachten und wohl niemand sonst hätte die Bedeutung von Weihnachten besser beschreiben können:

»Ich bin sicher, dass irgendjemand irgendwo am heutigen Tage behaupten wird, dass Weihnachten eine Zeit für die Kinder sei. Das ist die Wahrheit, allerdings nur die halbe Wahrheit. Vielleicht ist es wahrer zu sagen, dass Weihnachten zu dem Kind in uns sprechen kann. Erwachsene, die von ihren Sorgen niedergedrückt werden, sehen manchmal die Freude in den einfachen Dingen nicht mehr, die Kinder immer bemerken. Auch für mich und meine Familie wird Weihnachten voller Freude sein, obwohl ein uns vertrautes Lachen dieses Jahr fehlen wird, denn wir haben die Chance, uns zu erinnern und die Wunder der Weihnachtszeit durch die Augen unserer kleinen Kinder erneut zu sehen. Sie lehren uns – wie es auch die Weihnachtsgeschichte macht – dass in der Geburt eines Kindes ein Neuanfang mit endlosem Potential liegt.«

Die Queen wusste, dass sie ihre vier in diesem Jahr geborenen Urenkel nicht mehr lange würde begleiten können. Doch in ihnen lag die Zukunft und zugleich würden sie, wie auch ihr Sohn Charles, ihr Enkel William und alle anderen in ihrer großen Familie das Erbe der Vergangenheit fortführen. War dies nicht die Botschaft der Weihnachtsgeschichte? Dass die Geburt von Gottes Sohn Jesus Christus den Beginn einer neuen Zeit markierte, die es zu gestalten galt. Dass sie allerdings auch auf der Vergangenheit, dem Alten Testament, basierte. Und dass schließlich nichts ohne das Vertrauen in Gott und Gottes Hilfe gelingen würde. Dieses Vertrauen und dieser starke Glauben an Gott hatten die Queen ein Leben lang begleitet und viele Krisen bestehen lassen. Als die Queen mit den Worten »Ich wünschen Ihnen allen frohe Weihnachten!« ihre Rede beendete, herrschte für einen Moment Stille, bevor alle Anwesenden spontan applaudierten. Es war ihr gelungen, die Menschen zu rühren, das Licht der Hoffnung auf eine bessere Zeit in die Welt zu bringen und dies würde auch am 25. Dezember der Fall sein, wenn die Rede im Fernsehen ausgestrahlt werden sollte. Mit einem Lächeln und Weihnachtswünschen an das Fernsehteam verließ die Queen den Raum und zog sich in ihre Privatgemächer zurück. Sie ließ sich auf einem bequemen Sofa nieder und bat einen Diener um ein Glas ihres Lieblingscocktails: Dubonnet mit Gin, einer Zitronenscheibe und genau drei Eiswürfeln. Ihr Arzt hatte ihr zwar das Getränk verboten, aber nach der aufgezeichneten Weihnachtsansprache gönnte sie sich diese kleine Belohnung.

Vergangenheit und Zukunft, das waren die Themen gewesen, über die sie gesprochen hatte. So erinnerte sie sich noch einmal an ihren 21. Geburtstag, an dem sie die heute berühmten Worte in einer Radioansprache an die Bevölkerung gerichtet hatte:

»Ich erkläre, vor Ihnen allen, dass mein ganzes Leben, sei es kurz oder lang, dem Dienst an Ihnen und an unserer großen Familie des Empire, der wir alle angehören, gewidmet sei. Aber ich werde nicht die Kraft haben, diese Aufgabe alleine zu vollbringen, wenn Sie mich nicht unterstützen, worum ich Sie hiermit bitte. Ich weiß, dass ich mich, komme, was wolle, auf Sie verlassen kann. Gott helfe mir, dass

ich diesen Eid werde halten können, und schütze Sie alle, die willens sind, mir beizustehen.«

Ihr Leben war sehr lang gewesen und noch war es nicht zu Ende. Der Dienst ging weiter. Das 70. Thronjubiläum stand bevor, doch zunächst war Weihnachten. Die Queen sah aus dem Fenster. Es hatte begonnen zu schneien. Vor ihr stand ein Bild von Prinz Philip und ihr, das sie in den schottischen Highlands zeigte. Sie betrachtete es, hob ihr Glas in Richtung des Bildes und sprach mit einem wehmütigen Lächeln: »Frohe Weihnachten!«

Eine folgenreiche Ansprache

Der Präsident schritt würdevoll in sein Büro, in dem bereits das Kamerateam wartete. Er war eine sehr stattliche Erscheinung – groß, volles, schneeweißes Haar und braungebrannt. Sein Urlaub in Australien hatte ihm sichtlich gut getan. Die Kraft, die er dort getankt hatte, konnte er jetzt gut gebrauchen, denn er stand vor der wohl wichtigsten Aufgabe seine Karriere. Präsident Katzarios lächelte freundlich und doch unverbindlich, bevor er sich an seinem Schreibtisch niederließ. Das Kamerateam nahm letzte Einstellungen vor, eine Maskenbildnerin puderte das Gesicht des Präsidenten, der keine Miene verzog. In wenigen Minuten war es so weit. Die Ansprache zum Winterfest sollte beginnen. Katzarios Frau, eine kleine, elegante alte Dame mit blond gefärbten Haaren, stand hinter den Kameraleuten und lächelte. Sie zwinkerte dem Präsidenten verschwörerisch zu, woraufhin dieser kurz lachen musste. Er dachte zurück an längst vergangene Zeiten, in denen er nicht im Traum daran gedacht hätte, dass er eines fernen Tages ein Land regieren würde, und auch nicht, dass er eine so wichtige Entscheidung verkünden würde.

Damals, vor über dreißig Jahren, hatte die Regierung beschlossen, Weihnachten abzuschaffen. Waren die Kirchen am Ende des 20. Jahrhunderts wenigstens an Ostern und Weihnachten noch gut gefüllt gewesen, so hatte sich dies nach der Jahrtausendwende und vor allem nach der Corona-Pandemie geändert. Die Priester standen vor nahezu leeren Kirchenbänken. Außerdem wurde immer öfter gefordert, dass die Kirche nichts mehr mit dem Staat zu tun haben solle. Die Priester sollten nicht mehr von Steuergeldern bezahlt werden, keine Zuschüsse zum Erhalt der vielen alten Kirchengebäude sollten mehr gewährt werden. Weihnachten und andere kirchliche Feiertage gerieten in die Kritik. In der Politik wurden die Stimmen laut, sie abzuschaffen. Für die Volkswirtschaft sei es angesichts der vielen Krisen in Europa wichtig, dass mehr gearbeitet werde. Im Falle von Weihnachten war eine Abschaffung nicht ganz so einfach durchsetzbar. Schließlich brachte das Fest anlässlich der Geburt Jesu Christi Umsätze. Doch einige findige Politiker hatten eine Idee. Ein Feiertag sollte bleiben, den man nicht mehr Weihnachten, sondern Winterfest nannte. Der religiöse Charakter des Feiertags war damit verschwunden, doch es wurde kurzerhand der alte Brauch übernommen, dass man an diesem Tag seinen Liebsten Geschenke machte. Und an den anderen ehemals kirchlichen Feiertagen arbeiteten die Menschen. Somit hatte die Wirtschaft gleich mehrfach etwas davon.

Natürlich gab es Proteste. Die Kirchen waren erzürnt. Der Papst und die Priester wetterten von den Kanzeln herunter gegen diese schreckliche Verweltlichung. Allerdings gaben sie es bald auf. Längst hatte der Vatikan erkannt, dass die Zukunft der Kirche nicht im alten Europa lag, sondern in Afrika und Südamerika, weshalb man sich lieber den »Schäfchen« dort widmete und überlegte, ob sich eine neue Missionierung Europas überhaupt lohnen würde. Da der Vatikan nicht in Jahren und Jahrzehnten dachte, sondern in Jahrhunderten, war die Entscheidung immer noch nicht gefallen.

In Brüssel bei der Europäischen Union fanden die Änderungen der Feiertagsordnung begeisterte Zustimmung. Die Bevölkerung protestierte zu Beginn heftig. Sie hätte gerne die Feiertage behalten. Aber ihr war schon seit Jahrzehnten eingeschärft worden, dass sie immer länger arbeiten müsse. Erst bis 67, dann bis 70, schließlich wurde die Sechs-Tage-Arbeitswoche wieder eingeführt und so war die Abschaffung der kirchlichen Feiertage nur eine logische Konsequenz aus dieser ganzen Negativpropaganda. Die Menschen vertrauten den Politikern, die behaupteten, dass all diese Maßnahmen alternativlos seien, obwohl sie es eigentlich hätten besser wissen müssen.

So vergaß man mit jedem vergehenden Jahr die weihnachtlichen Bräuche immer mehr. Anfangs kauften die Menschen noch Weihnachtsbäume und schmückten sie. Aber die Regierung tat alles, um Weihnachten in Vergessenheit geraten zu lassen. Die Weihnachtsfilme, die sonst immer im Fernsehen kamen, wurden nicht mehr gesendet, sondern durch seichte Komödien oder Kriegsfilme ersetzt. Selbst »Der kleine Lord« wurde auf die Bannliste gesetzt. Auch Weihnachtslieder wurden nicht mehr im Radio gespielt oder in den Schulen gelehrt. So kam es, dass bald nur noch die älteren Leute »Stille Nacht«, »Last Christmas« oder »White Christmas« singen konnten. Wenn sie diese Lieder vor sich hin summten und die leeren Blicke ihrer Enkel sahen, die keine Ahnung von Weihnachten hatten, dann verstummten auch sie. Plätzchen und Lebkuchen wurden zwar noch gebacken, aber sie wurden nicht mehr mit Weihnachten in Verbindung gebracht. Da sie gut schmeckten, wurden sie einfach das ganze Jahr über gegessen. Kurz gesagt: Weihnachten wurde zwar in verschiedenen Regionen der Welt immer noch gefeiert, in Europa war es allerdings verpönt und durch das schicke Winterfest ersetzt worden. Damit hatten sich die Menschen abgefunden.

Allerdings nicht alle Menschen. Es gab eine kleine Gruppe, die stur an den alten Bräuchen festhielt. Der Regierung passte das gar nicht, aber sie wollte es auch nicht verbieten. Von so ein paar Spinnern ging keine große Gefahr aus, dachte man. Deshalb ließ man sie gewähren. Was die Regierung nicht ahnte, war, dass es sich nicht nur um ein paar harmlose meist ältere Männer und Frauen handelte. Diese waren nur die Vorhut, die in den Einkaufspassagen Glühwein verkauften und dabei Weihnachtslieder sangen. Durch sie sollte abgelenkt werden vor einer immer größer werdenden Geheimorganisation, die sich »Verteidiger der alten Bräuche« nannte. Ihr Ziel war es, zunächst im Geheimen immer mehr Menschen davon zu überzeugen, dass Weihnachten auch in der modernen Welt seinen Sinn hatte, dass man zu den Ursprüngen von Weihnachten zurückkehren müsse. In den Geschichtsbüchern hatten sie gelesen, dass es immer wieder Gruppen gelungen war, demokratische Institutionen zu durchsetzen, um dann sozusagen eine Revolution von oben zu machen. Genau dies hatten sie vor. Sie versuchten so viele ihrer Mitglieder an wichtige Regierungspositionen zu setzen wie möglich.

Präsident Katzarios erwachte aus seinen Erinnerungen. Es war an der Zeit, seine Rede zu beginnen. Die Kameras waren auf ihn gerichtet, der Aufnahmeleiter gab ein Zeichen und der Präsident begann zu reden. Er ließ das vergangene Jahr noch einmal Revue passieren. Die vielen Krisen, die es wie immer gegeben hatte, aber auch so einige erfreuliche Momente. Das Ganze wurde unterlegt mit Bildern der Ereignisse, über die der Präsident sprach. Vier Minuten ging die Rede bereits. Sie näherte sich dem Ende. Niemand erwartete etwas Spektakuläres, doch plötzlich setzte Katzarios einen völlig neuen Akzent, der zu den sachlichen emotionslosen Ausführungen nicht passte und alle aufhorchen ließ:

»In diesen Tagen denke ich oft an lang vergangene Zeiten zurück, an die Zeit meiner Kindheit. Ich erinnere mich, wie lange ich dem einen Abend entgegengefiebert habe, an dem die ganze Familie vereint war. Meine Mutter, die eine hervorragende Köchin war, hatte sich an diesem Abend besonders viel Mühe gegeben und für uns alle ein Festmahl im wahrsten Sinne des Wortes zubereitet. So richtig konnte ich mich als Kind allerdings nicht auf das Essen konzentrieren. Ich wartete auf die Bescherung, die erst nach dem Essen erfolgte. Da war meine Mutter unerbittlich. Wir Kinder konnten noch so sehr quengeln – es wurden die Geschichten der Geburt Jesu Christi vorgelesen, Weihnachtslieder gesungen und erst dann kam der große Moment. Wir gingen ins Wohnzimmer, wo der hell erleuchtete Christbaum erstrahlte. Von dem Glanz der silbernen und roten Kugeln, dem Lametta und den vielen Kerzen waren wir für einen Moment wie verzaubert. Aber nur für einen Moment, denn im nächsten sahen wir die Geschenke, die unter dem Baum lagen. Die Eltern und Großeltern freuten sich, dass es ihnen wieder einmal gelungen war, uns glücklich zu machen, und wir freuten uns natürlich über die Geschenke. Damit war der Abend noch lange nicht zu Ende. Wir sangen weiter Lieder, aßen Plätzchen und stapften durch den Schnee zur Christmette. Wie trist ist es im Gegensatz dazu in unserer Welt geworden, seitdem auf unserem Kontinent Weihnachten abgeschafft wurde! Es schmerzt mich, dass heutige Kinder nicht über solch herrliche Erinnerungen verfügen, die sie das ganze Leben begleiten. Wir alle sollten unseren Kindern und auch uns selbst solche Momente schenken. Sie sind doch letzten Endes das Wichtigste im Leben. Daher fordere ich Sie alle auf – feiern Sie wieder Weihnachten! Beleben Sie die alten Traditionen neu, lassen Sie sich nicht von unsinnigen Vorschriften abschrecken. Denken Sie an das Kind, das vor über zweitausend Jahren in Bethlehem in einem Stall geboren wurde und dessen Geburt unsere Welt verändert hat. Rufen Sie Ihre Familienmitglieder zusammen und feiern Sie Weihnachten wie es früher einmal war! In diesem Sinne wünsche ich Ihnen allen schlicht und einfach – frohe und gesegnete Weihnachten!«

Die Menschen um den Präsidenten herum schwiegen einen Moment, dann konnten sie sich aber nicht mehr zurückhalten und spendeten ihm lange Applaus. Von Präsident Katzarios war eine Last abgefallen. Er lächelte glücklich in die Runde, umarmte seine Frau und rief noch einmal: »Frohe Weihnachten Ihnen allen!«

Die Mitglieder der »Verteidiger der alten Bräuche« hatten unterdessen auf den Startschuss des Präsidenten gewartet. Sie strömten auf die Straßen, sangen Weihnachtslieder, schenkten den Passanten dampfenden Weihnachtspunsch ein und erzählten jedem, der sie ansprach, wie man die alten Sitten und Bräuche wiederbeleben konnte. Um die festliche Stimmung perfekt zu machen, fielen die ersten Schneeflocken vom Himmel und verzauberten die Welt. Geheimnisvoll und friedlich erschien sie mit einem Mal. Selbst die Weihnachtsgegner mussten sich angesichts dieser Stimmung eingestehen, dass ihnen all die Jahre etwas gefehlt hatte. Sie hatten über die Geschäftemacherei und die Vermarktung von Weihnachten geschimpft. Es stimmte, dass früher in die Adventswochen eine Unmenge an Kitsch fabriziert worden war. Und doch! Gerade dieser Kitsch gehörte auch zu Weihnachten und wurde schmerzlich vermisst, als er nicht mehr da war. So kam es, dass viele Menschen nach der Aufforderung des Präsidenten zum ersten Mal wieder Weihnachten feierten. Es begann mit Erinnerungen an die alte Zeit. Gerade die jungen Menschen fragten nach, ließen sich alte Bilder und Filme zeigen. Dann versuchte man, an das Alte anzuknüpfen. War nicht irgendwo auf dem Speicher noch der alte Christbaumschmuck? Hatte man nicht vor Kurzem noch die Weihnachtspyramide im Keller entdeckt und sich nicht durchringen können, sie wegzuwerfen? All diese Dinge wurden wieder ausgegraben, genauso wie die Rezepte für Weihnachtspunsch.

Der Präsident und seine Mitstreiter sahen beglückt, wie die Menschen miteinander sprachen, sich gemeinsam erinnerten und das Fest planten. Mit Weihnachtsbäumen gab es natürlich in diesem Jahr noch ein Problem, aber das konnte sich in den nächsten Jahren wieder ändern. Und so war es auch. Seit der Rede von Präsident Katzarios, für die er in die Geschichte einging, feierte man wieder Weihnachten und kaum jemand kam ernsthaft auf die Idee, das Fest erneut in Frage zu stellen. Nach vielen Jahren erklang wieder »Stille Nacht, heilige Nacht« auf den Straßen und in den Wohnzimmern. Es war ein wunderschönes Gefühl, das selbst Weihnachtsgegner spürten.

»Frohe Weihnachten!«, flüsterte der Präsident seiner Frau zu, während sie Hand in Hand durch verschneite Straßen gingen und heimlich den einen oder anderen Blick durch Fenster wagten, hinter denen Familien, die zusammen feierten, zu erkennen waren. »Frohe Weihnachten«, erwiderte seine Frau lächelnd, bevor sie nach Hause gingen, um mit ihren Kindern und Enkeln das Fest der Geburt Christi zu feiern.

Die gestohlenen Weihnachtsgeschenke

Ein etwas anderes Nachwort

Ein Geräusch schreckte mich aus dem Schlaf. Müde machte ich das Licht an und sah auf die Uhr. Es war der 23. Dezember zwanzig Minuten nach Mitternacht. Ich wollte das Licht gerade wieder ausschalten und versuchen einzuschlafen, als ich erneut Geräusche hörte. War da etwa ein Einbrecher in der Wohnung? Vorsichtig stieg ich aus dem Bett, nahm einen Stock, der an der Wand lehnte, und schlich mich hinaus. Jetzt war es eindeutig. Ich konnte gedämpfte Stimmen hören, die aus dem Wohnzimmer kamen. Dort brannte auch Licht. Leise schlich ich mich zur Tür, die geöffnet war. Als ich einen Blick in das Wohnzimmer warf, glaubte ich meinen Augen nicht zu trauen. Dort befanden sich eine ganze Menge kostümierter Menschen. Neben einigen Kindern, schwebten Elfen durch die Lüfte. Hässliche Gnome hatten sich auf meinem Sofa niedergelassen. Ein winzig kleiner Mann mit einem riesigen Hut, wie ihn der Zauberer Gandalf in »Herr der Ringe« trug, trank aus der Rotweinflasche, die ich auf dem Tisch hatte stehen lassen. Inmitten dieser merkwürdigen Gesellschaft saß in einem Sessel – der Weihnachtsmann!

»Da bist du ja endlich!«, sprach er mich an und mit einem Mal wurde es still. Alle Augen waren auf mich gerichtet. Ich war mir sicher, dass ich mich in einem Traum befand, aus dem ich jeden Moment erwachen würde. Deshalb ließ ich mich auf ein Gespräch ein und tat so, als wäre ich kein bisschen von der absurden Situation überrascht.

»Herzlich Willkommen, lieber Weihnachtsmann! Was macht ihr

denn so spät in meinem Wohnzimmer? Kann ich euch irgendwie behilflich sein?«, fragte ich daher.

»Du weißt wohl nicht, wer wir sind?«, fragte ein besonders hässlich aussehender Gnom und sah mich dabei mit seinen zusammengekniffenen gelben Augen bedrohlich an.

»Erkennst du uns denn gar nicht mehr?«, fragte eine der Elfen und flog auf mich zu.

Anscheinend machte ich ein ratloses Gesicht, was die versammelte Gesellschaft verärgert zur Kenntnis nahm. Ich hoffte nur, dass dieser Traum bald zu Ende war, doch danach sah es nicht aus.

»Ich bin Gobimir«, sagte der unheimliche Gnom.

»Und ich der Elfenkönig Ellebil«, ergänzte die Elfe, die direkt vor mir schwebte.

»Wer ich bin, muss ich wahrscheinlich nicht erklären«, stellte der Weihnachtsmann fest.

Mit einem Mal wurde mir alles klar. Die Personen, die sich in meinem Wohnzimmer befanden, waren die Figuren aus meinem ersten Buch »Die gestohlenen Weihnachtsgeschenke«, das ich vor fünfundzwanzig Jahren veröffentlicht hatte. Wie eigenartig, sie so lebendig vor mir zu sehen. Ich hatte das bereits einmal erlebt, als aus meinem Buch »Lars im Reich der Zauberer« ein Ballett entstanden war und ich als Autor auf der Bühne die Geschichte erzählte, die vor meinen Augen lebendig wurde. Allerdings hatte ich es damals mit Tänzern und Schauspielern zu tun. Das hier war etwas anderes. Um zu zeigen, dass ich sie erkannt hatte, sprach ich den kleinen Mann mit dem riesigen Hut an: »Du musst Derlos sein, der Zauberer.« Er nickte und strahlte über das ganze Gesicht.

»Was kann ich für euch tun?«, fragte ich die Figuren aus meinem ersten Buch.

Der Weihnachtsmann, der offensichtlich der Sprecher der Gruppe war, stand auf und kam auf mich zu: »Nachdem du uns erschaffen hast, sind wir schnell in Vergessenheit geraten. Du hast dich nicht um uns gekümmert. Nach ein paar Lesungen hast du dich anderen Geschichten zugewendet. Diesem Lars zum Beispiel, der ins Reich der Zauberer ging. Oder den Mountbattens und ihren Beziehungen zu allen möglichen Königshäusern. Uns hast du vergessen.«

Ich schüttelte den Kopf und versuchte zu widersprechen. »Leugne nicht. Du hattest nicht die geringste Ahnung, wer wir sind. Erst nachdem wir uns vorgestellt haben, kam deine Erinnerung zurück. Du fragst, was du für uns tun kannst? Wir wollen wieder lebendig werden. Wir wollen, dass sich deine Leser an uns erinnern.«

Den Wunsch der Figuren konnte ich gut verstehen, nur leider konnte ich ihn nicht erfüllen.

»Es war nicht meine Schuld, dass ihr in Vergessenheit geraten seid. Es wurden nicht viele Exemplare des Buches gedruckt. Schon wenige Wochen nach der Veröffentlichung war der Verlag pleite. Es gab viel Ärger und ich war froh, als ich mich um andere Dinge kümmern konnte.«

»Das mag sein«, gab der Weihnachtsmann zu. »Aber nach fünfundzwanzig Jahren ist es an der Zeit, dass du dich an uns erinnerst und eine neue Geschichte über uns schreibst. Das ist es, worum wir dich bitten. Und es muss innerhalb der nächsten 24 Stunden geschehen. In der Nacht vor Weihnachten. Schlägt die Glocke Mitternacht, dann müssen wir wieder verschwinden.«

»Wie stellt ihr euch das vor?«, erwiderte ich. »Wie soll ich in nicht einmal 24 Stunden eine Fortsetzung schreiben? Das ist unmöglich.«

»Es muss ja kein ganzes Buch sein. Eine Kurzgeschichte reicht«, erklärte König Ellebil.

»Denkt ihr, dass eine Kurzgeschichte einfach so innerhalb von ein paar Stunden geschrieben ist?«, gab ich empört zurück. »Auch eine Kurzgeschichte braucht Zeit. Vor allem brauche ich eine Idee und die habe ich nicht. Es tut mir sehr leid.«

Gobimir kam auf mich zu und funkelte mich mit seinen bösen Augen an: »Du hast nicht richtig verstanden. Wir bitten dich nicht darum, dass du eine neue Geschichte schreibst. Wir verlangen es!«

Wenn man den Gnom so dicht vor sich stehen sah, dann konnte

einem Angst und Bange werden. Um ihn zu beruhigen, sagte ich: »Ich werde es versuchen.«

»Das rate ich dir. Wir kommen wieder. Heute noch. Um 23:30 Uhr sind wir wieder hier«, gab Gobimir bekannt und so, wie er es sagte, klang es wie eine Drohung.

Im nächsten Moment stand ich wieder allein im Wohnzimmer. Alles war wie immer, nichts deutete auf die merkwürdige nächtliche Begegnung hin.

Verwirrt ging ich hinauf ins Schlafzimmer und legte mich wieder ins Bett. Ich grübelte noch lange über die Begebenheit nach, bis ich dann doch einschlief.

Am nächsten Morgen wachte ich auf mit Gedanken an die Begegnung in der Nacht. Ich hielt sie für einen Traum und doch ließ sie mich nicht los. Nach dem Frühstück ging ich in mein Arbeitszimmer, wo ich erneut ein eigenartiges Erlebnis hatte. Auf meinem Schreibtisch lag das Buch »Die gestohlenen Weihnachtsgeschenke«. Seit Jahren hatte ich es nicht mehr in der Hand gehabt und ich war sicher, dass ich es nicht auf den Schreibtisch gelegt hatte. Ich nahm das Buch und begann es zu lesen. Erneut erlebte ich die Geschichte vom Weihnachtsmann, der eines Morgens feststellen musste, dass die Gnome unter Führung von Gobimir seine Geschenkhallen ausgeräumt hatten. Eine schreckliche Situation kurz vor Weihnachten. Gemeinsam mit den Elfen versucht er, den Gnomen die Geschenke wieder abzunehmen, doch es kommt noch schlimmer. Der Weihnachtsmann wird von den Gnomen gefangen genommen. Nur die Kinder der Welt, die durch ein magisches Tor geholt werden, können mithilfe des Kristalls der Güte den drohenden Ausfall des Weihnachtsfestes verhindern, müssen aber dazu etliche gefährliche Abenteuer bestehen.

Als ich das Buch wieder beiseitelegte, waren alle Erinnerungen zurückgekommen. Nach fünfundzwanzig Jahren hatte ich viele Details vergessen. Manches würde ich heute anders machen, andere Szenen gefielen mir immer noch gut. Mein Problem war allerdings nicht gelöst. Ich hatte nicht die geringste Idee, wie ich mit den in der Geschichte von den gestohlenen Weihnachtsgeschenken vorkommenden Personen eine Fortsetzung schreiben sollte. Inzwischen glaubte ich daran, dass ich in der Nacht nicht geträumt hatte. Am Tag und in der Nacht vor Weihnachten war alles möglich. Geister konnten erscheinen und genau das hatte ich erlebt. Ich machte mir Notizen, begann etwas zu schreiben, doch dann warf ich es wieder weg. Stunde um Stunde verging, doch ich kam zu keinem brauchbaren Ergebnis. Es war zum Verzweifeln. Zwischendurch machte ich Pausen, in denen ich an die frische Luft ging. Meine Hoffnung, dass die kleinen grauen Zellen durch die Bewegung in der kalten Luft angeregt wurden, wurde allerdings enttäuscht. Sollten die Figuren meiner Geschichte tatsächlich kurz vor Mitternacht wiederkommen, so würde ich sie enttäuschen müssen. Unter dem Druck, den sie aufgebaut hatten, konnte ich nicht arbeiten. Jeder neue gescheiterte Versuch etwas zu Papier zu bringen, frustrierte mich. Doch plötzlich, als ich es schon gar nicht mehr erwartet hatte, kam ich zu einer Erkenntnis, die mich beruhigte und die meine Figuren hoffentlich auch verstehen würden.

Ich saß mit einem Glas Wein im Wohnzimmer, als die Uhr elf Mal schlug. Noch eine halbe Stunde und die Geister würden erneut zu mir kommen. Die Zeit verrann sehr langsam. Ich konnte es kaum abwarten, dass es endlich halb zwölf schlug. Dabei wusste ich nicht, ob ich mich auf die erneute Begegnung freuen sollte oder nicht. Da schlug die Uhr. Dann war Stille. Nichts tat sich. Das war sehr enttäuschend. Vielleicht war doch alles nur ein Traum gewesen, auf den ich hereingefallen war. Vielleicht hatte ich das Buch »Die gestohlenen Weihnachtsgeschenke« selbst in der Nacht noch halb im Schlaf herausgesucht und auf meinen Schreibtisch gelegt. Es war dumm von mir gewesen, an diese Geisterstunde zu glauben. Nachdem ich noch einige Minuten gewartet hatte, beschloss ich zu Bett zu gehen. Gerade als ich das Wohnzimmer verlassen wollte, hörte ich hinter mir Geräusche. Ich drehte mich um und da waren sie wieder – die Figuren aus meinen Büchern.

Alle sahen mich erwartungsvoll an, was es mir nicht leicht

machte, die Wahrheit zu sagen. Ich überlegte noch, wie ich die richtigen Worte finden konnte, da preschte Gobimir nach vorne und fragte: »Was ist denn jetzt? Wir haben nicht ewig Zeit? Wo ist die neue Geschichte?«

»Lies sie uns vor«, forderte mich König Ellebil auf und alle anderen stimmten ein.

Es hatte keinen Sinn, auszuweichen. Stattdessen beschloss ich, ohne Umschweife die Wahrheit zu sagen. »Ich habe keine Fortsetzung der Geschichte geschrieben«, sagte ich.

Ein Aufschrei ging durch die Versammlung in meinem Wohnzimmer. Alle redeten durcheinander. Einige der Gnomen schienen auf mich losgehen zu wollen, während Kinder anfingen zu weinen und der Weihnachtsmann aufgeregt mit den Elfen sprach. Ich versuchte mehrfach etwas zu sagen, drang aber bei all dem Lärm und der Aufregung mit meiner Stimme nicht durch.

»Ruhe!«, schrie ich, um mir endlich Gehör zu verschaffen. Mit einem Mal war es still.

»Bitte hört mir einen Moment zu und lasst mich erklären, warum ich nichts geschrieben habe. Ich habe mir noch einmal die ›Gestohlenen Weihnachtsgeschenke‹ durchgelesen. Danach wollte ich machen, was ihr von mir verlangt habt. Ich habe mich an meinen Schreibtisch gesetzt und angefangen, zu schreiben. Doch alles, was ich zu Papier gebracht habe, gefiel mit nicht. Ich hatte keine Inspiration. Man kann die Ideen nicht dazu zwingen, auf Abruf zur Verfügung zu stehen, um sie dann nur noch zu Papier zu bringen. Hoffentlich könnt ihr das verstehen. Immer wieder habe ich einen neuen Anlauf genommen, doch noch etwas zu schreiben. Auf keinen Fall wollte ich euch enttäuschen und doch musste ich mir am Ende eingestehen, dass ich nicht in der Lage war, euren Wunsch zu erfüllen. Doch dann erkannte ich mit einem Mal, dass dies auch gar nicht nötig war.«

»Was sagst du da?«, unterbrach mich Gobimir wütend. »Es ist nicht nötig? Für dich ist es vielleicht völlig unwichtig. Du hast so viele andere Figuren in den vergangenen Jahrzehnten erfunden, dass du uns bereits vergessen hast und dich nicht mehr um unser Schicksal kümmerst. Wie egoistisch! Für uns ist es aber wichtig, dass wir weiterleben. Für uns ist es ›nötig‹, dass du unseren Wunsch erfüllst.«

Erneut schien die Stimmung zu kippen und sich gegen mich zu wenden. Ich musste schleunigst erklären, was ich mit meiner Aussage gemeint hatte, und dann konnte ich nur hoffen, dass alle es verstehen würden.

»Als ich gar nicht mehr mit dem Schreiben weiterkam, fiel mein Blick auf einen Ordner. Auf ihm stand ›Weihnachtsgeschichten‹. Mit dem Thema Weihnachten hatte ich nach eurer Erfindung nicht abgeschlossen. Im Gegenteil. Jahr für Jahr schrieb ich eine weihnachtliche Geschichte für meine Eltern und Freunde. Ich blätterte die Geschichten in diesem Ordner durch. Da fiel mir etwas auf. In all den Geschichten kommt ihr vor ...«

»Das wäre mir ganz etwas Neues«, unterbrach mich Gnom Gobimir erneut. »Ich kenne deine Geschichten und ich hätte es gemerkt, wenn ich in einer davon vorgekommen wäre.«

Die anderen stimmten ihm zu. Sie regten sich auf, wollten sich nicht für dumm verkaufen lassen.

»Es ist nicht meine Absicht, euch für dumm zu verkaufen. Lasst mich bitte ausreden. Du, lieber Weihnachtsmann, kommst immer wieder vor. Sei es nun im ›Vergessenen Geschenk‹ oder im ›Weihnachtsmops‹« und dem ›Weihnachtsmann wider Willen‹.«

Der Weihnachtsmann nickte und wirkte mit einem Mal nicht mehr zornig oder unglücklich.

»Und ihr Elfen«, fuhr ich fort, »ihr habt auch euren Auftritt im ›Vergessenen Geschenk‹. Engel kommen ebenfalls in verschiedenen Geschichten vor. Von Kindern ganz zu schweigen, die in nahezu jeder Erzählung eine wichtige Rolle spielen.«

Ich sah in die Runde und bemerkte, wie immer mehr der versammelten Figuren mit dem Kopf nickten und lächelten. Nur bei den Gnomen hatte ich bisher nichts erreicht. Das hatte ich erwartet, denn Gnome kamen in der Tat in keiner anderen Geschichte vor.

»Ihr Gnome steht für alles, was Weihnachten verhindern will. Ihr seid sozusagen ein Symbol für alle Weihnachtsmuffel«, versuchte ich zu erklären. »Weihnachten ist in meinen Geschichten immer wieder in Gefahr. Denkt an den Gott der Hektik in der ›Wette zwischen Göttern‹, dem es fast gelingt, den Menschen Weihnachten zu verderben. Denkt an Frau Holle, die es nicht mehr schneien lassen will. Denkt an die Kriege, die Leid bringen. Oder auch daran, wie Corona ein Weihnachtsfest im Kreise der Familie verhindern konnte. Ich gebe zu, dass es sich dabei nicht direkt um Gnome handelt, aber ich verspreche euch, dass ich, wenn mir eine Idee kommt, auch noch einmal Gnome in einer Geschichte auftreten lasse.«

Die Gnome schienen mit der Erklärung und meinem Versprechen einverstanden zu sein. Zumindest gab es keinen Einspruch von Gobimir, sodass ich fortfahren konnte: »Am wichtigsten ist in eurer Geschichte der ›Kristall der Güte‹, der alle versöhnt und dafür sorgt, dass Weihnachten nicht ausfällt, ja, dass sogar die Gnome mit Weihnachten einverstanden sind und mitfeiern. Die Botschaft von Weihnachten ist doch, dass wir uns auf die wichtigen Dinge im Leben besinnen: Auf unsere Familie, auf unsere Freunde, auf diejenigen, denen es schlecht geht und die Hilfe brauchen. Dass wir Streitigkeiten beenden, die Waffen schweigen lassen und harmonisch das Fest der Liebe miteinander verbringen. Alles, was uns trennt, ist zumindest für diesen besonderen Abend im Jahr vergessen und wir alle werden zu einer großen Gemeinschaft. Dieser Geist von Weihnachten ist in allen Geschichten, die jemals über Weihnachten geschrieben wurden, zu finden. Auf ihn allein kommt es an. Und wenn alles gut geht, dann können wir diesen Geist von Weihnachten über die Feiertage hinaus bewahren und die Welt ein bisschen besser machen.«

»Das war jetzt aber schon sehr kitschig«, bemerkte Gobimir.

»Der Geist von Weihnachten – darauf kommt es an!«, bestätigte dagegen der Weihnachtsmann und auch andere stimmten in die Diskussion ein, ob sie mir zustimmen konnten oder ob meine Worte nur rührseliges Geschwätz waren. Die Diskussion hätte sich bestimmt noch fortgesetzt, wenn nicht plötzlich der erste Glockenschlag der Uhr ertönt wäre.

»Wir müssen dich verlassen«, sagte der Weihnachtsmann. »Aber wir kommen wieder.«

»Es sind noch längst nicht alle Weihnachtsgeschichten erzählt«, fügte eine Elfe hinzu.

»In einer deiner nächsten Geschichten müssen Gnome vorkommen«, gab Gobimir zu Protokoll.

»Frohe Weihnachten!«, riefen alle zusammen und winkten mir zu.

»Frohe Weihnachten!«, erwiderte ich, als der letzte Glockenschlag ertönte. Der Ton verklang und ich stand wieder alleine in meinem Wohnzimmer. Nichts erinnerte mehr an die Begegnung mit dem Weihnachtsmann und all den anderen Figuren aus meiner Geschichte. Es war Zeit, zu Bett zu gehen. Doch als ich die Treppe hinaufging, hatte ich plötzlich eine Idee, die ich sofort aufschreiben musste. Ich rannte regelrecht in mein Arbeitszimmer, machte mir gar nicht erst die Mühe, den Computer anzuschalten, sondern schnappte mir ein Blatt Papier und einen Stift, auf das ich folgende Worte schrieb: »Weihnachten 2021: Ein Geräusch schreckte mich aus dem Schlaf…«

Abschließende Gedanken

Von der zweitausend Jahre alten Geschichte der Geburt des Erlösers Jesus Christus geht eine ganz eigentümliche Magie aus. Wer ist nicht gerührt von der Geschichte des Ehepaares Josef und Maria, die dem Aufruf zu einer Volkszählung folgen? In Bethlehem angekommen setzten bei Maria die Wehen ein. Verzweifelt suchten sie nach einer Herberge. Ob dies nun wirklich ein Stall war oder nicht, das lässt sich aus der Bibelstelle nicht erschließen, denn es heißt, dass Maria ihren Sohn in eine Krippe legte, denn »sie hatten sonst keinen Raum in der Herberge.« Von Ochs und Esel steht kein Wort in der Bibel, wohl aber von den Engeln, die den Hirten die frohe Botschaft von der Geburt des Erlösers verkündet hatten. Ein wehrloses Kind, das in einer unwirtlichen Umgebung geboren wird und dem Weise aus dem Morgenland mit verschiedenen Gaben huldigen – das macht das Besondere der Geschichte aus. Der Heiland ist nicht in einem Palast geboren. Er trägt kein Gewand aus Seide mit kostbaren Stickereien, sondern eine ganz normale Windel. Der Sohn Gottes kam nicht in voller Pracht und Herrlichkeit auf die Erde, sondern als ein hilfloses Baby.

Selbst Nicht-Christen sind gerührt von dieser Geschichte. So kommt es, dass rund um die Welt Weihnachten gefeiert wird, selbst von Menschen, für die die Bibel nicht das Wort Gottes, sondern vielleicht nur ein bedeutsames Buch mit spannenden, aber erfundenen Geschichten ist. Was Weihnachten für alle ausmacht, ist die Bedeutung der Familie. Zu keiner anderen Zeit des Jahres besinnt man sich mehr auf die Zusammengehörigkeit mit seinen Großeltern, Eltern, Geschwistern, Kindern oder Enkelkindern. Aber auch die erweiterte Familie, nämlich die Freunde, haben in dieser Zeit eine besondere Bedeutung. Es erscheint uns am Heiligabend, als ob sich tatsächlich Wünsche erfüllen können, womit nicht (nur) materielle Wünsche gemeint sind, sondern vor allem Harmonie, Gemeinschaft, Solidarität, Hilfsbereitschaft, Nächstenliebe und Frieden.

Umso schmerzlicher war es für alle, als Weihnachten 2020 unter Corona-Bedingungen stattfinden musste und auch 2021 nicht alle Einschränkungen weggefallen waren. Erst jetzt wurde es manch einem deutlich vor Augen geführt, dass Weihnachten nicht nur das Fest des Konsums ist, zu dem es gemacht wurde, sondern viel mehr bedeutet. Es abzuschaffen, wie das in der »Weihnachtsansprache« zeitweise der Fall war – undenkbar! Denn wir alle brauchen *»a little Christmas«*, ein bisschen Weihnachten, wie es in einem Song von Jerry Herman heißt: *»I need a little angel sitting on my shoulder / I need a little Christmas now!«* – In diesem Sinne: Frohe Weihnachten!

Ebenfalls bei TRIGA – Der Verlag erschienen

Martin Trageser
Eine Nacht voller Geheimnisse
Geschichten vom Reisen
LiteraturWELTEN Band 39

»*Nur Reisen ist Leben, wie umgekehrt Leben Reisen ist*«, schrieb der Dichter Jean Paul. In seiner neuen Kurzgeschichtensammlung beschreibt der Autor Martin Trageser Reisen in verschiedenste Länder der Welt, aber auch in die Vergangenheit oder verzauberte Welten. Ob in Macao ein versteinerter Drache zum Leben erwacht und durch die Stadt streift, eine alte Dame zurück in ihre Heimat reist und diese kaum wieder erkennt oder eine Liebesgeschichte in Angkor Wat einen tragischen Verlauf nimmt – immer gelingt es dem Autor in seinen atmosphärisch dicht erzählten kurzen Texten den Leser in geheimnisvolle Welten zu entführen und mit überraschenden Wendungen aufzuwarten.

Spannende und unterhaltsame Geschichten, die das Fernweh wecken.

222 Seiten. Paperback. 12,90 Euro. ISBN 978-3-95828-084-7
eBook. 9,99 Euro. ISBN 978-3-95828-085-4

Martin Trageser
Brief an den Feind
LiteraturWELTEN Band 29

Vom »Monolog einer Fettzelle« bis zu »Weihnachten im Krankenhaus«: Einfühlsame Geschichten von großen und kleinen Dramen des menschlichen Daseins, entstanden durch die Erfahrung von Krankheit, Abschied, Liebe und Glück.

164 Seiten. Paperback. 12,90 Euro. ISBN 978-3-89774-774-6
eBook. 9,99 Euro. ISBN 978-3-89774-913-9